異世界蹂躙《いせかいじゅうりん》
—淫靡な洞窟のその奥で—
3
ウメ種
イラスト ぼに～

OVERRUN DIFFERENT WORLD 3

In the back of the obscene cave

CONTENTS

学名：ブラックウーズ

人間を吸収したことで『性』の
知識を得た闇スライム。
スライム系の中でも中級の魔物。

（このっ、バケモノ――っ。
いったい、いつまで
儂の口に吐き出すつもりじゃ!?）
シャミア
魔導王国フォンティーユと森林王国
グラバルトの国境にある検問所隊長。
内心に烈火の如き怒りを抱きながら
表情を歪め、
塞がれた顔の下でスライムを睨み付けながら
シャミアは生き残るために
液体を飲みこんでいく。

黒い下着の上には本人が意図しなくても
長時間の愛撫で
生理的な反応を示してしまった
乳首が浮かび上がり、
粘液で濡れた下着はその役目を放棄して
乳首の形を隠せないでいる。
フォーネリス
森林王国グラバルトで最も有名な勇者と
旅をした狼人族の美姫。

魔力の塊である妖精は
スライムにとって極上の餌なのか、
生かさず殺さず、限界まで魔力を奪いながら、
けれど最後の一線は越えないよう
気を遣っているように見える。
タイタニア
女神が作ったとされる大地から
生まれた妖精の長。

「くすぐったい？」
「あ、う」
メルティアは首筋、
肩を拭くと
背にある下着の留め具を外して
背中全体を拭いていく。
マリアベルは、いくら姉妹とはいえ
薄い肉付きの胸を見られることが恥ずかしくて、
両手を胸の前で組んで隠した。

ダッシュエックス文庫

異世界蹂躙―淫靡な洞窟のその奥で―3

ウメ種

プロローグ——崩壊の始まり

くぐもった声が薄暗い建物の中に響いていた。

元々は美しかったのだろう上等な道具を使って作られていた旗や調度品《ちょうどひん》は、腐液と埃《ほこり》で汚れ、まるでこの惨状《さんじょう》を表すかのように窓から見える空は、灰色の厚い雲で覆《おお》われている。

異世界から召喚された勇者と、彼に協力したエルフたちが手を取り合って築いた英雄の国。

異世界の知識の一片を使って作られた街並みは荘厳にして美麗《びれい》。

人間とエルフが暮らし、数多《あまた》の他種族が毎日訪れ、活気に満ち満ちた国。

そしてここは、そんな『勇者の国』フォンティーユの街の中でも最も美しい場所。

その中で一際大きな建物——王族が住み、貴族が勤めていた白亜の王城からは毎日、朝も夜もなく、女の嬌声《きょうせい》とすすり泣く声が漏《も》れてくる。

それはその建物の中で最奥にある玉座の間にも届き、そこに捕らわれている一国の女王だった女性の耳を叩いていた。

その度《たび》に、女王——レティシアは思う。

（絶対に許さない――必ず滅ぼさなければ……っ）

憎悪に胸を焼き、形のない粘液の集合体であるスライムを睨《にら》み、けれど魔力が回復してもすぐにソレを奪われ、魔王を倒した女王だろうと他のエルフたちと同じく無力な女として犯される。

宝石のように美しかった銀色の髪は薄汚れた粘液が張り付いて汚れ、王族らしい煌《きら》びやかな服は異臭を放って散々な有様だ。

乱暴に扱われてボロボロになったドレスも、片側だけ露出した左胸も、引き裂かれたスカートのスリットから覗《のぞ》くガーターベルトとショーツも。

宝石よりも美しいと賞讃された白磁《はくじ》の肌全体が埃と腐液で汚れ、穢《けが》れ――この勇者の国の象徴ともいえる女王レティシアは酷《ひど》い有様だ。

この世界において最弱の代名詞。魔法が使えるなら……いや、松明《たいまつ》の一本でも持っていたら簡単に退治できるはずの最弱。スライム。普通なら、その大きさは精々《せいぜい》が人間の握り拳程度。特別に大きな個体でも野犬を丸のみにできるほどの大きさ。

だというのに、レティシアの四肢《しし》に絡みついて拘束《こうそく》し、王城の至る所――窓から見える王都の街並みを蹂躙《じゅうりん》するスライムは巨大で、中には一階建ての建物と同程度の個体まで存在する。

スライムという生物はその粘液の体内に核を有しており、その核の大きさで利用できる粘液の量が決まっている。

確かに家畜や人間を取り込んで僅《わず》かにその体積を増やすことはあるが、それでも限界がある。

それが普通だった。常識だった。

運が悪かったとしか言いようがない。

もしこのスライム――ブラックウーズが生まれたばかりの時に他の獣によって核を潰されていたら、たったそれだけで死滅してしまっていただろう。

けれど、それはもう不可能に近い。

栄華を極めた美しい街並みを汚すこのスライムは、特別なのだ。

際限なく巨大化していくこともだが、取り込んだ存在の技術、魔力、そしてエルフが得意としていたこの世の理《ことわり》を捻《ね》じ曲げて奇跡を起こす『魔法』を学ぶ突然変異種。

そして、最初に『男』を取り込んだことで『雄《おす》』になってしまった異物。

十数年前。

魔物を生み出す魔王が討伐《とうばつ》されて、この世界に存在する魔物はその数を減らしている。

絶滅する日もいつか来るだろう。

魔王だけが魔物を生み出せるという常識。

それは逆に、魔王が討伐された世界では魔物が増えないということ――そのはずだった。

だから勇者はこの世界を去った。

元の世界へ戻っていった。

レティシアや昔の仲間たち、勇者の栄光を称《たた》えるこの世界の住人たちは悲しんだが『勇者の仕事は終わった』のだと安堵《あんど》した。

……しかし。まるでその『絶滅』から逃れるためかのように、生まれた命があった。

女を犯し、孕《はら》ませ、子を生《な》せる生物――スライム。

元のブラックウーズとまったく『同じ』能力を受け継いだスライムが地上に溢《あふ》れ、その結果、国を一つ陥落させてしまった。

それも、十数年前に異世界から現れて魔王を倒した勇者が繁栄《はんえい》させた国を。

そして、これからこの脅威《きょうい》を他国も知ることになるだろう。

勇者と共に旅をして魔王討伐を果たした仲間たちがいる国。

獣人の国。聖職者の国。

この大陸に残るのは、残り二か国。

魔導王国フォンティーユの女王、レティシアと共に勇者を支え、旅をした仲間たちがいる国。

もちろん、フォンティーユに残っていた男たち全員を吸収したブラックウーズもまた、そのことを知識として知っている。

同時に、魔物としての、生物としての本能に従ってブラックウーズは増殖《ぞうしょく》していく。

子を孕ませる。仲間を増やす。

増えて、増えて、増えて、増え続けて――その先に何を見ているのか、いや、きっとこの怪物は何も見ていない。

ただ増える。その為だけに女を犯し、そして女を求め続ける。

この大陸全土を飲み込んだとしても、きっとその思考に僅かの変化も訪れないだろう。

それが、本能。それだけしか考えない。それだけの為に生きる。

今日も、ブラックウーズは新しい女を求めて廃墟となったフォンティーユの城下町を這《は》い回り……異世界の勇者が繁栄させたエルフの国は、更に穢されていく。

＊

「ムグゥゥウウウ!?」

昼間だというのに、窓に張りついている濁《にご》った粘液が屋内を雨模様のように曇らせていた。

真っ赤な絨毯《じゆうたん》、黄金で飾られた装飾品、陽光を弾いて輝いていたステンドグラス。

そのどれもが、本来の輝きを失っている。

そして、フォンティーユの紋章が刻まれた絨毯の上ではしたない大股《おおまた》開きを強要されているのは、この国の女王、レティシアだ。

破られてボロ衣と化したドレスを肌に張りつけ、その白い肌を薄汚れた粘液で拘束された女王は泣き腫《は》らした目に新しい涙を浮かべながら、くぐもった怒声を上げた。

「ングゥ……フゥ、フゥッ」

（許さない――ぜったい、絶対にっ！）

その口には同じく薄汚れた粘液の触手を乱暴に突っ込まれて言葉を封じ、首輪のように太い触手が首に巻かれ、両手は万歳《ばんざい》をするように頭の上まで引っ張られて腋《わき》を丸出しにしている姿は一国の女王にはとても見えず、薄汚れた罪人そのもの。

肩幅に開かれた両足の間、スカートの残骸《ざんがい》の下に潜り込んだ触手が蠢《うごめ》くとうめき声が漏れ、女王の腰がもどかし気に左右へ僅かに揺れていた。

内心ではどれだけ嫌悪しようと、すでに十日以上も犯され続けた彼女の肢体《したい》は意思に反して勝手に触手の動きに合わせて揺れてしまう――それが屈辱《くつじょく》で、レティシアはその美貌《びぼう》に怒りの色を浮かべ、周囲に蠢く触手粘液たちを睨み付けて気概《きがい》を保とうとする。

この怒りが、今日までレティシアを支えていた。

敗北し、国を穢され、どれだけの時間が過ぎたのかをレティシアは把握《はあく》できていない。

日が昇っていようが、夜になろうが、起きていようが眠っていようが関係なくブラックウーズはレティシアを犯し続け、時間の感覚が完全に狂ってしまっているのだ。

レティシアはこの国にいた数千人もの男たちから得た技巧で啼《な》かされ、気絶してもその性交に終わりはない。

玉座がある広間で犯されていたかと思えば、気絶から意識を取り戻したら浴室、もしくは寝室へ移動していたこともあった。

このブラックウーズは時間が経つごとに、消化した男の意識が溶け合うごとに、悪質に変化していった。

ただレティシアを、女を犯すだけではない。

勇者の仲間として魔王を倒したその気位の高さを削るように羞恥《しゅうち》と屈辱を与え、しかし完全に折ることはせず、そう——遊んでいる。

「フゥッ!?　フグゥゥ!!」

絨毯の上で恥ずかしい大股開きの格好で固定されていたレティシアが、声を荒らげた。

口を塞《ふさ》ぐ粘液に歯を立て、拘束された両腕を暴れさせる。

破られたドレスと下着から零《こぼ》れ出た左胸がその勢いで激しく揺れ、まるで質の悪いローションを零したように濡れ光る肌とぶつかりタパン、と乾いた音を立てた。

常に刺激されて敏感さを増した乳首はまるで、執務の時に使っていたペンのように固く尖り、左胸の先端だけが薄暗い室内でうっすらと色づいていた。

逆に、まだ無事にドレスと下着で守られている右の乳首は刺激されていないのに下着の中で硬くしこり立ち、粘液に濡れて肌に張りついたドレスの上からでも、その位置がうっすらと分かってしまうほど。

下半身は破けたスカートから覗《のぞ》く白のガーターベルトと同色のストッキング、スカートが破られてできた深いスリットは腰の高い位置までを丸見えにし、ガーターベルトと同色の純白のショーツの横紐を露《あらわ》にしてしまっている。

「ふぅ、ふぅ——うぐぅう!」

（また、動き出した——っ）

拘束していた粘液が動き出す。破れたスカートの下で触手が蠢き、そこから粘着質な水音が響き始めると、レティシアは声を上げて拒絶のために身体《からだ》を暴れさせた。

（気持ち、悪いっ——気持ち悪い、気持ち悪い、キモチワルイっ）

心の中で呪文のように何度も叫びながら、レティシアは強く目を瞑《つむ》る。

そうやって心を強く持たなければ耐えられないと、頭も肉体も理解していた。魔物に犯されるだけでも気が変になりそうなのに、しかもソレは人型ですらない、粘液のバケモノなのだ。

腕を這う触手はその柔らかな二の腕を伝い、腋、むき出しの左胸、もしくはドレスの隙間《すきま》から入り込んで右胸へ。

そのまま豊かで柔らかな胸を下から掬《すく》い上げ、離す。左胸がその下にある肌にぶつかると乾いた音を立て、右胸は尖った乳首が布地の裏に擦れて瞼《まぶた》の裏に小さな火花を散らした。

「ふぅっ——んふぅ——はぁあ……」

たったそれだけで、レティシアの小さな鼻から甘い音が漏れてしまう。

触手で塞がれた口は粘液に歯を立てることを忘れ、怒りを表していた眉《まゆ》が、うっとりとした仕草で「ハ」の字に眉尻を下げていくのを止められない。

レティシアがどう思おうが、意識がない時間ですら犯している相手だ。

彼女の弱点はすでに知られており、どこを刺激すれば嬌声《きょうせい》を上げるか、腰を揺らすか、愛液を流すかは把握されている。

細い触手が首筋を這い、そのままハーフエルフの長い耳まで這い上がってくるとレティシアは擽《くすぐ》ったそうに上半身を揺らした。

(耳は、ダメぇ……)

白磁《はくじ》のように真っ白な頬《ほお》が怒りではなく羞恥で赤くなり、眦《まなじり》にうっすらと涙が浮かぶ。

エルフの耳は魔力を感じる触角のような器官であり、僅かな自然の変化も感じられるよう敏感になっている。

普段ならその敏感さでどんな小さな変化も感覚として理解できるのだが、今この時ばかりはその敏感さが仇《あだ》になってしまっていた。

撫《な》でられるだけでゾクゾクとした刺激が背筋を震わせ、腰の奥、二つの命を宿したことがある、二十年以上も使っていない子宮が耳への刺激に連動して疼《うず》いているかのよう。

それはまるでこの身体が子作りの準備を整えたような――今も心から愛している夫の腕に抱かれ、少女のように胸を高鳴らせた『あの時』の興奮に似ていて……そんなことはあり得ないと、レティシアは泣きそうな顔になりながら可能な範囲で首を横に振る。

「ふ、んぅ……うぅ……っ……」

（さわるな、さわるな──さわらないで……）

十日以上、昼夜を問わず犯され続けた女王の心の中の言葉に弱気が混じり始める。

ただの愛撫《あいぶ》が始まったばかりだというのに、レティシアの心が揺れる。

それは、今までの人生で性行為の経験が少なく──相手にしたのは夫である勇者ただ一人という経験値しかない彼女にとって、数千人の技巧を得たブラックウーズは最悪の難敵だった。

心を強く持っている時は優しい愛撫で心を解《ほぐ》し、そして──。

「──っ!? んぐっ!?」

少しでも気を緩《ゆる》めれば、即座に攻め立てる。

レティシアは閉じていた瞳を見開き、慌てて下を見た。

肩幅に開かれた両足の間、ショーツの中に潜り込んで膣肉を貫いていた触手が、いきなり乱暴に上下し始めたのだ。

両足に絡みついた触手のせいで足を閉じることもできないまま、無防備な股間《こかん》を乱暴に突きあげられると、レティシアは触手に塞がれた口から漏《も》れ出る嬌声を止められなくなる。

目を白黒させながら簡単に腰をビクンビクンと痙攣《けいれん》させる様子は、誰の目にも浅い絶頂を繰り返していることが明らかだ。

（だめっ、だめ──っ。いきなりっ、いきなり奥までっ……子宮まで突き上げないでっ!?）

「むぅぅうっ、むぅぅううう⁉」

その鼻から、甘い嬌声が漏れた。瞳はトロンと溶け、腰の痙攣が全身に伝播《でんぱ》する。

それでもまだレティシアの心は折れていなかった。

王都を後にした同胞《どうほう》たちが助けに来てくれる。隣国から援軍を連れてきてくれる。

そう強く思う。希望はまだあった。

剣技だけなら勇者に匹敵していた獣人の姫。

レティシア以上の治癒《ちゆ》魔法の才能を持つ聖職者。

レティシアのように、スライムだからと侮《あなど》らなければ彼女たちが後れを取るはずがないと。

一緒に戦った仲間だから分かる。信頼できる。——いつか必ず彼女たちが助けに来ると。

その時、自分が何をするべきなのかも理解している。

このスライムたちを、残らず焼き尽くす。必要なら——この国ごと。だから——。

「ふっ——————ゥゥゥウウウウ⁉」

喉《のど》を痛めそうなほどの呻《うめ》き声をあげ、下半身に力を込めた。

膣道を力強く締め、触手の侵入を防ごうとする。

女に子を生すためには精液が必要だった。

スライムの核ではない。女の卵子と、男の精子。それがあって、初めて生命は誕生する。

スライムは、住処《すみか》であるミスリルの廃坑に侵入してきた男の冒険者を吸収し、精液を作る能力を有していた。

　子孫を増やす――その本能は生命の神秘を超越し、そして確実に妊娠させるための能力へと昇華。どのような奇跡か、それともスライムの能力か。

　その精液と女の卵子から作られる子供は、全部がスライムへと作り替わる。

　普通なら十か月以上も掛けて胎内《たいない》で子供を成長させ、出産するはずなのに。スライムの子供はたった数日で膣を通ってこの世に生まれ出てくるのだ。

　理由は明白だ……スライムの子供は、人間の子供の小指の先程度の大きさしかない。

　普通の子供なら未成熟児どころか、生命としてすら生きていけない状態。しかし粘液の塊《かたまり》であるスライムは核と、それを守る液体さえあればこの世界で生きていける。

　そして、ブラックウーズが滅ぼしたこの国にはスライムの敵となる者は存在せず、その幼い生命は安全に成長することができた。

　食糧も十分だ。愛液、汗、唾液《だえき》、排せつ物――スライムにとってレティシアの全部が極上《ごくじょう》の餌《えさ》であり、どんな魔導士から魔力を得るよりも強力な個体へ成長していく。

　レティシアが犯されるほど、ブラックウーズとその子供たちは強力になっていく。

　世界最強の魔導士が最初に敗北したのは、この大陸に住む全ての生物にとっての最悪の出来事だった。

「ふうう、ふううう……っ」

必死に抵抗しようと意識を強く持っていたレティシアは、ふと、下半身に今までとは違う刺激を感じた。——すぐに、彼女の瞳が驚愕《きょうがく》に見開かれる。

髪の毛程度の細さをした触手が、陰核の下、膣穴よりも小さくて細い穴に『なにか』が触れたような気がして……そしてすぐに徐々にその質量を増していき、胎内の圧迫感が増していく。

「ま、な——ま、っへっ！　ひょれっ、ばめっ!!」

口を封じられている女王から漏れたのは無様な声だった。

その圧迫感の発生源——下半身、膣穴の少し上、細く小さな……尿道。

普段なら自慰《じい》でも触れることがない排泄《はいせつ》の穴。まさかそんなところにまで触手に犯されるとは思わず、レティシアは目を見開き、夫との性行為ではありえなかった排せつ穴への刺激に奥歯まで震え、子供を産み、女王としての執務に追われて肉付きに富んだ腹部が緊張に強張《こわば》った。

「ひっ、ぃぃぃい!?」

紅玉《ルビー》を連想させる瞳を見開き、白磁のような肌の至る所を強張らせ、腰だけがまるで別生物のようにビクンビクンと壊れた玩具《おもちゃ》のように痙攣してしまう。

（こんなっ、こんな……っ）

……女王の淫獄は終わらない。

窓の外や玉座の間の外からも女性たちの嬌声が響き、レティシア以外に捕らわれている貴族や騎士たちの凌辱《りょうじょく》も続いている——これが、今のフォンティーユの『日常』である。

第一章 ― 獣人と亜人の国

その国には、『宝物』と呼べるものが二つある。

一つは魔王討伐を果たした勇者が使っていた武具の一つ、あらゆる魔を滅《めっ》した勇者の聖剣。

そしてもう一つは、その勇者と旅をした狼人族《ろうじんぞく》の美姫《びき》――太陽の下で鈍く輝く灰色の毛髪を持ち、まるで鋭い刃の如く鍛え上げられた美肢体《びしたい》の女剣士フォーネリスである。

魔王が生み出した魔物との激戦で練《ね》り上げられた力強くも美しい剣技と、獣人族の長い歴史の中でも類を見ないほど優れた身体能力。

魔法を使えないという獣人族特有の悩みまでは克服できなかったが、勇者の背を守り、その隣に立って戦った女性。

それは国土の七割以上を深い森に囲まれた国グラバルトで最も有名な人物であり、齢《よわい》三十を越える妙齢となって尚、騎士団の長《おさ》として剣を取る女傑《じょけつ》でもある。

女性ということで王位を継承する権利はなく、ならばと生涯《しょうがい》を戦場で過ごそうとするその胆力《たんりょく》は戦いこそ誇りとする獣人族の中でも際立《きわだ》ち、男女問わずの人気を持つ彼女は、今日も森の中を疾走していた。

……いま、彼女の姿はグラバルトの王城から遠く離れた森の中にある。

鬱蒼《うっそう》と生い茂った森だ。昼間でも夕暮れ時のように薄暗く、太陽の光が届かない地面はまるで雨に濡れたかのように湿って、歩く者の体力を余計に奪っていく。

その身にまとわりつく空気も独特で、周囲にある大量の樹木から発せられる酸素は過剰《かじょう》な量となって人体に吸収され、平地と比べればどこか重く感じてしまう。

慣れた者でなければ歩くだけでも一苦労と感じてしまう森の中を、動きやすさに重点を置いた軍服に身を包み、その背に自分の身長ほどもある特大剣を背負って走っている姿は、無尽蔵《むじんぞう》の体力を持っているのかと見る者を驚かせる。

長く美しい灰色髪は頭の高い位置で邪魔にならないよう白い絹地のリボンで纏《まと》められ、それでもなお腰の中ほどまで伸びるほど。

涼やかで切れ長の目は白い肌と灰色の髪とは真逆に、大地を照らす太陽の光のように暖かな紅色。高い鼻と整った顎先《あごさき》、凛《りん》とした表情は高貴な雰囲気《ふんいき》を漂わせ、気が弱い者なら目が合っただけで委縮《いしゅく》してしまうだろう。

それが漆黒《しっこく》に染められた厚手の衣服とそれに合わせた騎士装束――実戦に耐えうる実用的な軍装に良く映える。

その美貌《びぼう》の女傑の姿は、昼間でも薄暗い森の中にあっても輝いて見えた。

「ほら、どうした。この程度で音《ね》を上げていては、実戦では生き残れないぞ」

「はあ、はあ……少し休憩させてください、隊長……」

「またか？　まったく、少し森の中を走っただけじゃないか」

「少しって……もう半日近く走ってるんですけど!?」

少しも息を乱していない自然体のフォーネリスの前には、疲労し、地面に両足どころか身体《からだ》を投げ出すように倒れてしまっている数十人からなる新兵の姿があった。

フォーネリスに憧れて獣人の国『グラバルト』の騎士団に入団した、十代の若者たちだ。

成人したばかりの彼らはそれぞれが獣人特有の、狼や狐といった獣の耳、その臀部《でんぶ》にはそれに合わせた尻尾《しっぽ》を持っている。

人間の新兵なら半日も森の中を走り回れば動けなくなるほど疲労するだろうが、身体能力に優れる彼らは疲労こそあれ、しかし喋《しゃべ》れるほどにはまだまだ余裕がある。

生まれ持っての体力差ともいうべきか。

しかしそれでも、フォーネリスは満足していない。

当然だ。戦時となれば半日どころか数日は森の中を駆け回ることなど当たり前。その合間合間にどれだけ効率よく休憩《きゆうけい》をとれるか、というのも戦士としての素養の一つだ。

「無駄口を叩いている暇があるなら、息を整えろ。次は素振りだ」

「うぅ……」

「入団試験より、段違いにキツイ……」

疲労に息を乱しながらも、しかし新兵たちにはまだ余裕があるようだった。軽口を返しているのがその証明だろう。

……それも当然か。

自分たちを鍛えているのがこの国一番の美女となれば、男たちのヤル気は高まり、多少の無理など押し通して良いところを見せようと頑張ってしまうようだ。

「ほら、立て！　休憩は終わりだ！」

「はっ、はいっ！」

フォーネリスはその日も、いつものように新兵を一人前の戦士として育てるため扱《しご》いていた。

すぐに、異変を知らせる急使が飛ぶ勢いで駆けてくることなど思いもせず。

＊

「ふうむ……なんじゃ、これは？」

その馬車の列を見て、小柄な少女は首を傾《かし》げながらそう呟《つぶや》いた。

年の頃は十歳をいくつか過ぎた程度。身長は成人した獣人男性の腹部程度までしかなく、黒色のインナーに隠された胸の起伏《きふく》もほとんどない。

しかし、そんな容姿に不釣り合いに思える老婆《ろうば》のような言葉遣いは自然で、周囲にいる数人の獣人たちも疑問に思わない。

それは少女……彼女が自分たちよりもはるかに年上で、それこそ「おばあちゃん」と呼んでいいくらい年が離れていると知っているからだ。

女性の名前はシャミア。

赤銅色《しゃくどういろ》の髪と黄玉色の瞳を持つ彼女はその瞳に深い知性を宿し、目の前を通り過ぎる十数台からなる馬車の行列を見送りながら先ほどの言葉を発した。

魔導王国フォンティーユと森林王国グラバルトの国境にある検問所の一つを任されている彼女は、フォンティーユからの難民だと自称する一団の対応をどうするか決めあぐねていた。

数人程度の旅行者なら通行証をフォンティーユが発行するのが普通なのだが、今回はかなりの規模であり、馬車の数と押し込められた乗客の状態は酷《ひど》いもの。

全員がその表情から生気を失い、疲労困憊《ひろうこんぱい》という有様。食事だってまともに摂《と》れていないということで検問所の食糧を分け与えたが、それだって全然足りていないのだ。

大体、この自称難民たちからすると魔導王国フォンティーユの王都がスライムごときに滅ぼされたというのだから、検問所に勤めるシャミアたちはその言葉を信じ切れずにいた。

「スライムがフォンティーユを滅ぼしただなんて話、信じられますかい？」

「まさか――魔法バカのエルフが集まる国が、魔法を弱点とするスライムなんかに滅ぼされるものか。しかも、女を襲うスライムなど……聞いたこともない」

熊のような丸い耳を持つ巨漢の獣人の言葉に、シャミアは呆《あき》れながら言葉を返す。

獣人ではなく亜人――ドワーフである彼女は、エルフたちがどれほど魔法技術に長《た》けているか知っており、そのエルフが魔法を苦手とするスライムに敗北するなど想像もできなかった。

それはとても現実的ではなく、難民たちが嘘を吐いている、もしくは敗北の混乱で気が動転しているとしか思われていない。

何より不幸なのは、グラバルトに逃げてきた難民たち――彼らはスライムが女を優先して襲うとは知っていても、その意図……犯して子を孕《はら》ませるということまでは知らなかった。

その情報を知っていたのは女王レティシアと一部の騎士たちのみで、娘であるマリアベルとメルティアにも伝えられていない。

レティシアが犯された女性騎士の心労を危惧《きぐ》した故の気遣いだったが、今はそれが完全に裏目に出てしまっていた。

危惧すべきことが正確に伝わらず、本当の危機を誰も知らないまま時間だけが経ってしまう。

「魔法バカはさておき、これだけの難民となるとこの検問所に留めておくことも難しいですよ。シャミア隊長」

「分かっとるわ、バカ者――だが、許可もないのにこれだけの人数を国内には入れられん」

「まあ、そうなんですが……ですが、食糧が――」

今度は別に、虎柄の尻尾を持つ青年が話しかけてくる。検問所に勤めているのは十人にも満たない人数だ。

ひと月分の食糧が備蓄されていたが、ほとんど飲まず食わずの状態でフォンティーユの王都からここまで逃げてきたという千人近い難民に配れるだけの蓄《たくわ》えなどない。

少量ずつを全員に――それだって、たった一日で半分近くが失われた。

今はグラバルトの王都へ早馬を送り、現状の説明と――食糧の追加支給を依頼したところだ。どれだけ急いでも、伝令の早馬が王都へ辿《たど》り着くのに丸二日。このままでは、自分たちまで飢えてしまうのは火を見るよりも明らかである。

その言葉にシャミアはまた「うーん」と頭を悩ませた。

「あの、すみません」

「なんじゃ、こんど――」

「よろしければ、また食糧を少し分けてもらえないでしょうか……私たちの中には子供もおりまして、せめて子供たちにだけでも食事を……」

そうシャミアへ話しかけてきたのは、銀髪の女性だった。

身長はシャミアよりも頭半分ほど高い。しかし、エルフという種族の中で比べれば小柄な部類に入るだろう。

元々は綺麗《きれい》だったはずの銀髪は手入れがされずに乱れ、埃《ほこり》で汚れてしまっている。着ている服も沢山《たくさん》のフリルで飾られた高級感のあるドレスだったのだろうが、こちらも埃や得体のしれない粘液がシミとなって汚してしまっている。

だが、疲労に陰る表情でも僅《わず》かな美しさを残し、この少女がどこか高貴な生まれの人物なのだろうというのを感じさせた。

全身が汚れていても背筋はぴんと伸ばされ、元は青色だったドレスの胸元を突き出すように胸を張る姿は教養の高さを窺《うかが》わせ、礼儀と姿勢が正しい少女だとシャミアは思った。

それと同時に、大きな胸だとも一目でわかる綺麗な立ち姿だ。

ドワーフは貧相な肉付きが当然で、無駄な贅肉《ぜいにく》がないことこそが美しいと考える種族なのだが、そんな価値観のシャミアでもこのエルフの少女が絶世の美人なのだと理解できる。

先ほどまでの愚痴《ぐち》を呑《の》み込んで、シャミア他、この検問所に配置されている獣人たちは少女の存在を視界に納めると姿勢を正した。

銀髪の女性はメルティアと名乗り、それはフォンティーユの姫の名前だというのはこの場にいる誰もが知っている。

難民に混じって一国の姫がいるというのも疑わしい話だったが、もう一人――その中にこの世界では勇者の血族にしか存在しない黒髪の姫がいたことで、状況は一変した。

本物の姫と、難民たち。

それは彼女たちが言う「スライムに国が滅ぼされた」という話に真実味を与え、シャミアが

『魔法バカ』と揶揄《やゆ》したエルフたちがスライム如きに敗北したことが事実だと物語る。

……本当に、認めたくないことだったが。

「ああ、それで……たしか食事でしたか」

「子供たちの分だけで構いません。なんとか都合できないでしょうか?」

そう言われても、検問所へ配られる食糧にも限りがある。

しかし、子供たちという言葉を使われると、まっとうな感性を持つシャミアたちとしてもなんとかしてあげたいという感情が湧く――と。

「す、すみません」

ぐう、と。小さな音が鳴った。

それはエルフの女性の腹部から。腹の虫、というやつだ。

「一つ、質問が」

「はい」

「……本当にフォンティーユはスライムに滅ぼされたのですか?」

慣れない敬語でたどたどしい話し方になりながらシャミアが問うと、女性は悲しそうに瞳を伏せ、しかししっかりと頷《うなず》いた。

この世界に住むほとんどの者にとって、スライムとは『最弱』の代名詞だ。

小さく、力も弱い。液体で構成される体は確かに物理的な攻撃に強いが、しかし核という弱点があり、しかもそれは粘液の体の外から丸見え。

大きく育ってさえいなければ魔法が使えない獣人やドワーフでも簡単に退治できるし、育っていても松明《たいまつ》の火程度で簡単に追い払える。

臆病で弱い。それが、世間一般的なスライムの評価だった。

「おそらく次はここ、グラバルトに向かってくるかと」

「……スライムが？」

少女の言葉にシャミアは顔を上げ、見張り櫓《やぐら》の上で、難民が到着してからフォンティーユ方面を警戒させている兵士に声を掛けた。

「何か見えるか？」

「いえっ。何も見えませんぜ」

「……だ、そうですが？」

「来ないなら、それが一番いいです。……その方が、無辜《むこ》の民が命を散らさずに済みます」

メルティアはそう言って、息を吐く。

「先ほどもお伝えしましたが、私たちはグラバルトの王、バルドル様に面会したい——早急に。もし食糧を分けていただけないなら、構いません。ただ、早く通していただきたいのですが」

「…………」

シャミアは腕を組み、周囲に立つ獣人たちを見回す。その全員が困った顔をしていた。

とても信じがたい話だが、なんというか、説得力がある。空腹というのも真実だろうが、それを押してでもグラバルトの王都へ向かおうとしている気持ちが伝わってくる。

「取り敢《あ》えず、少しで申し訳ありませんが食事を用意しましょう。おい」

「……いいんですかい？」

「しょうがなかろう。子供を見捨てるわけにもいかん——一応、周辺も見回ってこい」

「りょーかいっす」

その言葉遣いは上官への敬意などなかったが、場末の検問所に配置されている兵士などそんなものだ。

シャミアはむしろ、上下関係がなくてそれなりに気心が知れているのだと思うことにしている。

その言葉にメルティアは深く頭を下げた。

エルフが——シャミアの中では偏《かたよ》った、傲慢《ごうまん》で魔法のことしか頭にないエルフが頭を下げたことに驚き、普段はそう変化しない表情が驚きに染まる。

「ありがとうございます」

「な、なんじゃ……お前、泣いておるのか？」

その震える声にシャミアたちは困惑し、それを隠すようにコホンと咳払《せきばら》いを一つ。

「とにかく、まずは身体《からだ》を休めなされ。王都からここまで、歩き通しだったのだろう？」

それだけを口にして、シャミアはその場を後にした。

千人近い難民は検問所の奥、グラバルト側にある開けた場所で待機させていた。

流石《さすが》にこれだけの人数が検問所の中へ留まることは難しかったのだ。

そこを視察しながら、シャミアはまた別の獣人を傍に呼ぶ。

「早馬をもう一頭。フォンティーユ側に走らせよ」

「いいんですか？　勝手に他国へ侵入っていうのは……」

「どうにも、嘘には思えん。それに、フォンティーユの王都が滅ぼされたというのなら、国内が混乱しておるはずじゃ。その混乱がどの程度か、見極めるくらいで構わん」

「なるほど。脚が速いのを行かせます」

「うむ――一応、気を付けるように言っておけ」

それがただの杞憂《きゆう》ならそれでいい。

ただ、メルティアの真に迫った言葉は、シャミアたちに僅かだが不安を抱かせた。

＊

深い森に囲まれたこの国を『未開の土地』と蔑《さげす》む者は一定数存在する。

森林の王国、グラバルト。

獣の耳や尻尾《しっぽ》を持つ身体能力に恵まれた獣人や、精霊と交信しその奇跡を技術に生かす亜人が暮らす国。

森の木々に隠された地面は泥濘《ぬかるみ》、虫が湧き、土が腐って異臭を放つ。

そんな森の中に淀《よど》んだ風が吹き、ざあざあと騒がしく森の緑葉が揺れた。

僅かに……ほんの僅かだけ、緑葉が揺れた影響で太陽の明かりが森の中を照らす。

——薄暗い闇の中。ただそれだけで人の精神を蝕《むしば》み、あっという間に平常心を奪ってしまう。

そんな空間を進む存在が一つ。薄暗闇の中に、太陽の光を反射してソレはいた。

ソレに正式な名前はない。ただヒトは、ソレをスライムと呼ぶ。そして、スライムの中でもブラックウーズという種類名を持つ存在。

ソレにある目的はほんの僅か。何千、何万という命を取り込み、その知識と意識を手に入れたというのに、ソレは多くの目的を持たない。

害となる存在を排除し、あらゆる生命を取り込み、力を高め……そして、同族を増やす。

ただそれだけ。その過程で魔力を奪い、生命を吸収して知識を得ることで、少しずつ少しずつ——その力を増していく怪物。

突然変異の最弱だったもの。それが、このブラックウーズだ。

そして今——森を進むブラックウーズは、僅かに感じる魔力を追って進んでいた。

蠢動《しゅんどう》しながら地面を這《は》い進み、その過程にある蟲《むし》や腐った枝葉を取り込みながら。

その進みは遅い。森に慣れていない人間よりもはるかに遅く、しかし一定の速さで疲れることなく暗闇の森を進む。

蟲や獣たちが鳴いている。森に侵入した異物を警戒するように。

ブラックウーズにとって、自分と女以外の存在はすべて良質の餌《えさ》でしかない。

あらゆるものを取り込むブラックウーズは異臭に誘われた蟲がその体表に触れるとそのまま体内へ吸収し、消化。

同じように、蠢動しながら前進して体表に触れた枝葉も体内へ取り込んで吸収。ブラックウーズが通った後はぬかるんだ剝《む》き出しの地面だけとなる。

それはまるで道だった。その進行が舗装《ほそう》された道を作るように、ブラックウーズは前進する。

獣人たちが作った検問所ではなく、生きている者が足を踏み入れれば命を落とす——現地の住民ですら戻ることのできない深い森の中を。

それは盲点と言えるのだろう。他国と交流を深めるようになって作られた複数の検問所。

そこを通らなければグラバルトに住む獣人や亜人ですら人が住む村々や王が住む城へ辿《たど》り着くことが難しいと、長年の経験で知っているが故の盲点。

たとえソレがスライムであっても、必ず検問所へ向かってくるはずと考えてしまう思考。

足場が悪い森から侵攻するには時間がかかり、それよりも街道を進んだ方がはるかに早くグラバルトの王都へ辿り着くことができる、というのは子供でも分かること。

事実、十数年前に魔王がグラバルトを攻めた際にも、この深い森は防衛という観点から大きな意味があった。

魔王に操られた魔物でさえも、森に足を踏み入れればそこにある腐った泥水や毒花、毒虫によって命を落とした数は決して少なくない。

だが、ブラックウーズにとってそれらは『餌』であり、自身をさらに強力に成長させるもの。

すでに人間やエルフすら絶命させうる毒は、深い森の中で様々な薬草を吸収したことで更に強力なものとなり、その質量が更に増す。

見た目は人間が両手で抱えることができる程度の大きさしかない、普通のスライムだ。

しかし、その蠢動する粘液の中には圧縮された粘液と核があり、そこから無限に等しい質量を放出することができる。

その見た目からは想像できない、無限に作り出せる触手と体液。生成される魔力や毒も無尽《むじん》蔵《ぞう》となれば、この怪物に対抗できる者など存在しない。

——しかし、それでもブラックウーズは獣人の国を目指す。

魔物という存在ゆえに恐れ、嫌悪するものを無力化するために。

十数年前。魔王を倒した勇者の武器。

フォンティーユに保存されていたのは盾だ。

人間が治める女神信仰の国に納められているのは鎧《よろい》だ。

そして、この獣人が治める森に囲まれた国に納められているのは——剣だった。

それがフォンティーユの女王、レティシアの娘であるメルティアとマリアベルが難民と一緒にグラバルトを目指した理由。

ブラックウーズを打倒しうる唯一の武器を得るため。

……そして、フォンティーユの騎士たちを取り込んだブラックウーズもまた、武器の存在を知って目指す。

勇者の武器が保存されている場所、女神が初めて地上に降臨した神聖な遺跡を。

ゆっくりと。しかしまっすぐに。その先にあるすべてのものを取り込みながら。

*

「マリアベル、辛《つら》くはない？」

「はい。大丈夫です、お姉様」

そんな脅威《きょうい》がすぐ傍に迫っていることを知らない銀髪の女エルフは、僅《わず》かに疲労が滲《にじ》む声で傍に腰を下ろす黒髪の少女へそう問い掛けた。

今でも悪夢としか思えない惨劇《さんげき》から数日が経ったが、ようやくグラバルトとの国境へ辿り着けたことで、その声には隠し切れない安堵《あんど》が浮かんでいた。

検問所で束の間の休息を得た姉妹はようやく一息を吐き、長旅で疲れた身体《からだ》を癒《いや》している。

グラバルトという土地柄、周囲を森に囲まれたこの場所は空気が澄んでいて、エルフの血を半分継ぐ姉妹にとって心安らぐ場所だった。

この世界を救うために異世界から召喚された勇者と、ハーフエルフの間に生まれた姉妹。

特に、勇者の血を最も色濃く受け継いでいるのはその妹。この世界で唯一の黒髪を持つ姫は、検問所の裏にある川で身を清めていた。

こんなところで足止めを食らっている暇はない。そう分かっていても、土地勘のない彼女たちは獣人の案内がなければグラバルトの道を進めないことを知っている。

……なにより、同じくフォンティーユから逃げてきた難民たち。彼らを置いて二人だけで進むなど、考えられなかった。

国を滅ぼしたスライムの脅威。あれは忘れることなどできないし、今でも夢に見るほど。

そのスライムがいつグラバルト方面へ侵攻してくるか分からず、それは恐れの感情となって焦る気持ちを一層逸《はや》らせる。

そんな気持ちを落ち着けるためにも、二人は美しい自然に視線を向けた。

拓けたその場所は空の青が美しく映え、視線を下ろせば青々とした緑葉に彩られた森の入り口。太陽の光すら通さない森だが、しかしエルフの目をもってすればある程度まで見通せる。

フォンティーユとは違う、生き生きとした自然の世界。

獣が歩み、花が咲き、風が流れる。清らかな自然を感じながら、マリアベルは旅には不向きな踵《かかと》の高いヒールと黒のストッキングを脱いで両足を川に浸した。

その冷たさが、旅慣れない彼女の擦れた踵に染みる。

その刺激に息を吐くと、マリアベルは無意識に目を細めた。気が緩《ゆる》み、目尻に涙が浮かぶ。

慌てて右手で涙を拭《ぬぐ》うと、改めて気を引き締める。気落ちして涙を流せば、姉に今以上の心配をかけてしまうと考えたからだ。

「良い場所ですね――自然が多くて、気持ちが落ち着きます」

「そうね。風も、川の水も、とても気持ち良い……」

メルティアはそう言うと、川の水を手で掬《すく》い、まず自分の手についていた泥の汚れを洗い流した。マリアベルもそれに倣《なら》い、手とドレスに付いていた汚れを簡単にだが落としていく。

髪と同じ黒色のドレスは日に焼けていない肌の白さを際立《きわだ》たせ、川の水へ浸けるために捲《まく》り上げたスカートの裾《すそ》からは、男なら誰もが魅入《みい》ってしまいそうな細く白い足が露《あらわ》になる。

川の水に両足を浸けたまま、マリアベルは傍にあった手ごろな大きさの岩に腰を下ろすと、大胆《だいたん》に太ももを露出させた。

周囲に男の視線がないと油断しての行動だ。

コルセットで締められていないというのに腰は驚くほど細く、そこから更に上がれば僅かな起伏《きふく》がある胸元。座ったことでスカートの奥、太もものきわどい部分――ドレスと同じ黒地の下着が僅かに見えてしまっている。

胸の膨《ふく》らみはほとんどなく、しかし身長は同年代の少女たちよりも頭一つは高い。

あまり自分の意見を口に出せず、国を追われたことで気を落とした少女の顔は愁《うれ》いを帯び、陰のある感情が滲み出る。

対する姉——メルティアは明るく可愛《かわい》らしい青色のドレス姿。

長旅で汚れが目立ってきているが、元が良く仕立てられたドレスだからか汚れもむしろその美を際立たせていた。

マリアベルとは真逆といえる母親譲《ゆず》りの美しい銀髪と豊かな胸元。胸元は大胆に露出し、そこに深い谷間を刻んでいる。

それは肥満《ひまん》からくる豊かさではなく、ドレスから露出している二の腕や首元には無駄な贅肉《ぜいにく》など僅かもなく、細身なのに胸は驚くほど豊か。

同年代の女性たちと比べても発育の良い肢体《したい》の持ち主だが、その身長は妹であるマリアベルよりもわずかに低い。

妹と同じエルフよりも少し短い、ハールエルフの耳には魔力増強の効果がある紫水晶《アメジスト》が嵌《は》め込まれたイヤリング。指には同じく紫水晶の指輪が二つ。

これは、この検問所へ着いてから、馬車の荷物を整理していた時に見つけた物だった。

持ち主が誰かは分からない。

一緒に逃げていた全員を把握《はあく》していたわけではないし、逃亡中にも何度かスライムの襲撃を受けて犠牲《ぎせい》になった人もいた。

もしくは、逃走の緊張に耐えられず、夜の闇に紛《まぎ》れて難民の一団から逃げ出した人も。

おそらく、そんな人たちが残していった品の一つだろうというのが難民の考えで、最も魔力が高いメルティアにその装飾品は渡された。

フォンティーユの姫ということもあるが、その装飾品に守ってもらうために。

そのメルティアは、慣れない指輪とイヤリングの感触を気にしながら、マリアベルの世話をするため冷たい川の水に膝を浸け、その細い指で傷口の具合を確認する。

スカートの裾が濡れないよう大胆に捲り上げると、ガーターベルトに吊られた白のストッキングと、その奥にあるドレスに合わせた薄桃色の下着が露になったが、メルティアはそれを気にしない。この場にいるのは自分と妹だけだからだ。

「——っ」

「ああ、ほら。我慢しなくていいから」

メルティアは痛みを感じながらも無言のまま唇を嚙《か》むマリアベルの様子に苦笑しながら、優しく強張《こわば》った筋肉を揉《も》み解《ほぐ》してあげる。

「お姉さま」

「うん？」

メルティアが水に浸したマリアベルの右足を持ち上げて踵の擦り傷を確認していると、マリアベルがメルティアを呼んだ。その声に、メルティアはゆっくりと、優しい声を返す。

不安なのはメルティアも同じだった。しかし、その感情を表に出すわけにはいかない。

彼女はもし母親に不幸があったら――次に国を継がなければならない立場なのだ。

不安でも、それを表に出さないように教育されていたし……なにより、姉として、妹に情けない姿は見せたくなかった。

「私は、お父様の代わりになれるでしょうか？」

「ええ。きっと大丈夫」

それはこの姉妹――いや、最も勇者の血を濃く受け継ぐマリアベルに求められるもの。

フォンティーユの難民達が彼女に期待するもの。

それは希望だった。

フォンティーユで最も優れていた魔導士レティシアですら敗北したスライム。

そんなものに自分たちが敵《かな》うはずもないと思う民衆が勇者の娘に願う――それが『勇者の血』。

勇者の妻であるレティシアですら使えない『勇者の遺物』……この世界を創ったとされる女神ファサリナが異世界の勇者に託した盾と鎧、そして剣を使う能力だ。

特に、父親と同じ黒髪のマリアベルが自分よりその能力に優れていることを、姉であるメルティアは誰よりも知っていた。

まだずっと幼い頃――城に保管されていた勇者の盾は父親の記憶がないマリアベルにとって、父親との繋《つな》がりを感じることができる唯一の物だった。

誰かから教えられたわけではない。

ただ本能ともいうべきもので、物心が付いてからマリアベルは城の地下に保管されているその存在を感じ、母親にも内緒で宝物庫に忍び込んではその盾に触れていた。

普通の人なら触れることもできず、魔力が強い者でも持ち上げることすらできない勇者の盾。

宝物庫へ運ぶために数人のエルフが身体強化の魔法を使って運んだというのは有名な話だ。

しかし、マリアベルはその盾に触れ、台座から下ろし、抱きしめるようにその冷たい盾に身を預けたことは一度や二度ではない。

しばらくして母レティシアから物凄《ものすご》く怒られたが、そのことがきっかけでメルティアとマリアベルにも勇者としての才能があるのだと気付けた。

ただ、その武具は魔王と戦うための物。

魔王なき世の中では使われることはなく、宝物庫の奥で厳重に保管されるはずだった……。

「わたくしと貴女《あなた》でフォンティーユを、お母様を救うのよ。まずはグラバルト王に頼み、お父様の剣を譲っていただけるか……が、問題だけれど」

「そうですね。お母様を助けるために――早くグラバルトの王都へ行かないといけないのに」

しかし、それは叶わない。まだ王都へ向かった伝令が戻ってきていないからだ。

いくら国と母親の為とはいえ、他人に迷惑を掛けることを良しとできない性格は、長所なのか短所なのか。

そうして二人は内心に様々な葛藤《かっとう》を抱えながら、日々を過ごしていた。

メルティアはマリアベルの足の傷を確認し、川の水で洗浄すると、擦り傷に効く薬草を張りつける。マリアベルの白く細い足が強張り、スカートの裾《すそ》を持つ手に力が籠《こ》もるのが分かった。

「っ」

「ごめんなさい、痛かった？」

「い、いいえ。だいじょうぶ、です……これくらい、我慢しないと」

その強がりを微笑《ほほえ》ましく感じながら薬草を張り終えると、その上から薬草が剝《は》がれないように布を薄く巻いて手当ては終了。メルティアが妹の様子を確かめるために無言のまま顔を上げると、マリアベルは幼児のように目を強く瞑《つむ》って痛みを堪えていた。

その可愛らしい反応に、こんな状況だというのにメルティアは心から妹が愛《いと》おしくなる。

「マリアベル。他に痛いところは？」

「大丈夫です、お姉様」

「そう。それじゃあ、少し身体《からだ》を清めましょうか」

「はい」

王族である二人は、湯浴みの際には常に侍女《じじょ》が傍に付き、身の回りの世話をしていた。洗身してから肢体の水を布で拭き、下着を穿《は》き、ドレスを着せる。

その全部を任せていたが、このような時に身の回りの世話を任せるということが非常識であるのは理解していた。

だからこうやって、せめて水浴びの間だけは姉妹二人っきりの時間として使わせてもらい、その間にメルティアがマリアベルの世話をするようにしていた。

これは妹だからというわけではなく――メルティアも言葉は悪いと自覚しているが、『勇者の娘』としてマリアベルを周囲の人たちから特別視されるように、と考えてのことだ。

フォンティーユの姫、姉妹としてではない。

『勇者の娘』。特に、勇者と同じ黒髪の姫であるマリアベルは、フォンティーユ奪還の際には先頭で共に戦ってくれるであろう兵士たちを鼓舞する存在として立たなければならない。

実戦の経験はないが、戦《いくさ》がどういうものかは王族の義務として学んでいた。

戦うために用意しなければならないもの。兵に食糧、装備に計略。

それが全部ではないだろうし、まだ学んでいないこともあると自覚しているが……何より大事なのは旗。

軍旗という意味ではなく、英雄、希望として軍を導く存在としての御旗《みはた》。

魔王と戦う際には異界の勇者、大魔導士レティシア、獣人の剣士フォーネリス、そして人間の神官が軍の先頭に立ち、常に戦場の最前線で戦い続けて兵を鼓舞していた。

自分たちは捨て駒《ごま》にされているのではなく、自分たちが英雄の背中を守っているという心理的な高揚《こうよう》が兵の力を何倍にも高めるのだと。

英雄とは特別でなければならない。父と母、その仲間たちがそうであったように。

マリアベルがその役割として立つなら、メルティアも特別な役割があるのだと考えていた。

「さ、マリアベル。立てる？」

「はい」

メルティアに言われるまま、傷口に巻いた布が濡れないように気を付けながらマリアベルが立ち上がると、銀髪の姉はその背後に控えた。

腰まである長い黒髪を左右に分けると染み一つない首筋が露になり、ドレスのボタンを外すごとにその白い肌の面積が広がっていく。

背中の中ほどまで視界に映ると、メルティアはほう、と息を吐いた。

「綺麗《きれい》な肌ね」

「そう、ですか？　自分では、よくわかりません」

まるで磨《みが》いた宝石のように滑らかな肌は指を這《は》わせると触れた指先が心地よく、張りのある肌に僅《わず》かも痕が残らない。

うっすらと浮く産毛《うぶげ》の感触が心地よい——そう感じていると、マリアベルが身をすくませた。

「くすぐったいです」

「ふふ、ごめんなさい」

悪びれた様子もなく言うと、メルティアは黒いドレスを肩から下ろし、続いて右腕を抜く。

上半身が白日の下に晒《さら》されると、黒いドレスと同色の下着が徐々に露になっていく。

レース地の下着は、僅かな膨らみしかない胸元を少しでも豊かに見せるように沢山《たくさん》のフリルで飾られ、そのフリルのいくつかは可愛《かわい》らしい花の模様を形作っている。

下も同様だ。左腕を抜いてドレスが重力に引かれるように下がると、胸を支える下着と同じく黒のショーツが現れる。

こちらも沢山のフリルで飾られ、サイドは紐がリボン結びにされたもの。布面積はわずかで、小振りなお尻の半分近くが露出してしまっている。

全体的に綺麗というよりも可愛いという印象を抱かせる妹の下着姿を後ろから眺め、メルティアはまた、ほうと息を吐いた。

「それじゃあ失礼するわね、マリアベル」

「お願いします、姉さま」

そんな妹の下着姿に目を奪われたのは一瞬。

メルティアは用意していた清潔な布を川の水に浸すと、ゆっくりと、しっかりと、肌が赤くならないように気を付けながら、マリアベルの美しい肢体《したい》を拭いていく。

メルティアは首筋、肩と拭くと背にある下着の留め具を外して背中全体を拭いていく。マリアベルはその際に、いくら姉妹とはいえ薄い肉付きの胸を見られることが恥ずかしくて、両手を胸の前で組んで隠した。

留め具が外れて張りを失くした下着の紐が後ろに流れ、僅かに全身が強張《こわば》ったことに比例して力が込められた形の良いお尻が、布面積の少ないショーツを巻き込んでキュッと皺《しわ》を刻む。

太陽の光を反射するレース地の光沢《こうたく》が僅かに歪み、そのことに気付きながらメルティアはマリアベルの背中を拭いていく。

「ぁ、ぅ」

「くすぐったい？」

「す、こし」

胸と下着を押さえる腕に力が籠もる。薄いとはいえふくらみのある胸はしっかりとその形を変え、力を入れたことで僅かに角度が変わった左腕から乳房——そこにある綺麗な桃色の突起が完全に露出してしまっているが、緊張しているマリアベルは気付かない。

小さな胸に相応《ふさわ》しい小振りな乳首だ。乳輪も小さく、まだ誰にも触られていない胸の頂《いただき》は綺麗な桃色。

くすぐったさで僅かに胸の突起は僅かだが固くなり、その頭頂を高くしてしまっている。

「は、ぁ……んぅ」

「ほら。すぐに終わるから我慢して」

姉の言葉にコクンと頷《うなず》くと、言った通り洗身の刺激はすぐに終わった。

水浴びで気持ちを鎮めたいとはいえ、この後は他の難民の人たちにも川を使わせてあげたいので、それほど時間を掛けられないという事情もある。

手早く脂肪《しぼう》がほとんどない腹部を拭き、形の良いヘソを洗い、胸と同じく肉付きの薄い臀部《でんぶ》をゆっくりと揉《も》むように、形を整えながら拭いていく。

黒のショーツに包まれたお尻は柔らかく形を変えるが、すぐにそれは元の形に戻ってしまう。

張りのあるきめ細かな肌は濡れた布で拭かれると美しく煌《きら》めき、妹姫の肢体を際《きわ》立《だ》たせる。

最後に細い足を拭き終わるとブラの留め具をつけてあげ、メルティアは一息吐く間もなく今度は黒いドレスを着せた。

「次はお姉さまを」

「いいのよ。私は皆と一緒に、ゆっくりと身体を洗うから」

「……そう、ですか?」

「貴女は気にしなくていいの――国を救うことだけを、考えましょう?」

身体を洗い終わったマリアベルが振り返ると、その表情は悲しみを孕《はら》んでいた。

黒い前髪から覗《のぞ》く黒い瞳が、じっとメルティアを見る。

マリアベルは、特別だ。勇者の娘として、英雄として、特別でなければならない。

特別とは周囲とは違うということで、神聖視されなければならない存在。

少なくとも『勇者の娘』であり『勇者の後継者』であるマリアベルは他人とは違う生活を送り、そして姉妹でありながら、黒髪ではないメルティアは周囲と同じ生活を送る。

単純だが、そうすることでマリアベルは自分たちとは違うのだとフォンティーユの難民は感じ、そして今、彼らは少しずつマリアベルを特別視するようになりつつあった。

王族としてではなく、勇者の娘として。

獣人の国に保管される『勇者の武器』を借り、国を取り戻す。母を救う。

その為なら、メルティアは難民たちに紛《まぎ》れて肌を晒《さら》すというのも我慢できた。

「マリアベル様、メルティア様！」

ちょうどマリアベルの洗身が終わると、遠くから名前を呼ばれた。

女性の声だ。二人とも、その顔には見覚えがあった。難民の一人だ。

「いま、ようやくグラバルト王都へ向かった早馬が戻ってきたようです！」

「本当ですか？」

「はいっ。シャミア殿がお二人を呼んでくるようにと」

その報告に、二人は胸を高鳴らせた。

ようやく、また一歩前に進むことができると。

二人は足早に川を後にすると、呼んでいるというシャミアの元へ向かう。

……報告は単純だった。

二人をフォンティーユの王族であると認め、グラバルトの王都まで招待するということだ。

同時に、騎士百余名が護衛につくということ。こちらは、難民たちも一緒に護衛するためだ。

フォンティーユの騎士とは違う、飾りが殆《ほとん》どない鋼《はがね》を鍛えた鎧《よろい》と兜《かぶと》。背にある赤いマントにはグラバルト王家の紋章が刻まれているが、腰に差す剣にはそれぞれ違う紋章が刻まれている。

剣の紋章のいくつかに、メルティアとマリアベルは見覚えがあった。

フォンティーユとは違ってグラバルトには多様な種族が存在しており、それら部族の紋章が剣には刻まれているようだった。

「シャミアさん。良くしていただき、本当にありがとうございました」

「いや、特別なことは何も……お二人こそ、道中、毒蛇などに気を付けるのじゃぞ」

少女のように小柄な赤毛のドワーフは、年老いた喋《しゃべ》り方で馬車の荷台から顔を覗かせたメルティアに言葉を返した。

「心配していただき、ありがとうございます」

感謝の言葉を最後に、メルティアたちを乗せた馬車はグラバルト王都へ向かって走り出した。

「……にしても、結局スライムっていうのは姿を見せませんでしたね」

難民たちを乗せた馬車が見えなくなると、狼耳《おおかみみみ》の獣人がそう言った。

それは、フォンティーユの難民……メルティアたちが何度も言っていたことだ。魔導王国を滅ぼしたスライムが攻めてくるかもしれない、と。

しかし、彼女たちが滞在している間に、スライムはその姿を見せることはなかった。

一応、検問所の門を閉じて、倉庫からスライムを倒せそうな魔王が生きていた時代に使われていた武具……ミスリル製の武器もいくつか引っ張り出していた。

斧《おの》が一丁《いっちょう》と、剣が五本。

今では希少になったミスリルは、使い手に僅かな魔力があればその魔力を増幅して魔法の補助をしてくれる性質を持つ。

発現できるのは基礎の基礎、刃を熱する、小さな氷を作るといった下位魔法程度だが、スライムを相手にするなら十分すぎるというのが『普通のスライム』を知っている戦士の考えだ。

そんなミスリル製の武具の一つを持ったシャミアは、その小振りな斧を軽く振り回した。

見た目は樵《きこり》が使うような質素な作りの手斧だ。ただ、その刃は鉄や鋼とは違って僅かに銀を含んだように煌《きら》めき、太陽の光を反射するとその加減でうっすらと七色に見える。

刃は研《と》がれているが鋭利ではなく、武器としてよりも、儀礼用の祭器に見えなくもない。

シャミアは背に本来の武器として使い慣れている巨大な金槌《かなづち》を背負っており、その手斧は腰のベルトに吊るすような格好だ。

補助武器としての役割が大きいそれを手に持って眼前に掲げると、強く意識した。

炎よ起これ、と。

するとと淡い七色に煌めく刃が太陽の光とは違う力でうっすらと光り、次の瞬間にはその刃が赤熱《せきねつ》した。一瞬で大気が揺らぎ、その熱が僅かだが肌に伝わる。

「うーむ。火の玉は飛ばせんが、しっかりと使えるようじゃな」

「他の剣も後で試しておきます。倉庫で埃《ほこり》を被《かぶ》っていましたから心配でしたけど、ミスリルに埃は関係ないようですね」

「まあのう。古い遺跡から見つかるミスリル製の武器も、問題なく使えるという話じゃしな」

……そうして、メルティアたちが去って数日が過ぎた。

（お姫様たちは、そろそろグラバルトの王都に到着する頃かな？）

スライムの存在を頭の片隅に置きながらも緊張の糸が緩《ゆる》み始めた頃、フォンティーユ方面の状況を調べさせるために送り出した兵士が戻ってきた。

彼はぼうっとした表情で馬に跨《また》がりながら何もない平原を進み、シャミアたちの呼び掛ける声に返事をするでもなく検問所へ戻ると、訝《いぶか》しがるシャミアたちに向かって意志の光が薄い瞳を向ける。

その表情に違和感を覚えたのは、シャミアだ。子供のような容姿からは想像できないほど長い時間を生きた女ドワーフは、同僚の変わり果てた様子に首を傾《かし》げる。

「どうした？」

「ああ、いえ……」

「随分《ずいぶん》と長くかかったな。疲れただろう？」

「あー……ああ。そうだ。疲れたんだと、思う」

狼耳を持つ獣人の言葉にも曖昧《あいまい》――というよりも、オウム返しに返事をするその姿を見て、検問所に勤める仲間たちも違和感を覚え始めた。

フォンティーユの状況を探るために検問所を出た時と、明らかに様子が違う。それも、疲労からくる変化ではない。なんというか……無気力になっているように感じられたのだ。

「大丈夫か？」

「はい。その、記憶が曖昧で」

シャミアの言葉に、男は訥々《とつとつ》と口を開き始めた。

聞くと、フォンティーユにある一つの村に辿《たど》り着いたところまでの記憶はあるが、その後から昨日まで意識を失っていたのだという。

村の位置は馬を走らせて一日の距離だったので、七日近く気を失っていたことになる。

「じゃあ、お前。ずっと眠っていたのか？　飯は？」

「さ、さあ？　どうだったかな……」

熊耳《くまみみ》の獣人が聞くと、曖昧な答え。そこは自信がないらしい。

普通なら七日も経てば、そのまま脱水症状を起こすか飢えで死んでいただろう。だが、強《きょう》靭《じん》な肉体を持つ獣人だったことが幸いしたのか、体調を崩す程度で済んでいるようだった。

「こいつも調子がおかしくて。目が覚めた時、全然言うことを聞いてくれなかったんです」

そう言って指差したのは、乗っていた馬だ。軍用馬として使われている馬は乗り手の言うことを聞くように調教されており、よほどのことがなければ手綱《たづな》を握る存在に逆らわない。

逆に言えば、言うことを聞くはずの軍用馬が逆らうような異常事態が起きたと考えることもできるのだが……シャミアたちが見る限り、疲労に似た無気力感以外に何も感じない。

「取り敢《あ》えず、今日はもう休め。腹は減っているか？」

「いえ、大丈夫です。途中で水をたくさん飲んだんで」

「そうか。偵察、ご苦労。他に何か伝え忘れていることはあるか？」

シャミアの言葉に、男は首を横に振った。

そして、何かに気付いたようにその手で腹部を摩《さす》る。

「どうした、やはり腹が減ったか？　干し肉くらいならすぐに用意できるが……」

「いや、いりません」

「わかった。では、ゆっくりと休め。明日も調子が悪いなら無理をせず休んで構わないからな」

「はい」

男はそう言うと、割り当てられた木造の宿舎に戻っていった。

そうやってシャミアと偵察に出た男が話している間に、馬の鞍《くら》に繋《つな》いでいた野営道具一式や保存食を仲間たちが下ろし……そこであることに気付く。

「隊長、これ」

「どうした？」

「保存食、全然減ってないっすよ」

気絶していたのだから当然、と考えたのは一瞬。

気絶から目を覚ました後も空腹を覚えず、この検問所まで戻ってきたのだと考えると、確かに不思議なことだった。

「もしスライムだったとして……獲物を襲ったら生かすようなことはしないはずなのじゃが」

「そうっすね。野盗や物盗《ものと》りだったとしても、荷物が無事なのは不思議ですし」

見張りについている兵以外の全員が首を傾げたが、その答えが出ることはなかった。

この時、不幸だったのはスライム――ブラックウーズの特性がきちんと伝わっていなかったことだろう。

いや、これを不幸というのも酷《こく》なことか。

マリアベルたちもまた、ブラックウーズの生態を正確に把握《はあく》できていなかったのだから。

男を殺し、女を犯すだけではない。生物を吸収し、その能力を、知識の一部を吸収して罠《わな》を張る……誰が想像できるものか。

それを知らないシャミアたちは戻ってきた同僚の変化に首を傾げ、しかし無事に戻ってきたのだからと一応の安心で気持ちを落ち着けた。

その日の夜も、シャミアたちは交代しながら検問所で見張りに立っていた。

見張りに立つのは常に三人。

見張り櫓《やぐら》の上に二人と、有事の際にはすぐに仲間へ連絡できるように検問所内を見回るのが一人。一晩に数回の交代を想定し、シャミアと二人の獣人が見張りに立つ。

夜目が利《き》く獣人が見張り櫓の上に立ち、シャミアは検問所内の見回りだ。右手に松明《たいまつ》を持ち、左手は腰に吊った手斧の柄に触れている。

松明の明かりが赤銅色《しゃくどういろ》の髪とその横顔を照らし、数十年生きたというには若々しい童顔を夜闇の中に浮かび上がらせた。

グラバルトの夜は蒸し暑く、自然、身に纏《まと》うのは黒のインナーとスパッツという薄着。起伏《きふく》の少ない肢体《したい》を黒布が彩り、その上から革の軽鎧や特大の金槌と精霊銀の手斧を装備している。

「では、見回るとするかのう」

気を張り、しかし僅《わず》かな退屈を滲《にじ》ませながらシャミアは誰にでもなくそう呟《つぶや》いた。

夜の見回りは毎日行っていたが、何も起きない日が続くと油断してしまうのも当然なのかもしれない。

そうしてそれほど広くない検問所内を見て回りながら、シャミアは夕食時のことを考えていた。

戻ってきたばかりの兵士は体調不良を理由に食事を摂《と》らず、そして一緒に偵察に出た馬もまた飼い葉を食べなかったという報告を受けていた。

それを体調不良や偶然といった言葉で片付けるのは、正しいのか、という疑問だ。

(明日の朝でも体調が悪いようなら、一度王都の方へ戻して医者に診《み》せるべきかのう)

そう考えていると、ふと、違和感を覚えた。――夜闇の中で鳴いていた虫の声が、少ない。

「……ん？」

その夜はいつもよりも静かだと感じていると、人の声が聞こえた気がした。

すぐに聞き間違えかとも思う。聞こえたのは一瞬だけだったからだ。

ただ、決まった道順で見回りをするだけというのも退屈だったので、シャミアは足を止めて声がした方へ視線を向けた。

木材を使ってしっかりと枠組《わくぐ》みされた、丈夫な造りの建物。十数人は簡単に寝泊まりができる程度の大きさだ。

検問所には十人程度の兵士がいるのだが、その中には女性も含まれている。シャミアと、他にもあと二人ほど女性兵士が検問所で寝泊まりをしていた。

なので宿舎は二つ用意されていて、片方が男性用、もう片方が女性用と分けられている。

声が聞こえたのは、男性用の宿舎からだった。

窓からは『勇者の知識』によって開発され、数年前から利用されている魔力灯の明かりが漏《も》れ、今頃は見張り交代まで他の兵士が仮眠をとっているはずである。

（大きな寝言か？）

そう思ったが、ふと、昼間に帰還してきた兵士の顔が頭に浮かんだ。

嫌な予感、というほどでもない。こう、ふと脳裏《のうり》に浮かんだ、気になったというだけのこと。

先ほど、夕食時の様子が変だったと考えていたからだろう。ちゃんと眠れているか確認しておこうといった程度の考えでシャミアは宿舎の方へ足を向けた。

眠っている仲間たちを起こさないようにゆっくりと宿舎のドアを開ける。

最初に視界に映ったのは、魔力で光源を保つ魔力灯の明かり。

それを確認してからドアを大きく開くと、夜の風が隙間《すきま》から室内へ入り込んだ。同時に、室内の『臭《にお》い』を感じ、シャミアは顔を顰《しか》めた。

室内へ足を踏み入れる前に松明を持つのとは逆の手で鼻を押さえ、表情を嫌悪に歪める。

「なんの臭いだ？」

室内には、昼間に戻ってきた男が立っていた。

その傍には三人の兵士が倒れている……それを見て、シャミアは腰から手斧を抜いた。

「なにをしている!?」

問題なのは、その戻ってきた男の顔と口。魔力灯の明かりの中に浮かんだ目は白目を剝《む》いて意識を完全に失っており――口からは、今なお粘り気のある『何か』が溢《あふ》れ出ている。

それが何なのか、シャミアは理解できない。

同僚の無事だとか、危険だとか、逃げようだとか——そんなことすら考えられず、しばらくして白目を剥いている男が立っているのではなく、粘液に支えられているのだと気付いた。意思が、あるのだ。

こうやって『無理矢理立たせている方が見た者に恐怖を与える』と、理解しているのだ。スライムは、ブラックウーズは学習していた。

簡単なことだ。スライムという種が警戒されるなら、警戒されない方法を探せばいい。フォンティーユの王都でそうしたように。

かの王国では下水を使い、そして今回は人の体内に入り込み、獣人たちの警戒を突破した。なにせ、本人ですら自分の体内にスライムがいることに気付いていないのだから。家に帰る程度の軽い気持ちでスライムを案内してしまう。

……そうして、男の体内から溢れ出したスライムの数は、三匹。

一匹の大きさは人間の頭程度で、それほど大きくない……普通のスライムの大きさというのがシャミアの印象だった。だがそれが人体の中に入り込んでいたというなら話は別だ。

シャミアは全身に鳥肌を浮かべながら、無意識に数歩下がった。

その間に白目を剥いていた男が体内のスライムの全てを吐き出すと、前のめりに倒れる。痙《けい》攣《れん》すらしない。体内からスライムを吐き出す際に気道が圧迫され、酸欠のまま絶命していた。

そして、眠っている間に吐き出したスライムの粘液に触れ、その麻痺毒《まひどく》に侵されて動けない三人の男に三匹のスライムが触手を伸ばす。

「スライムだっ！」

その時になって、ようやくシャミアは声を張り上げた。

瞬間、シャミアの意識が室内から外へ向いた隙《すき》をついて、触手が伸ばされた。文字通り目にも留まらない——シャミアの動体視力では追うこともできない速さである。

触手はミスリルの手斧を握るシャミアの右手首に絡みつくと、粘り気のある粘液を溢れさせて彼女の腕を濡らす。

（な、んじゃ、これは⁉）

効果はすぐに現れた。ドワーフの腕から力が抜け、ミスリルの手斧を持っていることもできなくなって簡単に落としてしまう。

そのことに驚いたのはシャミア本人だ。腕の感覚が失われ、指先までが小刻みに震えだす。

腕が自分のものではなくなってしまったような恐怖を覚え、彼女は乱暴に右腕に絡みつく触手を左手で引き千切《ちぎ》った。

スライムの触手とはいえ、しょせんは粘液だ。金槌《かなづち》を振り回して鍛えたドワーフの腕力なら簡単に引き千切れる——はずだが、今度は左手まで力が抜けて痙攣し始める。

（痺《しび》れる——毒か⁉）

「くっ」

……シャミアは仲間を助けることを諦め、建物の外へ転がるように飛び出した。見張り櫓にいる仲間と合流することを優先する。

だが、スライムに背を向けた哀れな女ドワーフに向かって伸ばされた触手は、そのまま彼女の小さな背に張り付き、その細い触手からは想像できない力強さで一気に押し倒した。

地面へ強《したた》かに顔を打ち付ける痛みに声が漏れ、その衝撃で目の前に星が散る。

一瞬だけ意識を失い、全身が脱力すると、背中に張り付いた触手が、今度はその小柄な身体《からだ》を乱暴に引っ張り、先ほどまでいた男性用の宿舎へと引き摺《ず》り込んだ。

魔力灯の明かりだけがともる室内へシャミアを引き摺り込むと、そのまま乱暴に木製のドアが閉じられる。

（なんだ!?　何が起きている!?）

目まぐるしい視界の変化にシャミアは悲鳴を上げることもできず、さらに混乱してしまう。

室内へ引き摺り込まれたシャミアの肢体に触手が絡みつき、あっという間にその四肢《しし》を、胴を、雁字搦《がんじがら》めにしてしまった。

そのまま木製の壁へ移動させると、粘液が接着剤の役割を果たしてシャミアの身体を壁に張り付ける。

最後にその顔に触手が絡みつき、目元を覆《おお》い隠すとシャミアは身動きができず、何も見えなくなってしまった。

「くっ、放せっ！」

シャミアは手足を暴れさせて抵抗しようとしたが、しかし四肢が動かない。目元が覆われてシャミア本人には見えていないが、その手足は壁に……あっという間に宿舎内に広がったスライムの粘液に覆われた肉の壁に拘束《こうそく》され、肘の先、膝の先が埋め込まれてしまっていた。

これでは、いくら怪力のドワーフでも抵抗どころか身動きだって満足にできはしない。

(儂《わし》を捕まえているのは触手……か？　手と、顔……足もかっ。動かせん……っ)

特に両腕は痺れて感覚が鈍く、粘液を引き千切るどころか指先まで震えてしまっている。

次にスライムは、シャミアの身体から邪魔な革鎧《かわよろい》と金属製の巨大槌《きょだいつい》を外し、床に転がした。

黒のインナーとスパッツだけになった起伏の少ない肢体が晒《さら》され、緊張で全身に汗が浮く。

(まさか本当にスライムがいるとは……っ)

本心では信じていなかったことが現実に起こり、シャミアは自分の情けなさに歯嚙《はが》みする。

宿舎の中にあった魔力灯の明かりには影響がないので、松明に似た暖色の明かりが部屋の中を照らしたままだ。

兵士用の宿舎なので個室など存在せず、兵士全員が同じ部屋に集まって休む作りだ。

その宿舎の壁際に、シャミアは磔《はりつけ》にされる。

(くっ、どうにかしてこの場から逃げねば……他の皆は大丈夫だろうか)

なんとか拘束から逃れようとシャミアは諦めていなかったが、しかしその周囲――宿舎の室肉を埋め尽くすスライムの粘液を実際に見れば、それはもう不可能だと分かってしまうだろう。

壁や窓、出入り口は完全に塞《ふさ》がれ、逃げ場などどこにもない。

頼みの綱《つな》であるミスリルの手斧《ておの》は一度も使われることなく床に転がり、スライムは万全を期してソレを自身の粘液で厳重に覆い隠してしまう。

「くっ――誰かいないのかっ?」

身体を動かせないのならばと、シャミアは危険を覚悟して大きな声を上げた。

当然返事をする者など一人もおらず、むしろそれを抵抗と感じたのか、スライムは次に彼女の口を新しい触手で塞いでしまう。

「――んぅ!? んんっ、んんんっ!!」

突然口を『なにか』に塞がれ、驚いた声が漏れる。必死に首を乱暴に振って触手から逃れようとしたが、それよりも早くシャミアの口内へ苦みのある液体が流れ込んでくる。

(なんだ、この味は……っ!?)

とてつもない苦さだった。道端に生えている雑草を噛んだとしてもここまでの苦みはないだろうと思えるほどで、触手に覆い隠されている瞳から勝手に涙が零《こぼ》れ落ちてしまう。

それを吐き出そうにも口は触手に塞がれていて、シャミアはえずきながらその液体を飲み込むしかなかった。

(いったい何を、儂は飲まされた? 毒、か……!?)

苦みと粘り気のある液体は喉《のど》に引っ掛かり、強い臭《にお》いが鼻を抜けて新しい涙が頬《ほお》を伝って落ちていく。だが腕を襲った痺れを伴《ともな》う毒のような即効性はないようで、シャミアは四肢の感覚がまだ鮮明であることにひとまず安心する。

「ん、ぐっ、んっ、んぅ……っ」

しかし、シャミアが液体を飲み干すと、触手は彼女の口内へ新しい液体を送り込んできた。口を塞がれ、延々と口内に注ぎ込まれてしまえば、シャミアには飲み込む以外の選択肢が存在しない。そうしなければ窒息《ちっそく》してしまうのだから。

（このっ、バケモノ――っ。いったい、いつまで儂の口に吐き出すつもりじゃ!?）

そう毒突くが、四肢を拘束されていては抵抗もままならない。

内心に烈火の如き怒りを抱きながら表情を歪め、塞がれた顔の下でスライムを睨《にら》み付けながら、シャミアは生き残るために仕方なく液体を飲み込んでいく。

……そんな屈辱《くつじょく》に表情を歪めるシャミアの股《また》の下から新しい触手が複数本生え、黒地のスパッツ越しに彼女の股間《こかん》を撫《な》でた。

「んぶっ!?」

突然、予想外の場所への刺激に口内に溜まっていた液体を吐き出し、それでも足らずに鼻からも噴き出すシャミア。

幼げな容貌《ようぼう》を無様に穢《けが》すその下では触手が股間を撫で、別の触手が小ぶりな尻を揉《も》み、その谷間を這《は》い回って肛門《こうもん》を刺激し始めた。

（これは、なんだ!?　儂はなにを、何をされているのだ!?）

シャミアはスライムの行動が理解できなかった。

魔物にとって人は倒すべき敵であり食糧だ。だというのに女の身体を嬲《なぶ》る動きをするなど……それはシャミアの常識に嵌《は》まらない行動で、余計に混乱してしまう。

だが、そんなシャミアの混乱をよそに触手の動きは女性を嬲るソレとなり、はっきりと彼女の陰唇《いんしん》、そして肛門を狙い始める。

薄地のスパッツというのが不幸だった。

服というには心もとない下着のように頼りない布地は濡れて、その下にある陰部と肛門をあっさりと浮かび上がらせ、触手は難なくシャミアの弱点を探し出す。

触手は薄布を破らんばかりの力強さでシャミアの陰唇を突き、肛門を穿《うが》とうとした。

「むぅうっ!?　ぅうううっ!?」

（なに、をっ!?　何をしているのだ、このスライムは!?）

混乱しながら、シャミアは必死に下半身へ力を込めて膣穴と肛門を閉めようとした。鍛えられた腹部に腹筋が浮かぶほど力を籠《こ》め、抵抗の意思を示す。

だが、その触手が滲《にじ》ませる粘液もまた、麻痺毒だ。

両腕を痺れさせたものよりも弱く作られた毒だったが、それでもシャミアの下半身の自由を奪うには十分すぎる効力で、次第に触手に抵抗しようとしていた力が抜けていく。

撫で回される刺激が鈍い感覚に変わり、脱力した両足が粘液によって肩幅に開かれていく。

壁に、腕を頭の上に向け、足を肩幅に開いた無様な格好で拘束され——その姿は卑猥《ひわい》な彫像を連想させる。視界を奪われながらも自分の姿を認識したシャミアが頬を赤くした。

「きゃあ!?」

「誰か、誰か助けて!?」

その直後、室内に甲高《かんだか》い声が響いた。女性たちの声だ。

「むぐぅうう!?　むぅうう!?」

(この声は!?)

シャミアには、その声が誰のものなのかすぐに分かった。一緒にこの検問所に配属された女性兵士たちのものだ。

いつも柔和《にゆうわ》な笑みを浮かべている豊満な肉付きをした肢体《したい》の兎耳《うさぎみみ》の兵士と、それとは対照に長身ながら起伏《きふく》の少ない身体付きの狐耳《きつねみみ》を持つ女性兵士の姿が頭に浮かぶ。

彼女たちはすぐに助けを求めるよう口を塞がれながらも声を上げたが、しかし——。

「ひぃぃい!?　やだ、やだぁああ!?」

「やめてぇ!?　たいちょ……隊長、助けてください！」

彼女たちが悲鳴を上げると、布を裂く音が室内に響いた。

シャミアの叫び声で戦闘準備を整えていたのだろう。寝巻の上に着ている邪魔な金属製の装備を剥《は》ぎ取り、着ていた服を乱暴に引き裂き、下着姿にするとシャミアと同じように肉壁に貼り付けて拘束する。

男性用宿舎の壁には三人の美女美少女が埋められ、誰一人として抵抗できなくされてしまう。

そうしてようやく、スライムは『食事』を開始した。

「むぐぅうう!?」

「やだ、や――むぅうう!?」

「ひっ……シャミア隊長、サリ――むぐぅ!?」

悲鳴がうるさかったのか新しく壁に埋められた二人も触手で口を塞がれ、すぐに涙が出るほど苦い液体を口内に注がれ始めた。

それは、『栄養剤』である。生まれたばかりのブラックウーズが、フォンティーユの廃坑で、フレデリカたちを飼っていた時に作りだしたものと同じもの。

大切な母体を死なせないために獣や野草を溶かし、その液体を飲ませて命を繋《つな》げていた。

三人にもそれと同じものを与え、そして次にすることも同じ――。

壁に張り付けられた三人の下半身。シャミアは黒のスパッツ、兎耳の女性兵士は普段のおっとりとした雰囲気《ふんいき》からは想像できない大人びた純白の下着、狐耳の女性兵士は小さな胸に良く似合う可愛《かわい》らしい青色の下着……そんな心許《こころもと》ない薄布に守られた下半身へ触手が向かう。

視界を奪われていない二人の女性兵士は、スライムのその行動に目を見開き、僅《わず》かに動かせる身体を恐怖に震わせ、暴れさせた。

純白の下着に包まれた兎耳兵士の豊満な胸がブルンと暴力的に震えるが、しかしそれだけだ。

壁に埋められた女性たちは抵抗もできないまま、粘液の触手がその下半身へと群がっていく。

シャミアはすでに麻痺毒《まひどく》で自由を奪われ、他二人も触手が塗りつけてくる麻痺毒交じりの粘液によって下半身から力が抜け、抵抗もできずあっさりと侵入を許してしまった。

「ぅぅぅぅ──っ!?」

「ひっ、ひぅ……っ」

兎耳の兵士はくぐもった悲鳴を上げ、狐耳の兵士は嗚咽《おえつ》を漏《も》らす。

狐耳の兵士……その金色の体毛に飾られた膣穴からは破瓜《はか》の血が流れていたが、それもすぐに粘液の触手に吸収され、床に垂れる間もなく消えていく。

（く、ひっ──やめ、ろっ！　儂の中で動くなっ）

（なにが──なんでこんなことに……）

（ひどい、こんな……こんな……っ。私の、初めて……っ）

三者三様。それぞれが現状を理解し、抵抗の意思を持ち、困惑を深め、そして絶望する。

しかし、性的な経験がある兎耳の兵士の視線が下半身……自分の膣穴と肛門を穿つ薄汚れた黒に近い灰色の触手──その中を白い液体が上っていくのを見た瞬間、驚愕《きょうがく》に目を見開いた。

魔物に犯されている現状すら悪夢のように思えるのに、もしこの触手の動きが彼女の知識の中にあるものと同じなら……その白い液体が何なのか、嫌でも思い至ってしまう。

「むぅうう、むぐぅううう!?」

彼女は必死に首を横に振り、身体を暴れさせた。

すぐ隣でそれを見た狐耳の兵士も嫌な予感を覚え、身体を暴れさせる。

(なんだ!? 隣で何が……？)

唯一、視界を覆《おお》われているシャミアだけは、これから自分の身に何が起こるのか理解できていなかったが、二人が暴れる音に不安を覚え、全身に嫌な音が浮かぶのを感じた。

「むう、んむぅう？」

(おい、どうした……？)

「んぐぅうううっ!?」

「んう、ぅうううっ!?」

当然ながら、言葉にならない質問の声に返事はない。

(だ、だがっ、だがっ！ 大丈夫だ、大丈夫っ)

混乱し、恐怖しながら、けれどシャミアは自分にそう言い聞かせる。

シャミアたちは信じていなかったが、人を襲うスライムが存在していることはグラバルトの王都へ知らせ、マリアベルたちもまたその王都へと向かっている。

いずれ助けが来る――それまで耐えればいい。

耐えがたい屈辱《くつじょく》と恐怖の中でそう考えれば、希望はまだあるのだと思えば、耐えられた。

……その膣内に、新しい液体が注がれなければ。

「むぐ……？」

（なんだ、これは？　……熱い……あつい!?）

子供のような容姿をしているとはいえ、長く生きているドワーフであるシャミアは一瞬困惑し、しかしすぐにその液体が何なのか想像できてしまった。

「んぐぅううう!?」

「むぅっ、むぅううう!?」

同時に、すぐ傍からは仲間の悲鳴が聞こえ、その凄惨《せいさん》な声音《こわね》から予想が当たっているのだと理解してしまう。

（せい、えき……精液なのか、これは!?）

シャミアが困惑していると、そんな母体の意思など完全に無視し、吐き出した白濁液《はくだくえき》を奥へ奥へ――その最奥である子宮にまで押し込めようと触手が律動を繰り返す。

人の陰茎《いんけい》とは違い、触手の長さはそれこそ無限。限界がない。

触手は簡単に膣穴の奥である子宮口へ届き、そして粘液の陰茎は形を変えて簡単に硬く閉じた子宮口を突破する。

「むぅうう!?　ぐ……っ！　やめっ、やめよ！　このような辱《はずかし》めっ、絶対に許さぬからな！」

暴れたシャミアが勢いで口内に入り込んでいた触手を噛《か》み千切《ちぎ》り、怨嗟《えんさ》の声を上げた。

困惑、屈辱、そして憎悪に染まった声。

「ぐむっ!?　——むぅ、むぐぅううう!?」

しかしそれも一瞬。触手はすぐに再生し、またシャミアの口を塞《ふさ》いでしまった。

もう一度噛み千切ってやろうとシャミアは触手に歯を立てたが、今度は噛んでもすぐに元の形へと戻ってしまい、噛み千切れない。

「ぐむぅうううう!?」

「ふむぅ、ご、ぼぅ——ぐむ……っ」

「うぅ……ぅぅうううう……っ」

壁に張り付けられたまま、三人の美女美少女が悲鳴を上げ続ける。

その声は誰にも届かない。まだ夜は長い。

そして、助けが来るまで最短でも二日——だが、去っていくマリアベルたちに無事な姿を見せたことで、それは更に遅くなるだろう。

……なにより、三人は大切な母体なのだ。手放すはずがない。

夜が明けるまで凌辱《りょうじょく》し続けたスライムは、三人を昼間でも薄暗い森の奥へと連れ去っていった……。

第二章 ― 勇者の剣

獣人と亜人が暮らす森林の国『グラバルト』。

大陸に存在する三人の王の内の一人、獣人の王『バルドル』は樹齢千年を優に超える巨木の一部を削って作られた玉座の上で、重い息を吐いた。

齢《よわい》七十を超える老狼の王は長く伸びた灰色の髭《ひげ》を右手で撫《な》で梳《と》かしながら、金の刺繍《ししゅう》で飾られた赤い絨毯《じゅうたん》の上に膝をつく二人の少女を見下ろしている。

その視線は困惑に揺れ、国民が常に感じている厳しさはない。

彼が纏《まと》っているのはフォンティーユ国のように絹などで織られた衣服とは違う、厚みのある獣の毛皮で作られた衣服だ。

王冠も金属製ではなく、植物の蔦《つた》を織って作られたもの。貴金属のような美しさはないが、王が纏う衣服に王冠は、見る者が見ればそれらにしっかりと魔力的な意匠《いしょう》が施されていると分かる。

纏っている衣服も特殊な獣から剝《は》ぎ取ったもので炎や熱に強く、王冠は魔法を苦手とする獣人を魔力から守るために確かな力を帯びていた。

王城とされる樹木を削って造られた城も、王族として何度か訪問したことはあったが、何度見ても目を惹《ひ》かれる造りだとメルティアとマリアベルは思ってしまう。

それは、元来は森の守護者として生活していたエルフの本能が懐かしんでいるからか。

玉座と同じく樹齢千年を超える巨木の内部を刳《く》り貫《ぬ》いた城は内部も自然的で、人工的に造られた調度品《ちょうどひん》が殆《ほとん》どない。

外から見れば、本当に巨大な樹なのだ。

しかもまだ、生きている。冬になれば城の外にある葉は枯れ落ち、春になれば美しい緑の城となり、夏には果実を実らせ、秋に落ちる。

生きた城。それが、獣人の国グラバルトを象徴する城を表す言葉だった。

「長旅、ご苦労だった……という言葉をおくりたいところだが――」

老狼の王の前に膝をつくその少女――フォンティーユからの難民でありながら、国の姫であるメルティアとマリアベルにどのような言葉を向けるべきか。

実力第一主義の国であり、若い頃はその暴力で他者を従わせていたものの、年を取って丸くなったと自覚している王はそこで言葉を切った。

国を滅ぼされた――そう報告をしてきた姫に労《ねぎら》いの言葉を向けて良いのか迷ったからだ。

二人の姫は美しい銀と黒の御髪《おぐし》の手入れすらも満足にしておらず、身に纏っている高級品であっただろうドレスも薄く汚れてしまっている。

王との謁見《えっけん》の前にせめてもと顔だけは小綺麗《こぎれい》にしているが、それが余計に『敗戦国の姫』という様相を呈していて、見る者の胸を締め付けた。

それは玉座にある王だけでなく、二人の姫を囲むこの国の重鎮たち——多種多様な種族の長《おさ》たちにもいえること。

玉座を中央に据え、左の列には様々な獣の耳や尻尾《しっぽ》を持つ獣人族の長たち。

右の列には背中に羽を持つフェアリーや下半身が蛇のメリジューヌ、子供のような容姿をしたホビットや、そんなホビットとあまり変わらない身長だが髭を生やしたドワーフのような亜人たちのまとめ役が並ぶ。

大陸一の深い森で暮らす種族の長たちは、エルフの国が滅んだという情報に動揺《どうよう》しながらも、メルティアたちの様子からそれが虚偽ではないと理解してしまう。

「でも、レティシア女王がスライム程度に負けちゃうなんて信じられないわ」

「たかがスライムなのだろう？　エルフ得意の魔法で退治できなかったのかい？」

「先ほども説明させていただきましたが、敵は家屋を飲み込むほど巨大で、再生能力にも優れています。並みのエルフが使う程度の魔法ではすぐに再生され——」

夏の陽気を思わせる黄金色の髪を持つフェアリーは、薄紫色の鱗《うろこ》に覆われた蛇の下半身を持つメリジューヌの言葉に、その場に集まる各種族の長たちは頷《うなず》いた。

グラバルトに住む者たちにとって、その説明こそが信じられなかった。

何故なら、魔王がこの大地を蹂躙《じゅうりん》していた時代から今まで、スライムというのは精々《せいぜい》が野生の獣を飲み込める程度。

家畜にすら触手を伸ばせない臆病な魔物だったのだ。

自己に危害が及ばなければ森の野草や泥水を啜《すす》って生き、その大きさは握り拳か、それより二回りほど大きい程度。

家屋を飲み込むほどに巨大なスライムなど想像もしたことがなく、メルティアの説明は彼らにとって現実味を帯びない妄想の類《たぐい》に聞こえてしまう。

だが、妄想で一国の姫が国を棄《す》てるはずはない……そうも思ってしまう。

だから、理解できた。そんな——妄想のような巨大なスライムが現実に存在するのだと。

とても今すぐには認めたくなかったが。彼らの困惑に強張《こわば》った表情が、そう告げている。

「それに、その……非常に伝えにくいのですが」

「まだ何か？」

魔法を苦手とするスライムに、魔法を得意とするエルフの国が攻め滅ぼされたという情報だけでも頭が痛いのに、獣人の王バルドルは続いて紡《つむ》がれるメルティアの説明に耳を傾けた。

老狼の顔の皺《しわ》が深くなり、目が細められる。

「スライムなのですが……魔王不在だとは理解しているのですが、その……」

「大丈夫じゃよ、メルティア姫。どのような情報だったとしても勇猛《ゆうもう》な国の勇士たちが恐れることも怯《おび》えることもない——共に立ち上がり、国を取り戻そうではないか」

「は——その、スライムの数が多く……どのようにしてかは分かりませんが、増えているかと」

最後の方は小声になりながら、メルティアは王にそう伝えた。

玉座の間にざわめきが広がる。

魔物の増殖《ぞうしょく》……それこそ、本来ならあり得ないことだとこの場にいる誰もが理解していた。

魔物は魔王が生み出していたもの。魔王だけが増やせたもの。

魔王が異世界の勇者によって滅ぼされた今、魔物が増えることはあり得ないのだ、と。

「そのような話があるものか⁉　国を滅ぼされた混乱で、妙なことを口走っただけでは——」

「そうだ！　魔物が増えるなど……新しい魔王が出現した報告など聞いていないぞ！」

怒声というには弱々しい、まるでその発言が嘘であることを望むような獣人たちの声だった。

いや、悲鳴といった方が適切なのかもしれない。その声に、メルティアは首を横に振った。

「ですが、フォンティーユを滅ぼしたのは確かに無数の——百を優に超えるスライムたちなのです。それだけの数がどこから来たかと考えると……」

いくらスライムといっても、その群れは精々が三から四匹程度。

十も群れることはない——だというのに、あの日、国を棄てて逃げる馬車の荷台から見た光景に映っていたスライムの数は百を優に超えていた。

しかもそれらが各々《おのおの》勝手に動きながら、しかしどれだけフォンティーユの街を破壊しても仲間内で争うということはしていなかったように思う。

それは、スライムたちに統制がとれていた証明でもあった。

「それだけの数のスライムが集まれば、事前に気付けたはずです。ですが……」

「レティシア殿たちが気付けぬまま増えた、か」

「はい。いくら巨大だとはいえ、並みのエルフでは対抗できないとはいえ――母……女王レティシアがスライム程度に後れを取るはずもない、と考えています」

「つまり、レティシア女王は敵の指揮官と戦い、敗れた……ということか？」

「そう考えています」

メルティアもマリアベルも、母レティシアが戦っている場面を直接見たわけではない。

ただ、あの気高く夫である勇者を今なお愛していた女王が勇者との繋《つな》がりである国を棄てるはずもなく、その国がスライムに呑《の》み込まれたとなると――敗北した、と考えるしかなかった。

「三つ、お願いがございます」

「ふむ」

そのために来たのだろう、というのはバルドルにも分かっていたので驚きはない。

勇者の娘の頼みだ――国の全戦力を貸してほしいと頼まれても叶えようと思う。

それほどまでに、世界を支配しようとした魔王は強大で、この大陸に存在する全種族は追い詰められていて――勇者という希望は、バルドルだけでなくこの場にいる他種族の長たち、エルフ、そして勇者を召喚したとされる女神を信奉する人間の国の臣民たちには恩義があるのだ。

「一つ目は、兵をお貸しください」

「うむ。それはこれから協議に入ると約束しよう。勇者殿には恩義があるからの、悪いようにはせんと約束しよう」

「ありがとうございます。二つ目は、神都リシュルアに援軍要請をお願いします」

「儂《わし》らだけでは不満かね？」

「いえ――真偽は確かではありませんが、もし本当に大本となるスライムが数を増やすというのなら、確実に滅ぼさなければなりません。人類、すべての戦力を集めてでも」

「……確かにの」

それほどまでに『魔物が増える』という事実は脅威《きょうい》だった。

いや、人類にとって精神的脅威として心に刻まれているというべきなのかもしれない。

いずれ魔物は滅ぶ。

そう分かっていたからこその平穏なのだ。たとえそれが『たかが』と侮《あなど》っていたスライムだったとしても、増え続けるとなれば無視できない。

人類の全戦力を集めてでも滅ぼさなければならないと、この場にいる全員が思い至る。

「それで、三つ目は？」

「――お父様の剣を。勇者の剣を、お貸しください」

その言葉は、今まで説明していたメルティアではなく、その後ろで膝をつき、長い黒髪でうつむいた表情を隠していたマリアベルから。

彼女は今まで伏せていた顔を上げると、この国に着いてから誰とも合わせなかった父親譲《ゆず》りの黒い瞳を狼王に向けた。

フォンティーユの城で他者とは違う容姿に悩んでいた黒髪の美姫《びき》の瞳は、気弱さの中に凛《りん》とした芯を僅《わず》かに覗《のぞ》かせ、意志の力を感じさせるもの。

マリアベルの幼いころを知り、その成長を見てきた老狼の王は、その成長に魅入《みい》られた。

「――バルドル王？」

傍に控えていた獣人族の重鎮が声を掛け、はっとしたように狼の王は咳払《せきばら》いを一つ。

「……うむ。いや――そうだな。彼の剣ならば構わないが……一つ問題がある」

「問題、ですか？」

「勇者殿の剣は城で保管しておらぬのだ」

マリアベルは狼王の瞳から視線をそらさずに説明を聞く。

「女神の御力を残した聖剣は少しばかり周囲への影響があっての……勇者殿の剣は離れにある神殿で大切に保管してある」

国交で、剣は城で保管されていると聞いていたメルティアとマリアベルは少し驚いたが、しかし神殿で大切に保管されていると聞いて安堵《あんど》の息を吐いた。

だが、先ほどの言葉を思い出し、すぐに顔を上げる。

「周囲に影響があるとは？」

「女神様の御力のことじゃ。身を癒《いや》し毒を防ぐ鎧《よろい》、あらゆる力を防ぐ盾とは違い、聖剣に込められたのは破壊の力。しかも、大地を蹂躙する魔王を倒すほどのもの。それを人が集まる王都に置いておくわけにはいかなかったのだ……勇者殿なき今、儂らだけでは対応できんからの」

もっともな話だ、と。マリアベルは理解した。

魔王を倒すほどの力が残っている聖剣ならば、もし何かの拍子にその力が暴走でもしたら王都が破壊されるという話も、現実味を帯びるもの。

それを王都ではなく別の場所に保管したという狼王の話を非難することなどできるはずもなく、二人はしっかりと頷《うなず》いてその旨《むね》を受け入れた。

ただ、預かった武具を満足に保管できなかったというのも事実であり、狼王バルドルは申し訳なさそうに軽く目を伏せる。

「それに、その場所が少し遠い。馬で二日ほどの距離なのだ。今から早馬を行かせ取り寄せることに……」

「いえ、それでしたら今から私が伺《うかが》います」

勇者の剣を取り寄せるという王の言葉を遮《さえぎ》ったのはマリアベル。

その言葉に、バルドルは首を横に振った。

「いや、二人はまず身体《からだ》を休めてはどうだ？　見れば、フォンティーユからここに来るまでゆっくりと休めていないのだろう？」

「ですが……」

「二人だけでなんとかしようなどと考えなくてよい。それよりも、休める時に休んでおきなさい。兵を集めるのにも、隣国からの返事を待つにも、時間が必要となるのだし」

その言葉に、マリアベルは次の言葉を呑《の》み込んだ。

確かに、自分だけが先走ってもどうしようもないのだと理解したからだ。

父親の剣があっても自分一人では何もできない。

それは、強大な魔力を持ちながらスライムに敗れた……武装もせず、スライムの対応に後手後手となってしまったフォンティーユの惨劇《さんげき》が証明している。

一日でも早くスライムを滅ぼし、国を取り戻す。捕らわれた国民を、母親を助けたい。

その気持ちに逸《はや》って失敗したら、それこそもう二度と助ける機会は失われてしまうだろう。

そう思えばこそ、マリアベルは、深く深く息を吐いてバルドルの言葉を受け入れた。

「……はい」

「フォンティーユの難民たちには休める場所を用意させておる。二人も少し休むと良い――これ、誰か湯浴み場へ案内してあげぬか」

「はいはい。お二人とも、こちらへどうぞ」

と、軽い調子で傍に来たのは、先ほど真っ先に声を上げた金髪の妖精だ。

大きさは成人した男性の肩に乗る程度。まるで精巧な人形のように整った容姿と明るい表情は太陽のように暖かで、彼女が声を掛けてくれただけでマリアベルは少しだけ気持ちにゆとりが持てたような気がした。

妖精とは自然の意思が具現した存在だとよく言われる。

それは、彼女たちが男女の親から生まれてくるのではなく、自然の中から生まれるからだ。

花の妖精。樹木の妖精。泉の妖精。

妖精はそれぞれの特性に合わせて自然の声を聞き、それを代弁する。

昔はそれこそ獣人や亜人とも交流はなく、魔物とはまた違った勢力として数えられていたのだが……魔王の侵攻が激しくなったことで大地が悲鳴を上げ、その声に従って共闘し、こうやって交流を得るようになったのだ。

だからか、自然の化身でもある妖精の存在は、大地に生きる人々の気持ちを落ち着かせる力を持っていた。

「ありがとうございます」

そんな彼女に礼を述べて、メルティアとマリアベルが立ち上がった時だった。

長旅で疲れていたのだろう、メルティアは立ち眩《くら》みを覚えてふらついてしまう。

「お姉様!?」

「大丈夫よ、マリア。大丈夫――さ、お言葉に甘えて休ませてもらいましょう」

マリアベルは今まで気付かなかったが、メルティアの顔色は彼女が知る普段の姉からすると、疲労の色が酷《ひど》く滲《にじ》んでいるものだった。

当然だ。今まで王城暮らしで何一つ不自由のない生活を送っていたお姫様が、一夜にして城を失い、母を失い、国を失ったのだから。

そしてグラバルトの王城へ辿《たど》り着くまで妹の世話を行い、一緒に逃げる難民たちから不満が出ないように気を回し、今では他国の王と種族の長《おさ》たちに囲まれながらの報告。

精神的な疲労を感じるのは当然で、自分にはない勇者の血を濃く継ぐマリアベルに心配を掛けないように気を張っていたのだと、この時になってマリアベルは気付く。

その表情を泣き顔のようにくしゃりと歪めると、メルティアは柔らかく微笑《ほほえ》んだ。

「ほら。私は元気だから――」

無理矢理に微笑んだ彼女だがその疲労は相当なもののようで、再度のふらつき――次はマリアベルがしっかりと支え、傍にいた金髪の妖精が銀髪の姫の肩に座った。

「疲れたのね――大丈夫、私は大地の妖精タイタニア。大地の声を聞き、意思を掬《すく》い、そして大地から魔力を得るもの」

タイタニアと名乗った妖精が柔らかな口調でそう告げると、メルティアの頬《ほお》に触れた。

小さな手を通してエルフや人間が扱うのとはまた別種の、暖かな魔力が流れ込んでくるのを感じ、メルティアは眩暈《めまい》が消え、呼吸が落ち着くのを自覚する。

「……これは」

「アナタたちエルフや人間が体内の魔力を使って魔法を操るなら、私たち妖精は大地から魔力を得て魔法を使うの――他人から魔力を貰《もら》うのは初めて？」

「は、はい」

「なかなか気持ち良いでしょ？　でも、新しい魔力で疲労を忘れただけだから、少しでも無茶をするとすぐに疲れちゃうからね」

明るい口調とは違い、告げられた言葉はどこまでも現実的だ。

身体の疲労が、魔力だけでそう簡単に回復するわけがない。

マリアベルはまた表情を暗くしたが、メルティアは今度こそ心から優しい笑みを浮かべた。

「はい。ありがとうございます、タイタニア様」

「タイタニアでいいわよ、敬語って苦手だから、私もメルティアって呼ぶから。後、マリアベルね――こっちよ、身体を綺麗《きれい》にして休みなさいな。ゆっくりと」

「あっ」

タイタニアがメルティアの肩から跳び上がると、薄羽を震わせて玉座の間を後にする。

メルティアとマリアベルはその小さな姿を追って、この場を後にした。

＊

マリアベルたちの謁見《えつけん》が終わり、日が暮れ始めた頃。

周囲の馬たちよりも明らかに目立つ軍装で飾られた馬に跨《また》がった女性が王城へと帰還した。

後ろには数十人の騎士を配し、本来なら色気のない黒の軍服という姿は見る者に威圧感を与えるはずだが、彼女を見る人々の目には信仰に近い畏敬《いけい》と想念の色が見て取れる。

そして、そんな灰色髪の女騎士を見つめる男たち――その多くからは、女性に対する情念も。

その際たる原因は、まるで大振りの果物を二つ詰め込んだような豊か過ぎる胸元だろう。

彼女の気品すら感じられる清涼感漂う雪のように白い肌は、絹のような清らかさが感じられ、夕焼けの明かりに照らされた陰影が整った鼻梁《びりよう》の影を肌に浮かばせる。

頭の高い位置で結ばれてなお背の半ばまで届く灰色の髪が風に揺れ、その下には同色の尻尾《しつぽ》がゆらゆらと揺れている。

女騎士の気の強さを表したような切れ長の目は白い肌と灰色の髪の間にあって、よく目立つ深紅。

そこから下へ視線を向ければ、高い鼻梁に、ぷっくりと膨《ふく》らんだ柔らかそうな桃色の唇、形良く尖った顎《あご》、細い首元――。

そして、何より男たちの視線を集める、軍服の上からでもそうと分かる豊かな胸元。

黒色の軍服はかっちりとしたシルエットを持つ大人しい作りだが、美女の肢体《したい》はそれで隠してなお隠しようのない素晴らしい魅力を放っていた。

金のボタンや装飾が並んだ胸元は盛り上がり、今にも横へ吹き飛んでしまうのではと心配になるほど生地を歪めてしまっている。

その下にみっちりと乳房が詰まっているのだと丸分かりで、下着の支えによって突き出された小高い乳峰は、馬が歩を進めるだけで影が揺れてしまうほど。

簡素な革のベルトで締められた腰は屈強な獣人の騎士を従えているというには驚くほど細く、少し力を籠《こ》めれば簡単に手折《たお》れてしまいそう。

騎士というにはあまりにも細い身体付きで、胸から腰に掛けては見事な『女』の曲線が描かれていた。

さらに視線を下げれば、右側に深いスリットが作られた足首まである長いスカートと、そのスリットから覗《のぞ》く黒い軍服とは対極の雪のように白い肌。

その肌も太もも部分までは黒のストッキングで隠されていて、肌が見えるのはほんの僅《わず》かだけ。露出などほとんどないが、むしろそれが彼女の神秘性を際立《きわだ》たせていた。

国の民を愛している彼女の灰色の長い髪の隙間《すきま》から覗く怜悧《れいり》な美貌《びぼう》は、周囲を威圧することなく、むしろ男たちにとっては良い目の保養。

そんな女騎士の姿を一目見ようと、家から酒場の窓から、大通りに立ち並んで出迎える始末。その中には同性である女性も混じり、女性ながらに騎士を従えて歩くその凜々《りり》しい横顔へ黄色い悲鳴を飛ばされることもしばしば。

彼女は、見る者が見れば分かる程度に口元を綻《ほころ》ばせ、上機嫌であった。

早馬でメルティアとマリアベルが訪ねてきたと聞いていたからだ。

訪ねてきた内容までは聞いていなかったが、彼女たちが生まれた時から知っている身としては我が子のように可愛《かわい》がり、慈《いつく》しんだ時間を思い出す。

そして、共に旅をしたエルフの女魔導士――今では女王となった友人の顔も。

国が違えば会う機会も減り、相手が女王ともなればなおのこと。

もう何年も会っていなかったが、昨日の事のように昔の記憶を思い出しながらフォーネリスはもうすぐそこまで迫った王城……この大陸でもっとも天に近いとされる大樹《たいじゅ》へ視線を向けた。

樹齢千年を優に超える、一説によればこの大地が生まれたと同時に出現したとされる大樹。

遥《はる》か昔、フォーネリスたちの祖先である獣人と亜人たちは襲い来る魔物から逃げるために大樹の元に身を寄せ合い、その際に天より降りてきた女神から、大樹の中で暮らすことを許されたのだと伝聞されていた。

獣人と亜人は世界創生から存在する大樹を守るために。人間は女神の伝説を残すために。

それが、今日まで続く、この大陸の在り方だった。

さて、その伝説の正誤がどうであれ、まるで御伽噺《おとぎばなし》に出てくる魔女が被《かぶ》る三角帽子のような新緑屋根の城は巨大過ぎて遠近感が狂いそうだと、帰る度にフォーネリスは思ってしまう。

それは、城へ近付く度に背負った特大剣を背負い直す動作から、彼女の落ち着きが失われるように見て取れて、彼女の後ろから続く騎士たちは僅かに口元を緩《ゆる》ませた。

獣人の騎士。

フォンティーユのように重厚な鎧兜《よろいかぶと》に身を包んでいるのではなく、精々《せいぜい》が鉄の胸当てや肘、膝を守る防具程度の軽装。

武器も動き易さを重視した軽いもので、視界が塞《ふさ》がれないように兜もつけていない。

深い森の奥ほどではないが、それでも木々が生い茂った森を主戦場とするこのグラバルトでは、防御力よりも機動性が求められるのだ。

肉体的な強度もだが、長年森で暮らしているからか、獣人や亜人たちは毒への耐性に優れているというのも軽装になっている理由の一つである。

並みの毒は効果が現れる前に身体が慣れ、それは魔法で解毒するエルフたちとは真逆。

そのような理由から毒と蟲《むし》が蔓延《はびこ》る森での生活においても、軽装な獣人たち。

そんな獣人の騎士を引き連れて、女狼の騎士は王城へと辿り着いた。

「馬を繋《つな》いでおいてくれ。私は王へ報告に行ってくる」

「はっ」

城門を通ると騎士の一人に指示を出し、大きな軍馬の上から軽い身のこなしで地面へ降りてそのまま城内へ。

見知った我が家でもある、巨大な樹木の内側を刳《く》り貫《ぬ》いて造られた通路を、足取りを軽くしながら進んでいると、顔を知らない何人かの人物とすれ違った。

（城を空けたのは数日だが、知らない顔が増えたな）

それに、城内の雰囲気《ふんいき》が暗いと、フォーネリスは感じていた。

確かに普段から城の中というのは王の傍ということもあって、堅苦しい雰囲気をもって職務に当たる者たちが多かったが、今はそれとは違う。

表情ではなく、肉体の内面である気持ちが沈んでいるのだ。

城内の人々の変化を備《つぶさ》に感じて、フォーネリスは弾んでいた気持ちが冷たくなる——表情が引き締まり、緩んでいた口元をキュッと結ぶ。

そんな、暗い顔をした兵士たちとすれ違いながら、長い時間をかけてフォーネリスはようやっと王の私室へと辿り着く。普通の人間ならばそれだけで息を乱しそうな距離だったが、肉体的に優れる獣人は僅かも息を乱さない。

「ただいま戻りました、父上」

王の私室。そのドアを軽く叩いて声を上げると、内側から「入ってよいぞ」という声。

その言葉を待ってから、フォーネリスは王の私室へと続くドアを開けて中へ入る。

中にいたのは部屋の主人であり父親であるグラバルトの王、バルドドル。

そして、入浴して身を清めたメルティアとマリアベルの三人だ。

二人の姫はフォーネリスの顔を見るなり表情を綻《ほころ》ばせ、特にメルティアは昔のように甘えようと一歩を踏み出そうとしたが、気持ちを抑えるためにコホンと小さく咳《せき》をする。

「二人とも、ここにいたのか」

だが、フォーネリスは違う。

表情は冷たい騎士団長のソレのまま。けれど大きな耳を立て、尻尾を勢いよく振りながら二人へ声を掛け、弾む足取りで歩み寄ると二人を抱き寄せた。

黒い軍服の胸元に銀と黒の姫の顔が埋まる。

母親よりも豊かな胸は二人の顔を包み込み、メルティアとマリアベルはそろって苦しげな声を漏《も》らした。

「ああ、すまない!?　苦しかったか……?」

「いいえ――ふふ。お久しぶりです、フォーネリス様」

「……ああ。マリアベルも久しぶりだな」

「はい」

フォーネリスはそう謝って抱きしめる力を弱め、けれどその手を離さない。

もう長い間会っていなかったが、それでも二人が精神的に追い詰められ、疲労していると一目で気付いたからだ。

張り詰めた表情と瞳。口元は強張《こわば》り、何かを我慢しているかのよう。

とても子供が浮かべて良い表情ではない。……いや、二人はもう子供ではない年齢なのだが、
それでも結婚していないフォーネリスにとっては子供のような二人だ。

傍にいないレティシアの分まで優しく抱きしめると、二人の背中をゆっくりと撫《な》でてあげる。

「……まったく」

いつもならここで父であり王であるバルドルがもっと年相応の振る舞いを、姫としての落ち着きを、といった小言を漏らすのだが今日はそれがない。

それは、そんなフォーネリスの行動が二人の姫の気持ちを落ち着けると理解していたからだ。

謁見《えっけん》の際も、入浴の後も強張っていたメルティアとマリアベルの表情は僅かに綻び、安堵《あんど》に緩む。

二人が幼少の頃より王として交流していたバルドルだったが、やはり友人として、家族のような関係として接していたフォーネリスは母親であるレティシアを失った二人にとって心の安らぎであるようだった。

フォーネリスを呼んだ理由は別にあったが、そんな二人の安堵した表情を見ることができただけでも、娘を呼び戻してよかったとバルドルは思う。

メルティアとマリアベルも、フォーネリスに撫でられると張り詰めていた気持ちが解《ほぐ》れ、

徐々にその表情に従来の柔らかさが戻っていった。

「二人とも大きくなったな。最後に会ったのはいつだったか……五年前くらいか」

「四年です、フォーネリス様」

マリアベルはその言葉を訂正《ていせい》し、うっとりとその瞳を細めた。

フォーネリスがくん、と鼻を鳴らす。嗅《か》ぎ慣れた甘い香り。森の花からとれる蜜を薄めた香りは、グラバルトでは一般的な、入浴後の女性が使う香水だ。

「お風呂上がりか？」

「鼻が良いのですね。お風呂はお昼過ぎに頂いたのに」

メルティアの言葉からようやっと緊張が薄れたのを感じ、フォーネリスは二人を解放した。

「うん。少しは落ち着けたみたいだな」

「申し訳ありません、フォーネリス様。情けないところを……」

「いいんだ。子供が遠慮《えんりょ》なんかしなくて」

今までのメルティアだったら反論しただろう言葉も、すんなりと受け入れる。

国を取り戻す、母を助ける、勇者の娘として立つ――そう張り詰めていた気持ちが、それこそ物心がつく前からの付き合いであるフォーネリスの言葉で緩んだのだ。

「戻ったか、フォーネリス」

だが、二人の気持ちは緩んでも、フォーネリスの気持ちが張り詰めるのはこれからだ。

父ではなく王としての声に姿勢を正すと、灰色の姫騎士は凛《りん》とした目を王に向けた。

「はい。見回りは本日も問題なし。大きな事件も起きておらず、グラバルト西地区は平和です」

「そうか」

西地区というのは、隣接する神都リシュルア――フォーネリスと同じ、黒髪の勇者と共に旅をした『聖女』が属する女神を信奉する宗教国家の側だ。

フォンティーユは東側――厳密には北東側になる。

運が良いのか悪いのか、と。グラバルトの王、バルドルは息を吐いた。

飾りのようなものはほとんどない。執務机に辞書や各国の伝聞などが記された書物が収められている本棚《ほんだな》。来客用のテーブルと椅子《いす》。それに、寝室へ通じる扉……。

質素なのは、そもそもグラバルトという国に私室を飾るという習慣がないからだ。

知人がいるからと時折他国を旅し、同年代の女性の部屋を見る機会があるフォーネリスだが、種族の生活に慣れているからか、やはり彼女も私室を飾る趣味はない。

精々《せいぜい》が、気に入った武具を購入して壁に掛けるくらいである。

「お疲れのようですが、何か問題が？」

「早馬を送ったはずだが？」

「メルティアたちが来ているとは聞きましたが……」

フォーネリスの言葉に、バルドルはメルティアとマリアベルの方へ視線を向けた。

「フォーネリス様。お話が……」

「ああ、いや。説明は儂《わし》の方からしよう」

その視線を、説明を求められたと感じたメルティアが口を開き、バルドルが止める。

「うむ。その、レティシア殿と懇意《こんい》だったお前には酷《こく》な話だが……」

「……レティシアに何か？」

父王の言葉に嫌な予感がしたフォーネリスは、気付かれないように息を呑《の》んだ。

同時に、思い出す。十年以上も昔、一緒に旅をした友人の姿を。

強気で、わがままで、自信家だった銀髪の魔導士。

……そんな過去を思い出していると、父王がもう一度溜め息を吐いた。

「フォンティーユが魔物に滅ぼされたそうだ」

「――は？」

最初、フォーネリスは父親が何を言っているか理解できなかった。

常に抜身の剣を連想させる容貌《ようぼう》が惚《ほう》け、気の抜けた声が口から漏れる。

隣を見ると、表情を曇らせたメルティアとマリアベルの姿。それを現実と理解していても、やはり言葉として聞くと気持ちが落ち込んでしまう。

「メルティア殿とマリアベル殿は訪ねてきたのではなく――国を追われてきたのだ」

「何者にですか!?」

「何者ではなく、魔物だ。どうやら、新種のな」

そして王は昼間にメルティアたちから聞いたことを、フォーネリスに説明した。

話を聞きながら、しかしフォーネリスは激情に駆られて動くのではなく、冷静に王の言葉を煮立った頭で理解しようと形の良い指を嚙《か》んだ。

その痛みで、少しでも冷静さを取り戻そうとしているのだろう。

だが、その苛立《いらだ》ちは隠せないようで、右足が何度も乱暴に床を叩き、毛髪と同じ灰色をした尻尾《しっぽ》の毛が僅《わず》かに逆立っている。

「……そうですか」

そして、スライムの存在を聞いたフォーネリスはようやっと、それだけを口にした。

理解しようとするけれど思考が追い付かない。

増殖《ぞうしょく》するスライムというのは、魔王が存在していた時代を連想させるのもあったが。

「レティシアの無事は……？」

「分からぬ。が、勇者殿と共に魔王を退けた魔導士だ。無事であると信じよう」

「はい。私が知るレティシアは、最後まで諦めない英雄です。必ず生きて……必死に生き延びる道を探しているはず。私はすぐに兵を集めれば……？」

「そうしたいが、グラバルトの土地は広く、街道は他国ほど整っていない。……いま、そのことを伝えるために早馬を出したところだ」

バルドルの言葉に、メルティアが頷《うなず》いた。

「……そう。なら私は、軍の編制を？」

「いや。兵を集めるにも時間がかかるのだし、もう一つの要望を先に叶えようかと思うての」

「要望？」

フォーネリスは首を傾《かし》げ、マリアベルを見た。

「お父様の剣をお貸しいただきたく……」

「なるほど。スライム退治に使うのだな」

それはいい、と。

相手が未知の敵なら、万全を期すべきだというのはフォーネリスも同意する。

戦いにおいて油断こそが大敵であり、慢心こそが危険。それは、魔王が存在していた時から身をもって理解していた。

そして、勇者と同じ黒髪を継いだマリアベルならば聖剣も使える、とフォーネリスも良く知っていた。

昔、フォンティーユの王城で、屈強な男が三人がかりで持ち上げるほどの重さがある勇者の盾を、幼いマリアベルが一人で持ち上げた時の衝撃は今でも忘れられない。

盾と同じく、剣もまた黒髪のマリアベルならば扱えるはず――それを確かめるためにも、マリアベルと聖剣を引き合わせるのは必要なことだろう、とフォーネリスは考えた。

「二人を神殿まで案内するために？」

「お前と一緒なら二人も安心だろう」

道案内の為に忙しい騎士団長を呼んだのか、と。普段なら言ったかもしれない。

それこそ、勇者の剣が捧げられる神殿は王都から離れているが、いつ問題が起きてもすぐに対処できるよう、ある程度だが道も舗装《ほそう》されている。

最悪、メルティアたち二人だけでも辿《たど》り着けるだろう。

けれど、フォーネリスは自分を呼んでくれた父に胸の中で感謝した。

「本来なら手の空いている家臣を使うのだが、気晴らしに丁度《ちょうど》良いだろうと思うてな」

「ええ、任せて。……心配するな、二人とも。ちゃんと私が案内するからな」

「ありがとうございます、バルドル様、フォーネリス様」

メルティアが感謝の言葉を述べ、マリアベルと一緒に頭を下げる。

「こらこら。一国の姫が簡単に頭を下げるものじゃない。私はただの騎士団長なのだから」

フォーネリスは揶揄《からか》うようにそう言って、二人の頭を撫《な》でた。

美しい銀髪と艶《つや》やかな黒髪を手櫛《てぐし》で梳《と》かすと、甘い花の香りが僅かに強くなる。

心地よい香りだ——その香りを楽しみながら、フォーネリスはまた二人を抱き寄せた。

「大丈夫だ。まずはしっかりと休んで、それからアイツの剣を取りに行こう……それでいい？」

「はい」

二人に向けた言葉は、しかしフォーネリス自身にも向けた言葉だった。

（レティシア……待っていろ。今度は私が助けに行くからな）

昔、魔物に滅ぼされる寸前だったグラバルトを救ってくれた勇者と魔女。

今度はその魔女を助けるために。

同時に。自分の娘のようにも思っている二人を絶対に守ると、そう心に誓う。

レティシアを助け、親子を無事に再会させる――そのために、自分は剣を握ると。

フォーネリスは二人を寝室に案内した後も、入浴を済ませて私室へ戻った後も、落ち着かない気持ちで一夜を過ごした。

幕間　—　勇者と魔女と戦士と僧侶と

高い空の向こう、人間が届かない遥《はる》か先を鳶《とんび》が高い声を上げながら飛んでいた。

青い空はどこまでも続いていて、白い雲が青一色しかない空を彩っている。

眩《まぶ》しい太陽に涼しい風。

踏みしめる大地は舗装されておらず、革のブーツ越しに感じるのは固い地面の感触。

時折小石を踏む感触も一種の刺激に感じながら、長い灰色髪の女性は欠伸《あくび》をしながら雑草がなくなっただけ道を歩いていく。

長い髪は赤いリボンで一纏《ひとまと》めにされて頭の高い位置で結ばれていて、それでもその髪は腰の位置まで伸びている。

身体《からだ》は細いが肉付きは良く、白いブラウスと革の胸当てに隠されてもそうと分かる豊かな胸は、服と胸当ての隙間《すきま》に深い谷間を作り、陰影が歩く度《たび》に柔らかく揺れている。

厚手のズボンに隠されてもなお臀部《でんぶ》の豊かさが見て取れ、腰の位置は驚くほど高い。

男物の武骨で太いベルトで締められた腰は、内臓が詰まっているのか不思議に思えるくらい細く、ブラウスの隙間から見える腹部にはうっすらとだが腹筋が浮いて見える。

細い肢体《したい》に無駄な贅肉《ぜいにく》は殆《ほとん》どなく、極限まで鍛えられているのだと誰もが予想できるだろう。

灰色髪の下にある瞳は紅色。肉食獣を連想させるその瞳は鋭く、平時でも油断はない。

清楚《せいそ》なお嬢様とはまた違うが、絶世の美女といって差し支えないだろう。

そんな美女には、人間にはないある物が二つあった。

一つは赤いリボンで結ばれた髪の傍に在る大きな耳と、もう一つは臀部で優しく揺れる大きな尻尾。

どちらも髪と同じく灰色。獣――それも狼のソレと同じ耳と尻尾は、この女性がただの人間ではなく身体能力に優れた獣人であることの証明だった。

二十歳《はたち》に届かない程度の年齢だろう。その表情には若さと活力が溢《あふ》れている。

そしてその背には、女性が扱うには不釣り合いとしか思えない、自分の身長ほどもある巨大剣。大の男でも振れないような剣を背負ったまま、女性は苦もなく歩いている。

そんな巨大剣は別として、軽装の剣士というのが彼女の肩書きである。

「フォーネリス。今日は随分《ずいぶん》とご機嫌なのですね」

「そうでもないけど……まあ、向こうが楽しそうだから、かな」

そんな灰色髪の美女――フォーネリスの隣には、まるで黄金のように美しい金色髪を三つ編みに纏めた女性の姿。

たおやかな柔らかさを孕《はら》んだ女性の声に、軽装の剣士が返すのは凜《りん》とした涼やかな声。

その美女もまた、灰色髪の女剣士に負けず劣らない絶世の美女だ。

こちらは青と白を基調とした厚手の法衣《ほうい》に身を包み、手には華美な装飾で飾られたミスリル製の錫杖《しやくじよう》が握られている。

髪は左肩から垂らされ、その髪を飾るのは薔薇《ばら》を模した銀の髪飾り。

大きめの瞳はやや垂れ気味で、色は濃い碧《あお》。

金髪の神官が歩く度に、長い髪と銀薔薇の髪飾りが揺れる。

厚手の法衣に隠された肢体は肉感に乏《とぼ》しく、特に胸元は隣のフォーネリスと並んで歩けばその薄さが顕著《けんちよ》に表れてしまっている。

法衣を締める腰紐で知らされる腰の括《くび》れと、胸に比べると年齢相応に実った豊かな臀部。動き易さを考慮《こうりよ》して、足首まで隠してしまうほど長い法衣のスカートの左側に深いスリットが刻まれ、そこから白のガーターに吊られたストッキングで飾られた美脚が覗《のぞ》く。

フォーネリスよりも頭半分ほど高い身長が、女剣士よりも細身であることを際立《きわだ》たせていた。

女剣士に抱くのが肉感的という感情なら、女神官へ抱くのは彫像や絵画に代表される一種の完成された美……というべきか。

「それにしても賑《にぎ》やかなものだと思いませんか、フォーネリス？」

「ふふ、そうだな。とても、魔王を倒そうという勇者の一団には見えないだろうな」

そんな美女二人の視線の先には、二人の人物。

一人は黒髪だ。

この世界では彼以外に存在しないだろう──初めて聞いた時には吟遊詩人《ぎんゆうしじん》の嘘か、それとも御伽噺《おとぎばなし》の幻想かと疑ったくらいに現実的ではなかった存在。

世界を救うために召喚されたのだという、異世界の勇者。

ゴブリンに、リザードマンに、グリフォンに。様々な種類の魔物たち。無限に増殖《ぞうしょく》し続ける魔獣たち──沢山《たくさん》の魔物によって村が襲われ、町が滅ぼされ、都が焼かれていった。

フォーネリスが暮らす獣人たちの国『グラバルト』も、魔物に襲われた。

深い森と沼に囲まれたグラバルトは天然の要塞《ようさい》である。過去にも魔王の軍勢に襲われたが、数千からなるそれらの侵攻にも耐えた実績がある。

だが、ゴブリンやリザードマンのような大地を歩く魔物にとっては難攻不落の要塞でも、空を飛ぶグリフォンやハーピー、ドラゴンのような魔物にとっては丸見え。

魔法を使えない獣人たちにとって空を飛ぶ魔物は厄介《やっかい》極まりなく、弓や石礫《いしつぶて》で応戦するしかない。それでもその日まで無事だったのは、偏《ひとえ》に戦いの経験。

空の敵に苦戦しながらも、それでも戦い抜き、その日まで生きてきたのだという自信。

不安は動きを鈍らせるが、自信は力を強くする。思い込みといえばそれまでだが、それでも獣人たちは最後まで諦めないことで勝利を摑《つか》んできた。

けれど、それだけではどうしようもないこともある。

百や千ではない。万……それ以上に匹敵する大群だ。

まるで地震が起きているかのように森の木々が揺れ、その下には爛々《らんらん》と輝く魔物たちの赤い瞳が絨毯《じゅうたん》のように森の暗がりの中で無数に蠢《うごめ》く。

戦いは五日と続き、グラバルトの全戦力である万を超える戦士たちが集結して交代で休憩しながら戦っても、肉体的に優れる獣人たちに疲労が蓄積し、無限に湧き続ける魔物達の姿に精神が追い込まれていく。

ドワーフたちが用意した剣が砕《くだ》け、槍が折れ、矢が尽きる。

食糧や水だけは大量に用意していたが、毎朝毎晩、グラバルトの城門をゴブリンや一回り大きなオーク、それよりもさらに巨大なオーガや石土で作られたゴーレムが使う破城槌《はじょうつい》に城門が叩かれる音は食欲を奪い、戦士たちの気持ちを萎《な》えさせた。

誰もが国の崩壊を想像し、それでも最後の一瞬まで抗《あらが》おうと――そう思えたのは、心が強いほんの一部の者だけ。

そして、中には自害する者まで出始めた時に、ようやっと援軍が現れた。

たった二人だ。

たったそれだけが、グラバルトが襲われる数か月前に、同じように魔物たちの襲撃を受けた魔導王国フォンティーユからの援軍だった。

まるで夜の空に輝く星々のように煌《きら》めく銀髪が印象的な幼い魔女と、初めて見る黒髪の勇者。

万を超える魔物たちを蹴散《けち》らしてグラバルトへ辿《たど》り着いた二人は、そのままグラバルトの軍と連携して魔物の軍勢を押し返し、国を救ってくれた。

その時の感動を、フォーネリスは生涯《しょうがい》忘れることがないだろう。

そして三人のパーティとなった勇者の一団は次に黄金髪の女性が住んでいた聖職者や学者が集まる神聖都市を救い、今に至る。

旅の途中で魔物に襲われる町や村を救い、食糧や労働力として魔物に捕らわれた人々を解放し、今や勇者とは希望の代名詞であり、行く先々で援助をしてもらえるほど。

質素に見えるフォーネリスや女神官の装備も、実際には相当に高価なものだが、それらも特別に用意してもらった逸品だ。

希少なミスリルを溶かして作り上げた特大剣に、特別な魔物の獣皮や体毛を編んで作られた胸当てに、ブーツ。服こそ清潔感のあるものを利用しているが、それらの装備は魔物が吐く炎や毒の息を防ぎ、鋼《はがね》の防具よりも軽くて丈夫なものである。

「仲が良いのか、悪いのか。いつも喧嘩《けんか》をしてばかりだな、レティシアたちは」

「あら。とても良いではないですか——すこし、妬《や》けてしまうくらいに」

「そうか」

旅をする四人の中で唯一の男性は、二人の視線の先で最後の一人と言い争い……とも言えないような可愛《かわい》らしい喧嘩をしている。

輝く星を連想させる美しい銀髪を頭の高い位置で二つに分け、緑のリボンで飾っている少女。服装は緑を基調とした動きやすさを重視した軽装。その上から羽織《はお》った新緑色のマントでその小さな肢体を隠している。

銀色の髪から覗く耳は人間や獣人とも違う、エルフ特有の長い耳。けれど、フォーネリスが知る一般的なエルフと比べると少し短い……それは、彼女が人間との間に生まれたハーフエルフという証明だった。

聞けば、その所為《せい》でエルフの国では王女という立場にありながら、肩身の狭い生活を強《し》いられていたのだとか。

魔力に優れたエルフと魔法の技術に優れた人間のハーフだからなのか、それともただ純粋に銀髪の魔女——レティシアの才能なのか。

彼女の魔力は魔法が得意なエルフたちの中でも特に優れ、魔法の基礎である火球の一撃ですら十数匹のゴブリンをまとめて薙《な》ぎ払ってしまうほど。

不思議なのは、エルフからもよく思われていないはずのハーフエルフである彼女が、どうして世界を救おうとする勇者と行動を共にしているかということだ。

フォーネリスは最初、そんな二人の関係を怪しんだ。

人間でもエルフでもない、しかも王女という立場で混血というなら国中から嫌悪されていてもおかしくない。

エルフは排他的な種族で、昔から続く伝統を何よりも大切にする。

つまり、新しい血——人間の血を半分継ぐレティシアは、エルフ族の中で最も権力を持つ古い血筋……ハイエルフから嫌われているということ。しかも、そんなエルフが王族の中から出てしまったというのは、エルフという種族にとって大問題だったはずだ。

だというのに、レティシアは国を憎むでも、世界崩壊を願うでもなく——世界を救う勇者と行動を共にしている。——ふと、フォーネリスは思う。

きっと、彼女のような存在こそが『聖女』と崇《あが》められるべきなのだろう、と。

そして、そんな聖女が本心をぶつけられる相手は、その彼女の隣を歩く黒髪の青年。

身長は、レティシアよりも頭一つ高い。

美形、ではないだろう。男性の価値観に疎《うと》いフォーネリスでもそう思うくらい、平凡な顔をした人物だ。特徴らしい特徴もない、といえば悪い表現が過ぎるか。

ただ、物凄《ものすご》くお人好しだった。善人だった。

沢山の人のために泣いて、悲しんで、そして怒ってくれた。

獣人の国グラバルトが襲われていた時も、女神を信奉する神都を助けに向かった時も。

きっと、魔導王国フォンティーユで戦った時も——彼は怒ったのだろう。

魔物に蹂躙される無辜《むこ》の民の為に。名前も知らない他人のために。死んでいく人々のために。

そんな人物だ。名前も顔も、どんな声かも知らない他人のために怒ってくれる。そして悲しんでくれる。

だからきっと、彼はレティシアの為にも怒ったのだと……そう思えば、勝ち気で少々口が悪い銀髪の魔女があんなにも心を許して言い合えるのも理解できた。

「でも。できればもう少し、こちらのことも見ていただけると嬉しいのですが」

「一緒に旅をしているというのに、贅沢《ぜいたく》な悩みだな」

「ふふ……そうですね」

好きとか恋とか、そういう感情に疎いと自称するフォーネリスは女神官の言葉に苦笑した。

この黄金髪の神官が黒髪の勇者に懸想《けそう》していることは気付いていた。ただ、その勇者の気持ちがどこを向いているかも知っているだけに、次の言葉を紡《つむ》げない。

フォーネリスは苦笑して返事を先延ばしにすると、歩き疲れた身体《からだ》を解《ほぐ》すように伸びをした。しなやかな肉食獣を連想させる肢体《したい》が弓形に反り、豊かな胸が革の胸当てに潰される。伸びた身体に引っ張られたブラウスの裾《すそ》から腹部が現れ、可愛らしいヘソが丸見えになってしまう。

そんなフォーネリスの格好を見て、女神官は口を手で隠して上品に笑う。

「はしたないですよ、フォーネリス」

「う……これが短いからいけないんだ。次の町に着いたら、装備を新調しないと」

「………………」

まだ二十代に届かない瑞々《みずみず》しい肢体は旅の間も成長し、数か月前に立ち寄った村で新調した胸当てがもう苦しく感じてしまう。

身を守る防具だからこそ身体に合わせて調整するのだから当然だが、窮屈《きゅうくつ》に締め過ぎるのもどうかとフォーネリスは思って溜め息を吐く。

そして、そんなフォーネリスとは対照的に、ゆったりとした法衣《ほうい》姿の女神官には縁のない悩みでもあった。

胸当てに押し潰されて形を歪ませた豊乳の谷間へちらりと横目を向けた後、気付かれないように溜め息を一つ……それに気付いたフォーネリスが不思議そうに女神官を見ると、彼女はもう一度疲れた溜め息を漏らした。

まだ魔王が存命だった時代。

大地には魔物が溢《あふ》れ、人々は毎日のように絶望し、勇者というたった一つの希望に縋《すが》るだけの日々――希望と共に旅をするフォーネリスにとって、その日々は……辛《つら》いこともあったし、悲しいこともあった。

それでも、輝いていると思えるほどに大切な時間でもあった。

世界を救う英雄と、親友と呼べる仲間。生涯で最も輝いていた時間。最も充実していた時間。

それは色褪《いろあ》せず、彼女の中に思い出として残っている。

十数年という時間が過ぎても――だ。

第三章 ― 深い森と妖精と

キキ、と。

一匹のリスが何かから逃げるように急いで木に登った。

その動きは機敏で、人の目には黄色い残光のように映るほど。あっという間に木に登り終えると、安心したようにまたキキ、と一鳴き。

しかし、次の瞬間。そんなリスの動きすら霞んでしまうほどの速さで『なにか』が空を切り、その動きが夜の森に響く頃にはリスの姿が消えていた。

暗い森の闇よりもなお黒いブラックウーズは、取り込んだリスを体液内で溶解しながら、行動を再開する。……しばらくしてまた、その楕円形《だえんけい》の体から触手が伸びた。

先ほどのリスを捕らえたのも、この触手だった。人間の人差し指程度の太さしかないソレは、しかし鞭《むち》のようにしなると目で追えない速さで空を切り、次の瞬間には獲物を捕らえている。

今度は、野兎《のうさぎ》だ。次に蛇。野鳥。

深い森の中、スライムが蠢動《しゅんどう》するごとに獣が消えていく。

——粘り気のある音を響かせながら、ブラックウーズは目的地へ向かって真っすぐ前進する。

「……なあに？」

そんな無音に等しい夜闇の中、ブラックウーズの蠢《うごめ》く音を聞いた何者かが、反応した。

粘液の怪物はその声の主、その意識が自分の方に向いたのを理解し、その前進を止めた。高い葦《あし》の草に身を隠し、音を消す。

そもそも、元が呼吸もしない液体の怪物だ。夜の闇、深い森の中で動きを止めればそれだけですべての音が消えてしまう。

声の主は、高い位置にあった。夜の闇——月と星の明かりだけが頼りの、夜の空。

そんな空の中にあって尚、僅《わず》かに輝いて見える小さな存在。妖精、フェアリーだ。

それは、ブラックウーズが今まで見たどんな人よりも小さく、そして空を飛んでいる。

背には一対《つい》の魔力を編んで作られた羽。髪の色は緑。碧《あお》色の瞳を好奇心に輝かせ、妖精が森の中へ降りてくる。

そこは触手が届く距離だったが、彼の中にある意識が警告し、攻撃することを躊躇《ためら》う。

妖精とは機敏で、そしてエルフに次ぐ魔法の使い手だ。

いや、大地の自然から生まれる彼女らは、エルフ以上の魔力を有する存在なのだ。

フォンティーユで大量のエルフを取り込んだブラックウーズは妖精が有する魔力量を察し、警戒した。

「動物じゃないよね？　何かしら、何かしら？」

妖精は好奇心旺盛《おうせい》で、危険かもと思っていても気になったら止まらない性格だ。

森の中で感じた動物や獣人、亜人とも違う気配に好奇心が刺激され、空から降りてくる。

そのまま通り過ぎていても、後ろからブラックウーズが触手を伸ばしたであろうが――。

「うえ!?」

フェアリーからすると、何の気配も感じなかったはずの草むらからの、突然の攻撃。

絶対に逃げられない距離まで待ってから触手を伸ばしたのだ。

しかし、背中の羽を使って空を移動する妖精の機敏さはブラックウーズの予想以上であり、自然から生まれる妖精は、自身の周囲の変化に対してどの種族よりも敏感だ。

音もなく伸ばした触手が空を切り、緑髪の妖精は慌てて空へと舞い上がる。

月明かりに照らされて、紅葉のように濃い赤色のドレスの裾が激しい動きに合わせて揺れた。

ドレスのスカートが動きについていけずに大きく捲《まく》れ上がり、その下にある人間の人差し指程度――けれど、フェアリー自身の大きさからすると程よい肉付きの――太ももと、その先にある白い下着に包まれた下半身が一瞬だけ露《あらわ》になる。

しなやかで張りのある太腿とふくらはぎ、そして扇情《せんじょう》的な線を描く鼠径部《そけいぶ》を包む薄布。

飾りは少ないが、その薄さから秘すべき恥部を官能的に彩る下半身の大胆《だいたん》な露出だが、元より羞恥心《しゅうちしん》が薄いフェアリーは、その人形のように整った表情を驚きに染めた程度で敵意はない。

「わっ、わっ。なにこれ!?」

次の行動も素早かった。魔法を補助する杖《つえ》もなくフェアリーが手を翳《かざ》すと、小さな彼女を追っていた細い触手が一瞬で凍結。

先端だけの凍結によって触手は半ばから砕《くだ》け、夜の森の中へと消えていった。

人間やエルフと違い、そもそもが大地から生まれた存在だ。

使う魔法に苦手な属性などなく、しかも念じるだけである程度の強力な魔法を使うことも可能。

しかし、好奇心が旺盛ゆえに一つに集中することが苦手な性格からか、強大な魔力と才能を持っていても『魔法を学ぶ』ということをできないのが欠点といえるのか。

「なんだったの？　も―……」

触手に襲われたというのに、フェアリーの声には危機感が薄い。

一瞬の攻防は彼女に危機感を抱かせるよりも、さらに強い好奇心を抱かせただけだった。

空中でしばらく静止していたフェアリーは、新しい触手が伸びてこないことを感じ、また高度を落としていく。

「なにかいるのかな？　皆も呼んできた方が良いかな？」

そう言いながらも、その表情の喜色は隠せない。同族の中で自分が最初に『珍しいもの』を見つけたというのは、娯楽《ごらく》に飢えるフェアリーたちにとって話題の中心となる良い機会なのだ。

好奇心旺盛な上に目立ちたがり屋でもあるフェアリーには、他の妖精たちから羨《うらや》まれるというのは名誉なことといえるのかもしれない。だからこそ、少し危険かもしれないと思っていても『珍しいもの』が何なのかを一人で確かめようとしてしまう。

その時にはブラックウーズも、フェアリーを捕らえるための罠《わな》を用意し終えていた。

相手は上空。けれど、その気配が近寄ってくるのを粘液の体に触れる風の流れから察する。

大本が年老いた熟練の狩人《かりゅうど》から始まった存在だ。

その根底にあるのは『罠を仕掛けて安全に獲物を確保する』という思考。

無数の細い触手を高い葦の草で隠すように全方位に張り巡らせる。もし草がなく、上空から見たら蜘蛛《くも》の巣に似た形状だ。

更に、周囲にある無数の木々にも触手を巻き付けた。

いくら自然から生まれた妖精とはいえ、夜闇の中で遠目には判断がつかないほど精巧に、木の幹や枝に触手を擬態《ぎたい》させられては気付けない。

粘着性のある罠の上に餌《えさ》を置き、その餌に飛びついたネズミを捕まえるといったものだったが、今回は餌を用意しておらず、餌の代わりに――。

「わっ、また来た!?」

ブラックウーズはフェアリーに向けて触手を伸ばした。先ほどよりも若干《じゃっかん》遅いが、それは得物を罠へ誘うためのものである。

フェアリーは先ほどと同じように器用な動きで空中を飛び回って触手の攻撃を避けていくが、今度はその避けた先に、夜の闇に紛《まぎ》れて気付かない黒い粘液の罠が用意されていた。

「へ!?」

その驚いた声は、まず一つの罠を運良く避けたことで、森の至る所に罠が用意されていると気付いた声だ。

しかし、もう遅い。

フェアリーは触手によって地面に近い低い位置にまで追われており、空高くに上がろうとしても頭上には月明かりに照らされてうっすらと光る粘液の罠が僅かに見えている。

しかも運が悪いことに、夜の闇を蒼く照らしていた月の光が雲に隠れ、フェアリーの目には何も見えなくなってしまう。

ついに、月明かりは完全に消え、暗闇の中に小さな肢体《したい》は消えてしまった。

天の理を理解し、ブラックウーズは音もなく触手の先端を七つに分けると、鞭のようにしならせてフェアリーを攻撃した。

ブラックウーズが見ているのはフェアリーという個体ではなく、彼女が放つ魔力である。目ではなく魔力を感じ、暗闇の中に触手がしなる音が響く——が、フェアリーは自然の変化に敏感な種族だ。

僅かな空気の流れの変化を敏感に感じ取り、暗闇の中でもなんとかその攻撃を避ける。

「わっ、なに、なに!?」

声に緊張の色が混じるが、しかしそれでもまだどこか気が緩《ゆる》んでいる。

暗闇で視界の利《き》かないフェアリーはその触手に対応できずに避けることに専念したが、しかし避けた先の蜘蛛糸の罠に羽が当たり、粘着性のある粘液によって動けなくなってしまう。

背中の羽は木の枝に擬態した粘液で濡れて本来の能力を発揮できず、困惑した頭では魔法をうまく発動できない。

しかし、すぐに自分の身に危険が迫っていることを察すると、その小さな身体《からだ》をあらん限りの力で暴れさせて拘束《こうそく》から逃れようとした。

「ちょ、ちょっと!?　はなしてよーっ!」

ようやく、その声に緊張の色が浮かんだ。

しかも、身体に巻き付いた触手はそれぞれが意思を持っているかのように蠢き、両足に絡みついた新しい触手はそのまま細い両足を伝って登ってくる。

粘液の触手は見た目とは裏腹に驚くほど強力で、太もも部分まで登ると、纏《まと》っている赤いドレスのスカートが捲り上がって下着が丸見えになるほど足を左右に広げられてしまった。

粘液に濡れた羽は重くなり、とても妖精一人を浮かせることができない。

そこに至って、妖精は自分がかなり危険な状況にあるのではないかということに気付いた。

頰《ほお》が引き攣《つ》り、目を見開く。暗闇の中に存在する『なにか』がとてもおぞましく、恐ろしい存在だと気付いた時には、すでに逃げ場がなくなってしまっていた。

「ちょ……やだ、なにこの格好？　やめて！」

赤いドレスのスカートから覗《のぞ》いたのは、ワンポイントの赤いリボンが可愛《かわい》らしい白のショーツだ。大胆な下着の露出に暗闇の中で頬を赤く染めた緑髪の妖精が抗議の声を上げる。

意思などないような冷たい触手の感触は気持ち悪く、肌理《きめ》の細かな肌に鳥肌が浮かぶのを自覚しながら妖精は更に体を暴れさせ、結果として纏っているドレスが余計に乱れていく。

スカートは完全に捲り上がり、肩布がズレてショーツと同じレース飾りの白いブラジャーの一部が露出する頃になって、フェアリーは息を乱しながら抵抗を止めた。

「うぅ……グチュッとした感触が気持ち悪いぃ」

その感触の気持ち悪さに妖精は半泣きだ。……すると、ざあ、と風が吹いた。

木々が揺れ、僅かだが月の明かりが森の中に差し込む。

青白い光――深淵の暗闇に慣れた目には、そんな淡い光すらも強い光源となって森の地面、そこに存在する香りの元凶を妖精の視界に映した。

「ひっ」

漏《も》れたのは、喉《のど》を引き攣らせた悲鳴だった。フェアリーの視線の先には月光を反射して鈍く輝く楕円形《だえんけい》の粘液体の姿。その姿に、見覚えがあった。

「す、スライム!?」

ただその大きさは、妖精が知るソレよりもはるかに大きい。

普通なら人形程度の大きさしかない妖精と同程度、いやもっと小さいくらいのはずだ。

しかし今、妖精を拘束しているのは彼女など簡単に飲み込んでしまいそうなくらい太い……

大岩のようなスライムだった。

ブラックウーズは正体に気付かれたことなど意識せず、木の枝に擬態させた触手に捕らわれている妖精を引き寄せようとした。

「いやっ⁉」

何をされるか分からないがとてつもなく嫌な予感がして、妖精は両腕に魔力を込めた。

暗闇の中では自分が何に拘束されているか分からなかったが、それがスライムの触手だと分かれば対抗手段などいくらでもある。

手の平ではなく腕全体から冷気を発して粘液の触手を凍らせると、あっさりと破壊。

しかし、腕よりも脆《もろ》くて敏感な羽で同じようなことをすれば自分の羽ごと破壊してしまいそうになり、躊躇《ちゅうちょ》してしまう。

結果的に、中途半端に自由になったことで体勢を崩すと、空中でわたわたと暴れる結果になってしまった。

「やん、もう――」

ブラックウーズにとって妖精程度の小さな存在が暴れることなどどうでもよかったが、貴重な母体に怪我《けが》を負わせたくはなかった。

肉体が小さいゆえブラックウーズなりに気を遣いながら麻痺毒《まひどく》を生成。人間やエルフに使うソレよりもはるかに濃度を薄めた毒を頭からぶっかけ、その整った美肢体を穢《けが》す。

「うえ!? 汚いっ!?」

ゆとりのあった服が濡れたことで肢体に張りつき、その下にあった妖精の小柄な体格と比較すると豊かで形の良い肢体が浮かび上がる。

「な、に?」

そして、次第にその体から自由が奪われていく。

暴れていた手足から力が抜け、触手の動きに逆らえなくなり——けれど。

「ちょっと、毒まで持ってるの?」

しかしその効果は一瞬。これには、自己意識というものが曖昧《あいまい》なブラックウーズでも一瞬だけ触手の動きを鈍らせてしまうほど驚いてしまう。

これまで数多《あまた》のエルフや人間を捕らえてきた麻痺毒を、妖精は難なく中和したのだ。

獣人のように、毒に耐性があるわけではない。

それも、一つの魔法。人間やエルフが破壊ばかりを追求した魔法体系を学んでいるように、妖精は治癒《ちゆ》に優れた魔法を得意としている。

大きな身体を使って魔物と戦うことを求められた人類と、小さな身体で人類を支える妖精では求められる役割が違い、長い時間をかけてお互いに違う魔法体系に行きついたのだが――今までエルフや人間から破壊の魔法ばかりを学んでいたブラックウーズには、フェアリーの解毒魔法はまったくの未知だった。

「こ、のっ。早く離してよっ」

触手の動きが止まったことに気付いた妖精が、身体を暴れさせる。

両手は自由になったが、いまだに羽と両足は捕まったまま。しかも両足に至っては、まるで子供が小水をする時のように無様に開かれて、下着が丸出しの状態なのだ。

そんな屈辱《くつじょく》的な格好で暴れれば、濡れたドレスで強調された胸が柔らかく揺れて見る者の視線を楽しませる――普通なら。

しかし、ブラックウーズは、暴れる妖精に母体として以上の興味を抱いて、その小さな肢体を優しく、ゆっくりと引き寄せた。

真っ暗だ。暗闇だ。けれど、そこで、目の前で、確かに蠢《うごめ》いているモノがいるのだ。

「う、ううう……」

妖精は悲鳴のようなくぐもった声を出したが、しかしそれは森の外どころか、木々より高い上空にすら届かない。

拘束された両足が不自然に震え、あれだけ明るかった声と表情が曇る。

これから何をされるのか――魔物という存在を知っているなら、誰でも予想できることだ。

殺される。殺して、喰われる。

それが魔物本来の行動であり、自分も今からそうなるのだと思うと――丸出しになったフェアリーの白いショーツ、その股間《こかん》部分が楕円の染みを作った。

あまりの恐怖に僅《わず》かだが失禁し――ブラックウーズはその反応と匂《にお》いから妖精が自分に恐怖を抱いていることに気付く。

ブラックウーズは妖精が抵抗する意識を失くしたことを察し、次の行動へ。すぐ目の前まで運んだお人形のように小さなその体軀《たいく》を、取り込んだのだ。

「ひ、ひぃぃい!?」

両足が、腰が、腕が、身体が――薄汚い、真っ暗闇よりもなお黒い粘液の塊《かたまり》の中へ取り込まれていく。そのままブラックウーズの体内に飲み込まれてしまった妖精は、頭部と長い緑色の髪だけを露出させた調度品《ちようどひん》のようだった。

「やだ、なにこれ!?」

こうやって体内に取り込まれてしまっては、凍らせて粉砕《ふんさい》。熱して蒸発させることなどできはしない。やれば、完全に取り込まれている自分にも同じダメージが返ってくるからだ。

「や、だ。なにこれ、なにこれ!?」

続いて全身に感じた衝撃に、妖精は艶《なま》めかしい声を上げてしまった。

風が吹く度に差し込む月光に照らされるのは、半透明のスライムに全身を飲み込まれた体勢で拘束されている姿。

頭部だけが突き出している姿は滑稽《こっけい》ですらあり、まるで妖精の形をした調度品が飾られているようでもある。

そんなブラックウーズの体内では、お椀型《わんがた》の胸や細く引き締まった腰までが濡れて密着したドレス越しに見て取れる。

スカートは粘液の中で浮力によって持ち上がり、リボンの飾りが可愛らしい白ショーツが完全に露出。おへそまで丸出しの状態。

無駄な贅肉《ぜいにく》が僅かもない美しい足は不格好な開脚姿勢で固定され、その無様さを際立《きわだ》たせる。

「う、そ――ちょ、嘘でしょ!?　なんっ、なんなのよこれっ!?」

驚きの声は、殺される、生きたまま喰われる……ある意味、それ以上の驚愕《きょうがく》だった。

粘液の中でショーツの股間部分が蠢いたかと思うと、下着に守られている恥部が勝手に動き始めた。なにせ、今や妖精の身体はスライムの中なのだ。

触手を伸ばすよりも簡単にその全身を嬲《なぶ》ることができる。濡れたショーツはその僅かな動きすら克明に反映させ、恥丘《ちきゅう》の動きに連動する。

ろくな愛撫《あいぶ》もされていないそこは当然のようにぴったりと硬く閉じているのだが、妖精が驚愕の声を上げると、徐々にその部分が開かれ始めた。

「なんでっ、こんなことっ!?　そんなことやめてよ!?」

妖精は唯一自由になる首から上を動かし、振り返ってブラックウーズを見ながら声を上げた。

そうしている間にも薄汚い粘液がショーツの布越しに肉体の内側へ侵入してくる、その奇妙な感覚を敏感に感じてしまう。

衣服を残されているにもかかわらず身体《からだ》の奥に異物が入り込んでくる感覚は、身の毛がよだつなどという表現すら生温《なまぬる》く、文字通り身体を貫かれるような激感だった。

小さな妖精の肉体を傷付けないよう、一気に大量の粘液が侵入するのではなく、少量の粘液が少しずつ、染み込むように膣穴の奥へと進んでいく。

「なにをしてるのっ!?　こんなことやめてぇ!?」

妖精は、自分が何をされているのか、どうしてスライムがこんなことをするのか分かっていないようだった。……当然だ。妖精とは大地から生まれるもの——それは、性交を必要とせずとも一族が繁栄《はんえい》する存在だということである。

性行為は知識として知っていても、本来は必要としない……エルフよりも長い生涯《しょうがい》で一度も性交しないという個体すら存在する種族だ。

そしてこの妖精も、今まで性交の経験がない処女。

未通の穴は異物を押し出そうと妖精の意思に反して締め付け、その行為が一層体内の異物感を強くしてしまう。

内臓を押し上げられるような圧迫感と、自分自身でも触れたことがない場所を穿《うが》たれる苦痛。

（う、そ……こんなに苦しいの⁉）

次第に悲鳴すら聞こえなくなり、必死に唇を噛《か》んでその苦痛に耐えようとする妖精。

それを察したブラックウーズは、膣を穿とうとする粘液の動きを止めると、それより先に入り口の上にある包皮に守られた肉真珠へと狙いを変えた。

「うっ、うぅっ」

陰核を刺激することで少しでも苦痛を和《やわ》らげようとしての行為だが、自慰《じい》も知らない妖精にとって陰核への刺激は強すぎるものだったのか、処女喪失《そうしつ》にも似た激感に彼女は粘液に汚れても美しい緑髪を振り乱し、必死に歯を食いしばって苦痛に耐えようとしている。

思考がその刺激を快感だと受け入れず、しかし生まれながらに成人した肉体を持つ妖精種の肉体は徐々に反応を示し始めてしまう。

しばらく続けていると陰核が刺激に勃起《ぼっき》し、ブラックウーズの粘液に弄《もてあそ》ばれ、上下左右に転がされると、歯を食い縛っていた口から少しずつ苦痛とは違うと息が漏れるようになってきた。

「は、ひ。はひ、はぅ」

苦痛に曇っていた表情が徐々に和らぎ、頬《ほお》に赤みが差していく。

更に膣内に侵入した触手が動きを止めて陰核を中心に責め続けると、噛み締めていた唇が解けて並びの良い綺麗《きれい》な白い歯が唾液《だえき》の糸を引きながら開かれた。

自在に蠢く粘液に包まれた陰核を緩急《かんきゅう》交えて責められ、妖精は頤《おとがい》を反らせて首から上だけを痙攣《けいれん》させた。

宝石のような碧眼《へきがん》が一瞬だけ白目を剝《む》き、瞼《まぶた》の裏で星が散る。

粘液に濡れた長い緑髪が頬を叩く感触すら気付かないまま、絶頂してしまう。

「はっ、はっ、はっ……？」

自分の身体に何が起こったのか理解できていなかった。ただただ疲れた犬のように息を乱しながら天を仰《あお》ぎ、自分に何が起きたのかを理解しようとする。

「はっ、ま、まっへ……ま……ぅっ」

呼吸が整わないうちに、今度は膣穴を穢《けが》す粘液が活動を再開――絶頂の余韻《よいん》が収まらないうちから愛撫が再開されると、今度は最初から喘《あえ》ぎ声を漏らし始めた。

ブラックウーズの半透明の身体の中で、妖精の小さな身体がビクビクと痙攣する。

興味がある存在とはいえ、ブラックウーズにとって、やはり妖精も雌《めす》でしかないのだ。

犯し、孕《はら》ませ、仲間を増やす。その本能に従って、ブラックウーズは妖精を凌辱《りょうじょく》し続けた。

「ひぃいいい!?　はひ、はひぃいいい!?」

ガクガクと病的に首を振りながら長い髪を乱し、涎《よだれ》と汗を撒《ま》き散らしながら声を上げる。

そこに悪戯《いたずら》好きで陽気な妖精の姿はなく、壊れた玩具《おもちゃ》のような様相を呈していく。

（まっへ、まへ……こらへられない、こへ。堪えられないっ!?）

思考の中ですら呂律《ろれつ》が回らなくなり、徐々に考えることも苦痛になってくる。

「ひあ!?　ぎ、ぎぃ!?　ひゃあ、はいぇ。やへ、やへぇっ!?」

(助けて、助けて、助けてっ)

ただその一心で声を上げようとしても、それは悲鳴ではなく嬌声《きょうせい》に変わってしまう。

彼女が何を言っているのか誰も理解できないような声を垂れ流し、涙と涎、汗と鼻水で人形のように整っていた顔を歪ませていく。

(ち、ちか――ちから、ぬけ……)

いつの間にか、妖精は自分の身体に力が入らないことに気が付いた。

疲労もある。だが、体の芯から力が抜ける感覚は……なんだったか。

「やめ、とま、とまっへ!?　すこ、ひでいいからああ!?」

与えられる快楽が考える力を奪っていく。

妖精は絶頂の度《たび》に魔力を吸われていることに気付けず、しかし自分の身に何が起こっているのかをうっすらとだが気付いていた。

魔力が奪われていく。妖精という種族を構成する、最も重要な力が。

「だずげで！　だれが、だずげでぇええ!!」

あらん限りの声を上げて助けを求めるけれど、反応など返ってこないし、返ってきても今の妖精ではその声に気付くことはできないだろう。

そんな妖精の反応を特に気にすることなく、ただただ強張《こわば》った妖精の肢体《したい》を柔らかく解《ほぐ》しながら、ブラックウーズは人間やエルフとはまったく違う妖精の魔力を取り込んでいく。

そこに特別なにかの感情を抱くわけでもない。

淡々と。事務的に。女を快楽で溺《おぼ》れさせ、犯し、子を産ませ、魔力を吸収してより強くなる。

だから。ブラックウーズは妖精を体内で犯しながら、そのまま森の中を進み始めた。

「ゆるひ、ゆるひへぇっ!? なんでもする、言うこと聞くからっ。ゆるひて、たふけぇえ!?」

妖精が悲鳴を上げても、その動きは止まらない。

その悲鳴に驚いて森に棲《す》む獣たちが逃げ出すが、強力な魔力を有する妖精から体液を吸収する方が今のブラックウーズには何倍も価値があるので気にしない。

膣《ちつ》から滲《にじ》む愛液も、緩《ゆる》んだ腰から漏《も》れる尿も、汗も、涙も、唾液も鼻水も。

そのどれもが、ブラックウーズに吸収されていく。

「なんへぇ、何もしてないのにっ。わたひぃぃっ」

理由などない。強《し》いて挙げるなら、妖精が女性体であったというだけだ。

これが男性体なら、取り込んで、窒息《ちっそく》させ、骨も残らず溶解させて吸収していたという違いなのだから、生かされているだけ幸せだといえるのかもしれない。

「い、ぎっ!? またくる、なにかぁぁああ!?」

本人ですら数えることができていない何度目かの絶頂で、フェアリーの瞳が完全に裏返った。

白目を剝《む》いてガクンと首が垂れ、振り乱していた長い緑髪が重力に引かれてブラックウーズの粘液に沈む……だが、完全に気絶しても妖精の頭部は小刻みに痙攣していた。

粘液体の中では白いショーツが忙しなく動き、その下にある小石のように大きく、硬く成長した陰核はまるで玩具のように上下左右へと動かされている。

妖精がちゃんと生きていることを体温と心音から判断しながら、ブラックウーズは進み――ようやく、森から出た。

白い月と、白い星。蒼い夜空に、鬱蒼《うっそう》とした草原と深い闇の森。

森のすぐ外には人の手で整えられた美しい花壇《かだん》が月明かりの下で映え、風で花弁を揺らす様子は幻想を切り抜いた絵画のよう。

その大小様々な花弁が彩るのは、数百年の経過で朽《く》ち、しかし人の手で補強された小さな神殿だった。

大きさはそれほどでもない。確かに見上げるほど大きいが、しかし神殿というには小さく、入り口も人一人がようやっと通れる程度。

ブラックウーズが神殿に近付いて入り口に向けて触手を伸ばすと、バチ、と。その触手が雷撃を受けたように感電し、弾かれた。

周囲に、腐った粘液が焼かれた腐臭が漂う。

「お、っ――おぉぁあ……」

耳鳴りがしそうなほどの静寂の中で、妖精の嬌声が徐々に大きくなる。そんな状態でも、ブラックウーズは胎内《たいない》で妖精を犯し続けているのだ。

そんな妖精の痴態《ちたい》にどれほどの価値も感じず、神殿の入り口で動きを止めた。

結界だ。ブラックウーズを、魔物を弾く聖なる壁とでもいうべきか。

見ると、神殿の周囲にある白亜の柱——蔓《つる》に巻かれた古ぼけた柱の頂点には、大きな宝石が据えられている。

それが四つ。神殿を囲むような形だった。

これが結界の要《かなめ》だと理解し、ブラックウーズはその宝石へ向かって触手を伸ばす。

また、触手が結界に弾かれた。甲高《かんだか》い音と共に、触手の先端が焼ける。

しかし、神殿の入り口へ伸ばした時ほど強力ではなかった。焼けたのも、触手の表面だけだ。

これが普通の人間ならば全身に火傷《やけど》を負っているほどの威力なのだが、ブラックウーズにとってはただ表面を焼かれた程度。

——関係なかった。

そのまま触手を伸ばし、伸ばし、伸ばし。太く、太く、強靭《きょうじん》に仕上げ。

白亜の柱よりも高く。月の明かりすら陰るほど長く。触手を伸ばすと、頭上から勢いよく叩き付けた。大きな音と共に柱が壊れ、その下に在った宝石もまとめて砕《くだ》く。

また、ブラックウーズは神殿の入り口へ触手を向けた。

結界がなくなったことを確認して、ブラックウーズは入り口から神殿の中へ。

なるほど、とブラックウーズが思ったかは分からないが——神殿が小さい理由は、それが地下に伸びていたからだった。

入り口のすぐ正面には地下へ続く階段が。そして、人がいる気配はないのに、炎々と燃え続けて消える気配のない不思議な松明《たいまつ》が、神殿内を照らしている。

ブラックウーズはその松明を一つ一つ自身の粘液触手で消していきながら、奥へ進んでいく。

——その体内から、粘液が漏れた。

ブラックウーズが進み、階段を一段降りる度に、粘液が零《こぼ》れ、神殿内を穢していく。

奥へ進めば進むほど、空間は広くなり、建物の構造は複雑に。

天然の迷路、それがこの神殿の本性だった。

そして、ブラックウーズはそんな建物の構造など関係なく——ある程度の深さまで下りると、自身が内蔵する粘液のすべてを開放した。

まるで爆発したかのように弾け、天井に、壁に、床に、ブラックウーズの破片が飛び散る。

その飛び散った粘液の一つ一つが自分の意思を持って行動し、複雑な神殿を攻略していく。

あるモノは更なる奥へ、あるモノは神殿の壁に擬態《ぎたい》し、あるモノは目に見える脅威《きょうい》として姿を変えず……あるモノは捕らえていた妖精を犯し続け。

ブラックウーズたちは神殿を攻略する。侵略する。

第四章 ― 勇者の路

青空の下に、木剣が奏でる湧いた音が響いていた。

青々と茂った草原の上を黒い影が走り、もう一つ――長身の影がその突撃を受け、流し、木剣を打ち返して小柄な影を吹き飛ばす。

吹き飛ばされた方はそれでも突撃することをやめず、立ち上がると間髪容《かんはつい》れずにサイドの前進――が、なんの考えもない正面からの攻撃は蛮勇《ばんゆう》でしかなく、またも小柄な影……マリアベルはフォーネリスの木剣に弾かれ、地面を転がった。

太陽が遠い山間《やまあい》の向こうから顔を覗《のぞ》かせるころから始まったその打ち合いだが、そろそろ朝食の用意が整いそうな時間まで続いている。

マリアベルは額といわず頬《ほお》といわず、肌全体に汗を滲《にじ》ませ、対するフォーネリスは汗をかくどころか呼吸の一つも乱していない。

鍛え上げた騎士に匹敵する体力どころか、つい先日まで王城内で姫として過ごしていたマリアベルには最低限の体力すら備わっていない。

それを理解しているからこそ、マリアベルは大陸で最も優れた騎士ともいえるフォーネリスに剣の使い方を教わりたいと願い出たのだが……。

「はあっ、はあ……っ」

「もう分かっただろう？　マリアベル、お前に剣はまだ早い」

暗に剣技よりもまず体力を鍛えるようにとの言葉に、しかしマリアベルは納得できなかった。

(私には、時間がない――早くお母様を助けないといけないんです……っ)

しかし、そんな思いとは裏腹に肩は激しく上下し、口は反論の言葉ではなく荒い呼吸を繰り返して、必死になって肺に新鮮な空気を送り込もうとしている。

疲労困憊《ひろうこんぱい》。酸欠で唇が紫に変わるほどの疲労だが、しかしそれでもマリアベルは……今日初めて木剣を握った黒髪の姫は、その剣を離さないままフォーネリスに強い視線を向けた。

「ふう……強情なところは母親に似たな」

返事もできないほど疲労してもなお戦意を失わないというのは戦士としての長所だろうが、自分の状態を判断できていないのは生物として致命的だ。

場所はグラバルトの王城を出て一日の距離にある、周囲を森に囲まれた小さな平原。

グラバルト国内を移動する旅人たちがよく休憩や野営に使うこの場所には、複数の簡易テントが立てっ放しになっており、そのうちの二つに使われた形跡がある。

火がついた焚火《たきび》には鉄の鍋《なべ》が添えられ、中には沢山《たくさん》の野菜や多様な香草が加えられて食欲そそる香りを放つスープが作られている。

その傍には銀髪の美少女――メルティアが、妹が怪我《けが》をしないかと心配しながら、具材が焦げないようにお玉でスープを少し乱暴にかき回していた。

……その様子から、彼女に料理の経験がないというのは明白だ。

手の動きが乱暴すぎて、スープの具材が崩れてしまっているが……本人の視線が鍋ではなく他所《よそ》に向いているから、それにも気付かない。

「お食事の準備、替わりましょうか？」

そう言ったのは、彼女の傍に待機していた一人の女性騎士だ。

姉妹の父親である勇者が使っていた『勇者の剣』を回収するためグラバルトの王都から離れた場所へ移動する際に、国王バルドルが用意してくれた五人の精鋭。その一人。

五人は休憩するためのテントの用意や馬の世話、食材の用意などを手伝ってくれていた。

もちろん兵士なのだから本業は戦闘なのだが、旅に不慣れな二人の世話を焼くことも任務に含まれていると理解しているので、不満の声はない。

「あ、いえ。何かお手伝いをしたいので」

「そうですか？　何かありましたら言ってください。手伝いますので」

「ありがとうございます」

優しい言葉に笑みを返すが、そんな彼女の視線は少し離れた今も奏でられている木剣の乱打音の発生地に向いてしまう。

そこには銀髪赤眼のメルティアとは真逆、黒衣を纏《まと》った黒髪黒眼の妹マリアベルと、長く美しい灰色髪と同色の狼を連想させる耳と尻尾《しっぽ》を持つ女性、フォーネリスの姿。

「だが、その負けん気は嫌いじゃない——ぞっ」

フォーネリスは汗一つ流すことなく向かってくる木剣——マリアベルの剣戟《けんげき》を難なく弾きながら昔を懐かしむ。

「お前たちの父親はな、今でこそ勇者だの英雄だのと言われているが、私と出逢《であ》ったばかりの頃は剣の振り方も満足に知らなかったものだ。本人はどうしてか、やたらと剣を気に入っていたのだが」

そんなフォーネリスの言葉に、しかし向かってくるマリアベルは実の父親の話にも返事ができないほど息を乱している。

艶《つや》やかな黒髪は汗で濡れる頬に張りつき、荒事には到底向いていない黒いドレスも、マリアベルの動きを邪魔してくる。

薄布のドレスは、規格外ともいえるメルティアやフォーネリスと比べると慎《つつ》ましく見える小振りだが形の良い胸の形に張り付き、スカートの内側は熱気で湿った空気が足に纏わりつく。

時間が経つごとに剣の振りは荒く、足の運びは乱れていく様子は見ていて面白いものではなかったが、フォーネリスはそんなマリアベルの態度を見ていると懐かしい気持ちになっていた。

「そうやって頑張りすぎるところもよく似ているな。うん」

容姿も、体格も、性別すらも違うけれど。

だがマリアベルは確かに勇者の娘なのだと――フォーネリスは喜びを感じていたのだ。

一緒に旅をした勇者、国を救ってくれた英雄、そして……親友が愛した男。

その娘が自分の前にいる。

親友が危険な目に遭《あ》っている……もしかしたらという最悪の事態すら頭を過《よぎ》るけれど、きっと大丈夫という希望を持って木剣を握る手に力を籠《こ》める。

今までもそうだった。どんなに危機的状況にあっても、諦めなければ奇跡が起きたのだ。たとえその相手が、人類を滅ぼそうとする魔王であっても。

「だが、そんな危ういところまで似なくてもいいのに……なっ」

「やあっ！」

可愛《かわい》らしい気合の入った声と共に振り抜く木剣から、勢いが消えていた。

鋭さなど最初からない、腕力任せの横薙《よこな》ぎの斬撃から勢いが消えれば、無様な一撃だけが残り、フォーネリスが横薙ぎの攻撃に合わせて木剣を横に薙ぐと、マリアベルは自分の限界以上に勢いを増した木剣に身体《からだ》が振り回された。

疲れ切っていた下半身が踏ん張りきれずにスカートの中で縺《もつ》れ、半身になりながら転倒……だが、顔面から地面へ倒れこむより速く木剣を握っていた腕を、フォーネリスに支えられてそのまま抱き留められる。

「母親と国を背負うなら確かに無茶が必要だが――こんなところで動けなくなっては、助ける以前に自分自身が使い物にならなくなるぞ」

フォーネリスは、根性論を否定しない。

才能の有無も大事だが、努力でこそ得られるものも確かにあるのだと知っている。才能なしでは辿《たど》り着けない領域があったとしても、努力したからこそ辿り着ける場所もある。

勇者と共に旅をして、肩を並べながら剣を握り、数えきれない数の魔物と戦った。

それは、生まれてからずっと剣の努力を続けた結果だ。

勇者のように世界から愛されたわけではない。

レティシアのように魔法の天才ではない。

そんなフォーネリスだからこそ、無理に頑張っても体調を崩すだけだとも理解していた。

「それでも毎日、雨の日も雪の日も、剣を振って、魔物を切って……気付けば、私では太刀打《たちう》ちできないほどの技術を身に着けていたなあ――アイツは」

あれこそが才能なのだと、フォーネリスは呟《つぶや》いた。

成長を階段に喩《たと》えるなら、一段飛ばしという話ではない。二段、三段、そんなレベルでもない。階段を飛び越えて、空を飛ぶように成長していく。

努力では手の届かない才能。

天から才能を与えられた天才。それが勇者とその妻だった。

「うん。まあ、初めてにしては頑張ったな」

どこか嬉しそうに言いながら、フォーネリスはマリアベルを抱え直し、優しく胸に抱く。

その豊かな胸に頭部を抱え、汗で濡れる黒髪を撫で梳《な》《と》かした。まるで自分の子供のように。

ただ、普通の母親ならば、娘に木剣とはいえ武器を持たせたりはしないだろう。

平和な世の中ならなおさらだ。

現に、魔法戦が得意なエルフとはいえ護身の技術すら持っていないのだから、母親のレティシアは本当に二人の娘を愛し、平和に生きて欲しかったのだとフォーネリスは理解する。

そのマリアベルは体力をすべて使い果たしたのか、撫でられる心地好さに誘われるまま目を閉じると、そのまま眠りに落ちた。

「まるで子供ね。動けなくなるまで体力を使っちゃうなんて」

「そう言うな、タイタニア。国を追われ、母親が生死不明なのだ……そしてこの子には、勇者の血が流れている」

「……父親みたいに早く強くなって、母親を助けに行きたい、って？」

子供のように体力を使い果たして眠りに落ちたマリアベルの傍に、小さな影が寄り添った。

背に魔力で編まれた羽を持ち、肩に乗れるほどの大きさしかない幻想種——妖精だ。グラバルトの王城で疲労によろめいたメルティアを助けた金髪の妖精タイタニアが、あの時のように疲労で意識を失ったマリアベルの頬《ほお》にその小さな手を添える。

「どうだ、治せそうか？」

「治すんじゃなくて、魔力の流れを正すの――体力は回復しなくて、回復しようとする身体を補助するっていうか……」

「要は、栄養を送り込むということだろう？　たしか」

「そうそう。面白い喩《たと》えを知っているわね。今度から、私もそう説明しようかしら」

からからと笑って、しかし言葉以上に繊細《せんさい》な魔法技術によってタイタニアが、マリアベルに魔力を送り込むと、疲労に乱れていた彼女の呼吸が徐々に落ち着いてくる。

紫色だった唇も血の気を取り戻し、寝顔が穏やかなものに変わる。

「よし……さあ私たちは食事にしよう。マリアベルは、目が覚めてからだ」

「さんせーい。私、すっごくお腹がすいちゃった！」

フォーネリスの言葉にタイタニアは我先にと飛び上がると、鍋の元へと移動した。

良く言えば明るく、前向き――悪く言えば能天気。そんな妖精らしい姿に、フォーネリスや護衛の騎士たちが苦笑する。

「大丈夫、なのでしょうか？」

そう聞いたのは、不安げに鍋をかき回していたメルティアだ。魔法の学校に通っていたが、彼女が習ったのは攻撃系の魔法ばかり。

レティシアの血と才能を強く受け継いでいるメルティアは、攻撃系の魔法の上達こそ早いものの、回復系の魔法はあまり得意としていなかった。

魔力が強過ぎるのだ。

強力すぎる魔力は繊細な魔法技術と相性が悪く、タイタニアのように他者へ魔力を送り込もうとしても、過剰《かじょう》な供給となってむしろ対象を傷つけてしまう。

だからメルティアは、そんな自分にはできないことをやってくれたタイタニアに、深く深く感謝の意を込めて頭を下げた。

「ええ。しばらくは筋肉痛に苦しむでしょうけど、この程度で壊れるほど人体は弱くないわよ」

タイタニアの言葉を聞きながら、フォーネリスはテントの傍に毛布で簡単な枕を作り、そこにマリアベルを横たえた。

最後にもう一度その黒曜石《こくようせき》を連想させる深い黒髪を一撫でして、焚火《たきび》の傍へ。

同行している護衛の騎士の一人が、具材がボロボロになってしまっているスープを木の器《うつわ》へ注ぐと、それをフォーネリスに手渡した。

「どうぞ、フォーネリス様。メルティア様も」

「ありがとうございます、アンリ様」

狸耳《たぬきみみ》の女騎士アンリは全員に朝食を配り終えると、最後に自分用の器にスープを注ぎ、そのままフォーネリスが腰を下ろす切り株の傍に座り込んだ。

護衛として同行しているのはフォーネリスを含めて騎士が六人と、興味本位でついてきたタイタニアである。そのうち、フォーネリスと狸耳の騎士アンリ、狐耳の騎士が女性である。

「朝からお疲れ様です、フォーネリス様」

「疲れてはいないさ」

木のスプーンでスープを啜《すす》りながら、フォーネリスがなんともなかったように言葉を返す。

事実、疲れ果てて気絶するように眠っているマリアベルと違い、フォーネリスは汗を掻《か》くどころか喉《のど》が渇《かわ》いた様子もない。

エルフと獣人という種の違いもだが、それ以上に経験と地力の差。

誰もが憧れた勇者の娘と、その勇者を支えた英雄の姿――それを間近で見て興奮しているのか、アンリは僅《わず》かに上ずった声でフォーネリスに話しかける。

「凄《すご》かったです、今のっ！　カンカンカンッ、って。マリアベル様の剣は不規則で乱暴だったのに、まるでどこにどんな攻撃が来るのか分かっていたみたいで」

明るくも子供っぽい、擬音が交じるアンリの解説に苦笑してしまう。

本来ならそれを不敬《ふけい》と捉えるのかもしれないが、平時はちゃんと立場を弁《わきま》えた発言をする人物だとフォーネリスは知っている。だから特に気にした風でもない。

そうしていると、そんなアンリを挟んだ反対側に、彼女と同じく地面へ腰を下ろす格好で座る女性騎士が一人。

先端が白くなっている明るい茶色の髪と、同色の尻尾《しっぽ》と耳を持つ狐耳の女性騎士だ。

彼女は興奮するアンリの隣に座ると、彼女を嗜《たしな》めるために聞こえるよう溜め息を吐いた。

「食事中よ？　静かにしなさいな」

「ジュリア——え、あ……す、すみませんフォーネリス様！　私ったらまた……」

「興奮すると周りが見えなくなるのは貴女《あなた》の悪い癖《くせ》ですわ、アンリ」

「う……ご、ごめんね、ジュリア」

「私に謝ってもしょうがないでしょう？　いつも言っているじゃない、少しは落ち着いて周りを見なさい、って」

アンリとジュリアは同期の女騎士だ。五年前に騎士となり、その剣技の腕を認められてフォーネリス直属の騎士となるまでに成長した、若く優れた女騎士。

歳《とし》はアンリが二つ下。二十三と二十五歳。

明るく元気で、興奮すると周りが見えなくなる狸耳のアンリと、いつも冷静で感情の起伏《きふく》が少ないジュリアは良いコンビで、フォーネリスもその性格と実力を信頼していた。

「ねえ、ジュリア。ニンジン食べる？」

「……好き嫌いをしないの。いい大人なんだから」

「だめ？」

「……ニンジンは好きだから貰《もら》いますけど。もう、フォーネリス様の前で、はしたないですよ？」

「ありがとー」

（子供だな、どっちも）

悪い意味ではない。フォーネリスは二人のやり取りを聞きながら、微笑《ほほえ》ましい気持ちになる。

それはグラバルトに来てからずっと緊張していたメルティアも同じようで、ふっと、不安や緊張を忘れてその口元が僅かに綻《ほころ》んだ。

「お二人は仲がよろしいのですね」

「そう見えますか？　ありがとうございます、メルティア様」

「……はあ。子守りは疲れますわ」

メルティアの素直な感想にアンリは破顔《はがん》し、ジュリアは疲れたように溜め息を吐く。

深い森に囲まれた国柄は魔物の危険こそ最近は減ったものの、森に棲《す》む獣に襲われないとも限らない。その際にフォーネリス一人では二人を守れないだろうと思い連れてきたのだが……。

「しかし、貴女まで来られるとは……タイタニア様」

「タイタニアでいいわよ、フォーネリス。歳は私が上だけど、敬語って苦手だし」

「は、はあ……」

フォーネリスは一国の姫という立場だが、タイタニアは妖精族という一種族の長《おさ》である。

立場としてはタイタニアの上なのだが、人形のように小さく、少女のような外見をしているこの妖精はフォーネリスが子供の頃から同じ姿で、実際の年齢は本人も詳しくは覚えていない。

……百は軽く超えている、といった程度の認識でしかなかった。

妖精は人間のように両親から生まれるのではなく、大地にある様々なモノから生まれてくる。樹木、岩、川。形がない風や火や光——そして、あまりにも巨大で広大な大地からも。

この世界を構成するありとあらゆるものから溢《あふ》れた魔力が受肉した存在、とでもいうべきか。

そしてこのタイタニアは、女神が作ったとされるこの大地から生まれた妖精で、一部の種族からは女神の代弁者ともいわれるほど強い影響力を持っている。

そんなタイタニアが勇者の剣を回収するだけの冒険に同行してきたことにフォーネリスは驚いていたが、タイタニアとしてはそれほど深く何かを考えての行動ではなかった。

「だって、面白そうじゃない。勇者様の娘とお喋《しゃべ》りができるなんて、そう簡単にはできない経験よ？」

それほど影響力のある人物だとしても、元はお気楽で能天気な妖精である。興味や好奇心が先に立ち、自分の気持ちに従って行動してしまうことを止められない。

フォーネリスはそんな妖精の行動力に、深い溜め息をつきながらも口元を緩《ゆる》ませた。

「そんな。フォンティーユの城を訪ねていただければ、いつでもお会いできますのに」

「んー……遠出って苦手なのよね。ヒーリアの花はフォンティーユに咲いていないし」

ヒーリアの花とは妖精が好む、甘い蜜を蓄《たくわ》える青い花弁が印象的な小さな花である。香りが強く、妖精や嗅覚に優れる獣人にとっては酒のように酩酊《めいてい》させる効果がある。

中毒性はないが、眠れない夜はヒーリアの蜜や、その花弁を漬け込んだ酒を飲むというのがグラバルトでは一般的。

獣人や妖精にとっては、人間やエルフが好んで飲む蜂蜜酒《はちみつしゅ》のようなものといえばいいか。

「確かに、フォンティーユにはヒーリアの花が咲いていませんね。あの花は、深い森の奥に群生していますから」

「そうそう」

「おいしいですよね、ヒーリア酒。私、あの甘い香りが大好きなんです」

「はいはい。仕事中にお酒の話なんかしないでちょうだい、アンリ」

「こういうジュリアだって、酒場で飲む時は樽《たる》一つくらい軽く空《あ》けるんですよ、メルティア様」

「た、樽ですか……」

「いたっ!?」

メルティアが驚きとも呆《あき》れとも取れる声を出した直後、余計なことを言ったアンリの頭にジュリアのゲンコツが落ちた。

ゴッ、と重い音が全員の耳に届き、しかしアンリはそれを「痛い」の一言で済ませてしまう。

「今度余計なことを言ったら、もう二度とニンジンを食べてあげませんからね？」

「うぅ……ごめんなさい」

「ふふ、大丈夫ですか、アンリ様？　氷を用意しましょうか？」

「甘やかさなくていいです、メルティア様。余計に調子に乗りますから、その子」

「ひどぃ……」

そんな二人の女性騎士のやり取りを見ていたメルティアの表情に、自然と笑みが浮かぶ。

（少しは、気が紛《まぎ》れただろうか？）

フォーネリスがグラバルトの王城へ戻った時、メルティアたちは……とても酷《ひど》い状態だった。

国を失い、母の生死も不明で、慣れない長旅の後だったからそれも当然だろう。

（やはり、この二人を連れてきてよかった）

フォーネリスは自分が口下手《くちべた》と認識している。先ほどだって、マリアベルの焦り——その苛《いら》立《だ》ちを剣に込め、ぶつけさせることしかできなかった。

それも間違いではないだろうが、しかしこうやって会話による心労の緩和《かんわ》というのはどうにも苦手で、だからこそ騎士団の中で年若く、口が達者な二人を護衛に選んだ。

他にも経験豊富な騎士は沢山《たくさん》いたのだが、フォーネリスはその選択が間違っていなかったことに安堵《あんど》し、僅かに口角を上げる。

「なにを笑ってるの？」

「楽しそうだな、と思っただけ……だ」

「そうそう。敬語は止めてね、フォーネリス。それと、貴女たちも」

「じゃあ、タイタニアさん、と呼ばせていただきますね」

「ちょっと、アンリ!?」

「ふふ、賑《にぎ》やかですね。でも、どうしてタイタニア……さんもご一緒してくださるのですか？」

「メルティア、まあ……タイタニアはこういう性格だ。あまり難しく考えなくていい。肩の力を抜いて、適当に相手をしてやるくらいに考えてみてはどうだ？」

「そうそう。楽しいことが大好きで、面白いことが三度のご飯よりも大好物。そして……」

「そして……？」

「勇者が好きなの。女神ファサリナ様から一方的に呼ばれ、それでも世界を救ってくれた善人。そして、私に名前をくれた人……そんな勇者の娘である貴女たちを助けたい――変かしら？」

「あ、いえ……その……ありがとうございま、す……？」

軽い質問だったはずなのだが、なんというか――こんな重いというか、真剣な言葉が返ってくるとは思っていなくて、メルティアの方が困惑してしまう。

「その、名前というのは？」

「えっとね。妖精って、自然から生まれてくるから名前を持つ習慣がないの」

「そういえば――」

メルティアはフォンティーユの魔法学校で読んだ書物に書かれた内容を思い出した。

妖精は名前や容姿ではなく、魔力で他の存在を識別しているという。

こうやって話しているタイタニアもその例に漏《も》れず、メルティアやフォーネリスを魔力の量や色で判断している。

そんな妖精たちに名前は必要なかった。

数えきれないほどの命が生きるこの大陸で、まったく同じ魔力を有する存在など一つとしていない。

それは人類だけでなく、草花や大地や岩といった自然も同様だ。

そして、自然から生まれる妖精も。

だから名前など必要としていなかった。名前などなくてもそれぞれが誰なのか分かるからだ。

そんな妖精たちに名前を与えたのが勇者だったとタイタニアは話す。嬉しそうに、楽しそうに。

「タイタニアというのは、勇者の国の名前で、妖精の女王様を指す言葉らしいわ」

「ほう。それは初耳だな」

「言わなかったたっけ？」

「聞いていない。その名前を名乗るようになって、凄《すご》く喜んでいたのは覚えているが」

「だって、名前よ？　私、あの時まで名前を名乗るなんて考えたこともなかったの！」

その時の喜びを思い出したのか、タイタニアはまるで夢見る乙女《おとめ》のように頬《ほお》を紅潮させながらうっとりとした表情で空を見上げた。

「タイタニア！　素晴らしい名前だわ！　……でも、そう呼んでくれるのは一部だけ」

「え？」

「だって、妖精って名前が必要ない種族だもの。周りのみんなは、私を呼んでくれないわ」

「あ、あはは……」

「だから、私の名前を呼んでちょうだい、メルティア。タイタニア、って！」

「分かりました、タイタニアさん」

「よろしい！」

あれから二十年近くも経っているのに、そんなに嬉しかったのか、とフォーネリスは改めて感じた。その視線の先でタイタニアは両手と羽を大袈裟《おおげさ》に動かして喜びを表現し、そんな反応にフォーネリスは溜息をつく。

「大体お前たち妖精は、アイツと初めて会った時は物凄い悪態を吐いただろうが、勇者として認めないとか、ファサリナ様を誑《たぶら》かしたとか」

「それは……あの男がどんな人間か知らなかったし――悪態っていうなら、フォーネリスだってそうじゃないっ！　助けに来てくれた人に、何をしに来たんだ！　人間やエルフの手は借りない――極めつけに、邪魔をするな、勇者を騙《かた》る偽も……」

「ぐっ……わ、私だって初対面で、どういう人間か知らなかったし……千匹を超える魔物の群れを突破してくるなんて、魔物との内通者と思っても仕方がないだろう⁉」

「たしかに……アレは異常だったわね。メルティア……貴女《あなた》のお母さんとお父さんね、千匹以上の魔物を倒してグラバルトの王城に入ってきたのよ？　あの時は、バルドル王も含めて、みんな腰が抜けそうなくらい驚いたものよ、ねえ、フォーネリス」

「……ああ。懐かしいな」

「は、はあ……」

記憶に薄い母と父の話だったが、二人が喧嘩腰《けんかごし》だったり仲良く昔の思い出に浸ったりと忙しい態度を見せたことで、メルティアも返事に困ってしまう。

その反応に気付いたのか、フォーネリスがコホンと気持ちを落ち着けるように咳《せき》を一つした。

「マリアベルが回復して、食事が終わったら遺跡に向かおう。今の早さでも、明日の昼にはたどり着けるはずだ」

「はい」

フォーネリスの言葉に頷《うなず》き、次に話題となったマリアベルの方を見た。

「その、初日からやり過ぎでは……？」

「しょうがない。マリアベルがそれを望んでいるし、正直な話……時間がないのも事実だ」

内心の焦りは表に出さず、けれどフォーネリスは娘のように年の離れたメルティアへ真実を告げる。

「レティシアを早く探しに行きたい、という気持ちはよく分かる——できれば、私一人でもフォンティーユへ飛び込みたいくらいだ」

「フォーネリス様、それは——」

「分かっている。無謀《むぼう》だと……けど、急いで助けに向かいたいというのは私も同じ。メルティア、焦っているのは貴女たちだけじゃないと分かってくれ」

「……はい」

言い聞かせるようにゆっくりと、優しく。

マリアベルにも聞かせたかった言葉だが、彼女は疲労で眠っている。起きたらしっかりと言い聞かせようと、フォーネリスは思う。

彼女の無茶ともいえる剣の訓練に付き合ったのは、一度、自分の実力を理解させるためでもあった。どれだけ願っても、叶わない願いはある。

ただそれは、血気に逸《はや》っている状態では、伝えたい言葉の半分も伝えられないということを知っていた……だからこそ一度、倒れるまで無茶をさせたのだった。

「それに、侮《あなど》っていたのか、運が悪かっただけなのか。それとも実力で劣ったのか……。どちらにせよ、レティシアが負けるような相手に、私たちだけで勝てるだなんて思わないさ」

「そんな。フォーネリス様の剣技はお父様に次ぐと聞いています。だからマリアベルは剣技の手ほどきをしてほしいと」

その持ち上げ方にくすぐったさを感じながら、フォーネリスは自嘲《じちょう》気味にスープを口に運ぶ。

「それで、フォーネリス様。マリアベルには、その……剣の才能があるのですか？」

今朝方、彼女自身の口から問われた言葉。だが、今まで妹が剣を握る姿すら見たことがなかったのだから、メルティアの心配も当然だろう。

形の良い顎《あご》に剣を振り続けて皮膚《ひふ》が厚くなった指を添え、フォーネリスは思考し……。

「どうだろう。才能の有無なんて、私には分からないよ」

「ええ……」

意を決してだろう。真面目《まじめ》な顔で聞いてきたメルティアに、しかしフォーネリスは正直な気持ちを口にした。

「才能があるかないかよりも、まずは人並みの体力を身に着けることが優先だ」

「……そうなのですか？」

「どんなに優れた技術を持っていても、身体《からだ》がその動きについていけなければ宝の持ち腐れでしかない。貴女たちの父親も、最初は……それはもう、酷《ひど》かったのだからな」

「そう、なのですか？」

「ええ」

「確かに。魔力は凄かったけど、剣技は子供のお遊戯《ゆうぎ》みたいに振り回してたわね、アイツ」

この世界で最も優れた魔導士であろうレティシアと同等の魔力を有し、剣技は身体能力に優れた獣人でも最上位という自負があるフォーネリス以上。

そんな規格外の能力を持ちながら、しかし肉体は凡人のソレだったのだ。最初は。

本当に、出会ったばかりの頃は優れていたけれど短時間しか戦えない素人《しろうと》だったはず――けれど、あっという間にフォーネリスを追い抜いてしまっていた。

そのことを思うと、当時のフォーネリスは驚きや羨望《せんぼう》よりも、嫉妬《しっと》といった感情を抱いたものだ。

（父上も、きっと私が気持ちを落ち着ける時間を得るために二人の子守りを頼んだのだろうな）

灰色の前髪を指で遊ばせながら昔を思い出していると、ふとそんなことを思う。

メルティアは食事の手を止めてフォーネリスの話に聞き入り、その瞳は一国のお姫様ではなく年相応の少女と同じ。まるで宝物を見つけた少女のように瞳を輝かせ、フォーネリスの話に相槌《あいづち》を打ってくる。

そんな視線を向けられると、フォーネリスの口が緩《ゆる》んでしまうのも当然だった。

フォーネリスもまた、レティシアほどではないが……異世界の勇者を気に入っていた。きっと、順番だったのだ。ただそれだけ。

（私が最初に出会っていたらと、何度思ったことか――）

その恋慕《れんぼ》に自嘲し、それをどう感じたのかメルティアが可愛《かわい》らしく首を傾《かし》げる。

「私は、貴女たちにはアイツみたいに戦ってほしくないのだがな」

「え？」

小声での呟《つぶや》きはメルティアの耳に届かず、銀髪の少女が聞き返すとフォーネリスは気付かないフリをして、朝食の入った木の器《うつわ》を傾けて表情を隠した。

きっと、同じことを二人の母親であるレティシアも考えるだろうな、と。根拠はないけれど、なんとなく確信めいた予感を覚えながら。

*

ベチャ、と。

ソレが天井から垂れ落ちると、床に溜まった同質の粘液とぶつかり粘着質な音を立てた。

誰もいない、僅《わず》かに残った松明《たいまつ》の明かりだけに照らされた地下。

時折吹く強い風が火を揺らす音と粘液の塊《かたまり》が蠢《うごめ》く音だけが響く空間は、その場所を知る者が見たらまるで別世界のように感じることだろう。

薄暗くも荘厳に飾られた勇者の剣を安置する場所。

救世の英雄。魔王の討伐者《とうばつしゃ》——異世界の勇者。

彼が使ったとされる聖剣は、彼以外の誰にも使うことができず、しかし内包する魔力の強大さから、国の中心であるグラバルト王都に置いておくことはできなかった。

故に王都から離れた場所であり、そして勇者をこの世界へと召喚した女神が最初に降り立った場所とされるこの遺跡へと奉納された。

元は何もない、ただの地下空間でしかなかった場所。

しかし、そこが女神に縁ある場所だと分かると、獣人や亜人たちはその場所に神殿を建てた。

人間のように『飾る』という概念《がいねん》に疎《うと》い彼らは質素に、しかし持てる技術を最大限に活用し、小さいながらも繊細《せんさい》な造りの門。静謐《せいひつ》で荘厳な内装の神殿へと昇華させたのだ。

入り口は魔を退ける結界で覆《おお》い、最奥には地下でありながら地上へ向かって掘られた天窓によって明るく輝く神殿。元から存在していた岩壁を削って石柱と成し、松明を飾る燭台《しょくだい》にすら熟練のドワーフが手掛けた技術が垣間見《かいまみ》える。

この神殿が建てられて数百年、勇者の剣が収められて十数年という時間が経っているが埃《ほこり》のような汚れは少なく、人の手が行き届いているというのがよく分かる。

――その神殿内を、蠢く存在が一つ。

松明の弱々しい明かりで表面を照らすのは、ブラックウーズ。

女神の残影が放つ神聖な空気と、獣人と亜人たちが作り上げた荘厳な雰囲気《ふんいき》を穢《けが》す不浄の存在は、国宝とも呼べる華美な調度品《ちょうどひん》の数々に興味など示さず、奥へと進んでいく。

数千のエルフを取り込み、魔法を学び、知識と意思を得た怪物だったが――それを見るのは初めてだった。

ブラックウーズの目の前、神殿の最奥。

岩盤を刳《く》り貫《ぬ》いて作られた天窓から差し込む光はオーロラのように地下を照らし、その中心に——一本の剣があった。

ミスリルの鞘《さや》に納められ、世界樹《せかいじゅ》の枝で作られた台座に飾られた、一本の剣。

勇者が使った、女神の力を宿した聖剣。

鞘には美しい意匠《いしょう》がきめ細かに刻まれ、柄尻《つかじり》には透き通る大きな宝石が一つ。そして、天井から差し込む光で神々《こうごう》しく輝きながら、柄に巻かれた布は当時のままなのか薄汚れていた。

血、だろうか。所々が黒ずんでいる。

しかしその汚れこそが、この聖剣が最前線で使われていた証《あかし》ともいえるだろう。

神殿の最奥へ辿《たど》り着いたブラックウーズは、しかしそんな聖剣の美しさと周囲の雰囲気など気にすることなく、その楕円《だえん》の巨体から触手を伸ばした。

光の中心にある白銀の聖剣へ、様々な命を取り込んで濁《にご》った触手が伸び——けれど、飾られている台座にすら届くことなく、光のヴェールに触れただけでその先端が崩壊する。

そう、崩壊だ——蒸発でも、凍結でも、破壊でもない。文字通り、塵《ちり》となって崩れ去った。

その分の質量が完全にブラックウーズの中から失われ、落ちた灰を取り込んでも回復しない。

ブラックウーズは伸ばす触手の数を一から十に増やして聖剣へと伸ばしたが、しかしそのどれもが同じように光のヴェールで照らされる範囲へ侵入するだけで消滅してしまう。

つまるところ——これは、魔王を討伐した光の力と同じ。

ただの太陽の光ではなく、勇者の聖剣が発する結界なのだ。それも、神殿の入り口を塞《ふさ》いでいたものとは段違いで、今のブラックウーズでは触れただけで消滅するほどに強力な。

ブラックウーズは続けて、石床を砕《くだ》き、硬い岩盤を穿《うが》ち、地下神殿の更に下から聖剣へ向けて触手を伸ばした。

しかしそれも同じ結果。

地中で粘液の触手が崩壊しただけで変化はなく、なのでブラックウーズは自身の質量に任せて触手を伸ばし、地下にも潜らせ、聖剣が安置される空間を崩壊させた。

壁を、天井を、床を、あらゆるものを破壊し、その瓦礫《がれき》で聖剣を埋めてしまう。

自身を傷付ける――崩壊させる武器だ。破壊できないなら、取り込めないなら、他の誰の手にも渡らないようにする方が安全だと判断した結果だった。

美しい石細工も、神聖な天窓も、魔王討伐の際に使われた聖剣も。

天井が砕けるとそのどれもが失われた。

ブラックウーズは伸ばしていた自身の触手を元に戻すと、しかしその場からは動かない。

聖剣の気配。聖なる女神の力はまだ感じられた。

自身が手に入れた魔力とは違う。まったく未知の力。

それが何なのか理解できない。今までは他者を取り込むことで、知恵を、魔力の練《ね》り方を、奪い方を、魔法の使い方を学んできた。

けれど、今回はそれをできない。

聖剣は近付くだけでブラックウーズの触手を崩壊させ、それを体内に取り込めば国すら飲み込む巨体をも崩壊させてしまうだろう。

しかし同時に、ブラックウーズの中に存在する無数の意思が、新しい力を渇望《かつぼう》する。

魔物としての本能が更なる力を欲し、けれどそれは確実に自分を滅ぼしてしまう危険なものと理解してしまう。——それらが混ざり合い、一つのブラックウーズという存在へとなる。

今までにはなかった変化だ。

常に魔物として、生物として、成長することと増えることを優先してきたブラックウーズは、生まれて初めて『欲しい』と思ったのだ。

勇者の力を。女神の力を。

内包した人々の意思が希望を望み、その希望の具現たる勇者と女神の象徴を渇望する。

だがそれは岩に埋もれ、触れようとすればブラックウーズを崩壊させてしまう。

触れることができないから岩で潰したというのに、しかし触れたいとブラックウーズの中に存在する無数の意思が渇望する。

ブラックウーズは崩落した神殿の最奥で僅かも身動《みじろ》ぎすることなく、行動を停止していた。

半日が過ぎ。夜となり。夜が更け、朝となってもブラックウーズは動かない。

まるで意思のない無機物のように固まったまま数日が過ぎ——そして、ブラックウーズは活動を再開した。

触れることができない聖剣に触れたいという矛盾《むじゅん》を、解消する方法を思いついたのではない。

気配がした。

ブラックウーズが停止している間もなお、神殿内を穢していた無数の同胞《どうほう》たち。

離れていても、ブラックウーズと同一の存在であるそれらが感じ、察したことはブラックウーズにも僅かだが伝わる。

それは、コレが生まれた場所――獣すらほとんど近寄らない、およそ生命が生きていくことが困難だった、フォンティーユの北の果てに存在するミスリル廃坑で証明していた。

石壁に擬態《ぎたい》し、調度品に擬態し、かがり火の明かりが生み出す影に隠れ、獣や人などよりもよほど上手に気配を消して小指の先よりも小さなスライムは得物を取り込んでいった。

同じように、ブラックウーズが産ませ、その『核』を体内に取り込んで運び、神殿内で無数に分離したそれらは、この地下神殿の至る所に存在している。

この数日で、女神の力で清められていた神殿は、その効力の殆《ほとん》どを失くしていた。

極めつけは、ブラックウーズの目の前。

清浄な気配の中心だった聖剣が飾られていた最奥。

そこが崩落したことで、いわゆる聖なる気の供給が止まってしまったのだ。

供給が断たれれば、後は残った力を塗り潰していくだけ。

聖剣からの力が断たれた神殿内は数日という時間を経てブラックウーズの粘液で穢された。白が灰に。灰が黒に。時間をかけて。ゆっくりと。確実に。

ブラックウーズに時間の概念《がいねん》はほとんどない。

今が朝なのか夜なのか、それすらもどうでもいいと考える。

穢すのに何日が経過したなど、関係ない。

何故なら、コレに寿命のようなものは存在せず、取り込める栄養さえあれば半永久的に活動し、成長し続ける。――そうやって、フォンティーユを飲み込んだ。

最初は石壁を這《は》う蜘蛛《くも》にすら劣る存在だったソレは、しかし確実に、蟲《むし》を、獣を、家畜を――人を取り込んで成長していく。

そして今度は勇者の、女神の力を飲み込もうと――侵入者の存在に気付いてもなお、やはり聖剣が安置されていた間からは移動せずにじっと待つ。

＊

「なんだ、これは……？」

神殿の全景が見えてくる頃、フォーネリスが驚きを隠せない声でそう呟《つぶや》いた。

深い森を抜けると、青々とした深緑に囲まれる白亜の建物が見えてくる。綺麗《きれい》な四方形に切り取られた石材を積んで作られた神殿。

所々に魔除《まよ》けの効果がある精霊銀の装飾が刻まれ、神殿を囲むように作られた石柱には自然にできたとは思えない大きな木の音が絡みついて強度を増している。

ドワーフが建て、エルフが飾り、妖精が補強した古い神殿。はるか昔、女神がこの大地を創った際、最初に降りたとされる吟遊詩人《ぎんゆうしじん》の歌や神話で語られる場所だ。

だが……技術と自然が調和した美しい造りの外観は破壊という形で大きく失われ、神殿を守護すると伝えられている四本の柱の内の一本が崩れてしまっていた。

フォーネリスは崩れた柱の元へ乗っていた黒毛の軍馬を向かわせると、どうやって破壊されたのか確認するために馬から降りる。

その後を追ってメルティアも移動し、マリアベルは砕かれた柱、破壊された神殿内部へ通じる扉ではなく地面へと視線を向けた。

何かが這って移動したかのような、地面が不自然に変形していることに気付いたのだ。兵士たちも散開して周囲を探索し、近辺に危険な存在がいないことを確認して回る。

「どういうことだ？　ここまで杜撰《ずさん》な管理がされているだなんて聞いていないぞ」

「この前に来た時はここまで壊されていなかったはずだけど……何かあったのかしら？」

フォーネリスとタイタニアは揃って困惑し、すぐに怪しい所はないかと周囲を見回した。

特に、フォーネリスの言葉には隠しきれない怒りが感じられる。歴史のある神殿が破壊されているだけでなく、ここには思い出深い勇者の聖剣が収められている場所なのだ。

これが杜撰な遺跡管理によるものなら、責任者を見つけ出して厳罰に処すことも考えるのだが……しかしそれが見当違いであるものだと、彼女はすぐに気付いた。

破壊された遺跡の柱。その破壊痕を調べれば、そこに奇妙な液体が付着している。

護衛のジュリアが革手袋越しに液体へ触れると糸を引くほどの粘り気があり、それが自然に壁へ付着するような粘液ではないことが分かる。

「いえ、これは……壊れたのは最近ね」

粘液を不思議そうに眺めるジュリアの肩越しに覗《のぞ》き込んだタイタニアが、そう呟いた。

「どうしてそう思う、タイタニア？」

「破片が風雨で失われていないもの。グラバルトで最後に雨が降ったのは五日前――きっと、それ以降に壊されたはずよ」

風が吹けば飛ばされてしまいそうな小さな破片もそのままになっていることに気付き、タイタニアが推理したことを告げると、フォーネリスはその指を形の良い顎《あご》に添え、ふむ、と呟く。

メルティアもそう言われて周囲へ視線を向ければ、たしかに柱は砕かれたままの状態で壊されたままになっているように感じられた。

更に調べるため、メルティアが神殿の入り口へ近付こうとすると――。

「待て、メルティア。一人では危険だ。身を守る術《すべ》がないなら、さがって……」

「あ、はい。一応こちらに――」

フォーネリスの言葉に返事をして、メルティアは肌の露出が最低限になるよう注意しながら空色の青いドレスのスカートを捲《まく》り上げた。

白のガーターストッキングに包まれた細くしなやかな美脚が露《あらわ》になり、ガーターベルトとストッキングの繋《つな》ぎ目には、美しい装飾具には不釣り合いに感じる武骨な革の留め具。

そこには、少々心許《こころもと》ないが、美しい装飾が施された短杖《たんじょう》が収められていた。

メルティアは短杖を抜いて右手に持つと、僅《わず》かに魔力を籠《こ》める。

強大な魔力の奔流《ほんりゅう》だと、魔力に疎《うと》い獣人ながらもフォーネリスはそう感じた。

ただ魔力を込めただけで長い銀髪とドレスの裾《すそ》が揺れるほどに大気が震え、足元の小石が僅かに浮き上がる。

周囲に影響を及ぼせるほどの魔力量というのは一流の証明でもあり、母親譲《ゆず》りの美しい銀髪も相まって、メルティアの小柄な背中が一瞬だけ戦友であるレティシアの姿と重なって見えた。

メルティアはそこから更に少しだけ魔力を放出すると、無詠唱《むえいしょう》だというのに杖《つえ》の先端には握り拳大の火球が生まれて周囲の大気を熱気で歪ませる。

メルティアからすると簡易の魔法で魔力を披露した後、火球を消滅させる。

「準備はしているということか……だが、一人で行動はするな。いいな？」

「は、はい、わかりました。ところで、これは盗掘――でしょうか？」

今までとは違う厳しい口調に動揺《どうよう》しながら、メルティアが質問する。

「だといいが……ただの神殿荒らしに女神様の加護がある結界を突破できるとは考えづらいな」

メルティアは砕かれた柱の他に三つの柱があることに気付き、それらが結界を展開していたのだろうと理解する。

同時に、嫌な予感を覚えながら周囲を警戒した。こうも悪いことが重なれば、どうしても最悪のことを連想し――スライムがいるのではと警戒してしまうのが人の性《さが》なのかもしれない。

フォーネリスはそんなメルティアの反応に気付き、自身も油断なく戦闘状態へ。

背負っていた自分の身長ほどもある使い慣れた特大剣を抜いて地面へ突き立てると、暑苦しい黒い軍服の胸元にあるボタンを二つ、乱暴に外す。

僅かに汗で蒸れた乳白色の肌と、豊か過ぎる胸の谷間の大胆《だいたん》な露出だが、しかしフォーネリスは少しも気にしない。

涼やかな空気が蒸れた熱気を薄れさせ、気持ちよさそうでもある。

そして、マリアベルの方へ視線を向けた。

「私たちが先行するから。マリアベル、貴女《あなた》はメルティアと一緒に後ろから……なにをしている？」

戦闘態勢を整えた二人から少し離れた場所では、馬から降りたマリアベルが壊された神殿の一部には目を向けずに地面を指で撫《な》でていた。

「いえ。フォーネリス様、こちらに何かを引き摺《ず》ったような跡が」

「なに？」

マリアベルに言われて、フォーネリスは足元を見た。

一足先に、妖精であるタイタニアが空を飛んでマリアベルの傍へ移動して、彼女が見ていたものが何なのかを確認する。

「これは……なにかしら？　かなりの大きさね」

神殿の入り口に向かって彼女が言う何かを引き摺った後が続いていることに気付くと、それが何なのか、タイタニアはすぐには思いつかなかった。

「跡が一つだけなら、馬車の類《たぐい》ではないのか？」

「どうもそうじゃないみたい。馬の足跡はないし、車輪の形とも違うもの」

「……スライムかもしれません」

「はあ？」

マリアベルの言葉に、タイタニアは驚いたというよりも、呆《あき》れた声を出してしまった。

彼女の記憶の中にあるスライムとはもっと小さくて、臆病で、弱くて、とても女神の加護があるある神殿になど近付かない存在だ。

今彼女の視線の先にある何かが這った跡は、妖精であるタイタニアと比べてもかなり大きく、とてもスライムのものとは思えない。

「フォンティーユには、建物を丸呑みするくらい大きなスライムもいました」

「ふむ……まあ、スライムかどうかはさておき、何かが神殿の中にいる可能性は高いな」

まだ状況を判断するための材料は不足しているが、しかしこの場で不穏な出来事が起きたのは確実だとフォーネリスの勘が告げ、マリアベルの言葉を完全には否定しなかった。

「おい」

「はっ」

「私の馬を貸す。急いで王都へ戻り、神殿に賊《ぞく》が入り込んだと伝えろ。もしかしたらスライムかもしれないともな」

「はっ、フォーネリス様は？」

「私たちは神殿の奥に向かう。ただの賊なら成敗《せいばい》するだけだが、もしスライムだったなら……すでに国内に魔物が入り込んでいることになる。ここで、完全に殺しておく」

「了解です」

フォーネリスの言葉には、完全な怒りがあった。

騎士として長く仕えているその男は姫騎士の感情を理解し、反論せず指示に従う。

もしここにスライムがいるなら、親友を傷つけた報いを受けさせる——と。

「全員、下馬の後に帯剣！　これより神殿内の安全を確保し、勇者の剣を回収する！」

「はいっ」

残り四人となった獣人の騎士たちがフォーネリスの掛け声に反応し、馬から降りると手綱《たづな》を傍にあった手ごろな高さの木の枝に巻き、荷鞍《にぐら》に積んでいた長剣を腰に吊る。

フォーネリスの前に整列する行動は迅速《じんそく》で、無駄がない。一国の姫とはいえ軍隊というのを間近で見たことがなかったマリアベルとメルティアは、その行動に感嘆の息を吐く。

食事時は明るく話しかけてくれたアンリとジュリアも、今はその表情に一切の油断はなく凛《りん》と引き締められ、これが実戦なのだと深く理解させる。

そして騎士たちを先頭に、マリアベルたちも神殿内へと足を踏み入れた。

「人の気配はない、な」

神殿の入り口こそ狭かったが、中に入るとそこは人が五人並んで立てる程度の広さがあった。剣を振るとなれば、並んで立つのは三人が限界か。

入り口から入り込む風に松明《たいまつ》の火が揺れ、僅かに周囲の影が濃くなったように感じて戦闘を歩く騎士は背中に冷たい汗が流れたことを自覚する。

薄暗い空間への恐怖心。しかし、だからこそ緊張感をもって周囲を確認できた。

左右には古い時代のドワーフが削ったと伝えられる女神や、過去の偉人を模した石像が、等間隔で並び、その間にある松明が神殿内を照らしている。

そのいくつかは消えてしまっていたが、松明の火はまだ強く、きちんと神殿内の管理がされているのが分かった。

（なら外の状態は、やはり何者かが最近神殿に侵入したということか……？）

松明が新しいのは、神殿内を清掃している近隣の村に住む人々が燃え尽きた火を足しているからだ。流石《さすが》に細かな場所まで清掃は行き届いていないが、古い神殿にしては綺麗《きれい》な方だろう。

フォーネリスたちに続いて神殿内に足を踏み入れたメルティアとマリアベルは、フォンティーユではあまり見ない古いドワーフが作ったとされる石像を見上げて感嘆の息を吐いていた。

「凄《すご》いです。フォンティーユでは、こういう古い建造物は多くないですから」

緊張と恐怖を紛《まぎ》らわせるためだろう、メルティアが普段よりも明るい声で言った。

「エルフが森を出た年月は、まだ浅いものね。古いといえる建造物はほとんどないんじゃない？」

「はい――お父様が街を発展させたと皆が言っていましたが、こういった物が残っているグラバルトの建造物も素晴らしいです」

タイタニアの言葉に、メルティアが素直な感想を返す。

その反応が子供っぽくて、金色髪の妖精は微笑《ほほえ》みながらメルティアの肩に腰を下ろした。

重さは感じない。人形くらいの大きさなのに、まるで羽のように軽いとメルティアは思う。

「お姉様、石像に感動するよりも、早く奥へ進みませんか？」

「そ、そうね。ごめんなさい、マリアベル」

「ふふ。今から緊張していても疲れるからな、適度に気を抜くのは大切なことだ。それにしても、歴史がある建造物が好きなのだな、メルティアは」

「そうかもしれません」

　恥ずかしくなりながらそう言うと、フォーネリスを先頭に二人の騎士が周囲を守る。マリアベルとメルティアにはアンリとジュリア、それにタイタニアが護衛に付く。

「大丈夫ですよ、マリアベル様。何かあったら、私が命にかけてお守りいたします！」

「相変わらず根拠のない自信ですわね……」

「あ、の――よろしくお願いいたします、アンリ様、ジュリア様」

「様、など結構ですわ。わたくしたちは貴女様をお守りする盾、騎士なのですから」

　魔法が苦手で護身用の短剣しか持っていないマリアベルは不安そうな顔をしていたが、そんなマリアベルを安心させるようアンリとジュリアが声を掛ける。

　その言葉にマリアベルは笑みを浮かべ、丁寧《ていねい》に頭を下げた。

　緊張が緩《ゆる》む気配を感じて、フォーネリスもわずかに口元を緩める。

　そうして奥へ進んでいくと分かれ道がいくつかあったが、内部の構造を把握《はあく》しているフォーネリスが正しい道順で進んでいく。

　奥へ進むほどに闇が深くなり、松明が等間隔で設置されているとしても少し先の空間すら視認することが難しくなってくる。

フォーネリスは壁にある松明に手を伸ばすと、その一つを手に持った。

「誰もいませんね」

フォーネリスの前に立って先頭を歩いている騎士が口に出して現状を伝えた。

石壁と石像で囲まれた神殿の通路内に、その声が響く。

無言でいると足跡だけが廊下《ろうか》に木霊《こだま》して気分が滅入《めい》り、気が付くと、何か気付いたことがあれば言葉にするようになっていた。

それほど深くない神殿のちょうど中腹あたりまで進んだだろうか。警戒していた最初は歩みも遅かったが、人の気配も害意も感じられない今では緊張も薄れ、進む足も速くなっていく。

外では中天にあった太陽が僅《わず》かに傾くほどの時間が過ぎた頃。

松明の明かりだけが頼りの薄暗い神殿内を進むことにメルティアたち二人が慣れてきた時だった。

「待て」

他の騎士たちに声を掛け、フォーネリスは傍にあった松明を手に取って足を止める。

「ここであの『何か』を引きずった跡が途切れている」

松明で足元を照らしながらフォーネリスが言うと、その言葉に他の全員も視線を下へ向けた。

分かれ道すらない一本道。左右にはすでに見慣れた女神を模した石像が飾られ、自分たち以外に気配はない。

「タイタニア、どうだ？」

「うーん……特には何も感じないかな。ただ、ちょっと気味が悪いかも」

「そうか。警戒しながら奥へ進むぞ」

「は――」

フォーネリスの言葉に男性騎士の一人が返事をしようとした時だった。

周囲を確認するため、壁にある松明へ手を伸ばす――と、鉄の手甲《てこう》で守られた右手が不意に、壁へ沈んだのだ。

「え？」

薄暗闇の中では自分の右手に何が起きたのかを理解できず、男性騎士は自分の右手が石壁の中へ沈んだように錯覚《さっかく》した。

「うわぁぁああ!?」

あまりの気持ち悪さに悲鳴を上げて右手を引き抜こうとするが、力を込めても腕が抜けない。そのことに狂乱しながら必死に腕を抜こうとするが、むしろ逆に奥へ奥へと右腕が沈んでいく。左手を壁について力任せに引き抜こうとすると、今度はその左腕までが壁に沈んだ。

まるで粘液のような壁は沈み込んだ手甲の中にまで侵入すると、直に肌へ接触。その気持ち悪さが余計に騎士を混乱させる。

「あ、暴れないでください!?　大丈夫ですからっ」

その隣にメルティアが立ち、手に持っていた短杖の先端を石壁へ向けた。

すると、薄暗い闇の中、石壁から白い煙が立ち上る。神殿の入り口で披露した火炎ではなく、熱を発する魔法だ。

騎士の肌を焼かない程度に熱量を調整して、擬態《ぎたい》していたスライムを焼くと、異臭がした。

火球の魔法よりもさらに下位、戦闘ではなく生活の中で使われるような初歩の魔法。

下位の魔法は詠唱《えいしょう》や集中を必要とせず、威力は低いがすぐに使えるし、なにより周囲に影響が少ないという利点がある。

熱はそのままスライムを蒸発させ、けれどその中に捕らわれていた両手には影響がない。精々《せいぜい》が、鉄の手甲が熱くなってしまった程度だ。

「大丈夫ですか⁉」

「う、うぁ……てっ、俺の手は⁉」

「無事です、ちゃんと付いていますよ」

腕を引き抜いた騎士は、自分の両手が無事だったことに安堵《あんど》しながら、這《ほ》う這《ほ》うの体《てい》で石壁から離れた。

「手の感覚がねえんだ！　誰か手甲を外してくれ‼」

「治療するから動かないで！」

すぐに動けたのはタイタニアだけで、他の全員は先ほど騎士の両手を飲み込んだ壁を凝視していた。

その周辺の石像も怪しく見え、全員が周辺を過剰《かじょう》に警戒する。

しばらく周囲を睨《にら》みつけていたメルティアが緊張の糸を解くと――まるでそれを狙っていたかのように、今度は反対側にあった石像が倒れこんできた。

天井や壁の崩落はない。

こちらもブラックウーズが擬態していた石像だ。しかも、長身のフォーネリスが見上げるほど高いソレが丸々一体。

岩や泥が巻き込まれていないとはいえ、それだけの質量に押し潰されたら人体など簡単に肉《にく》塊《かい》となってしまうだろう。メルティアは咄嗟《とっさ》に、傍にいるマリアベルを庇《かば》うように抱きしめる。

しかし、倒れてくる方向と質量を即座に理解したフォーネリスは手に持っていた松明《たいまつ》を即座に投げ捨てると、メルティアとマリアベルの腕を掴《つか》んで倒壊の範囲外まで一気に飛び退いた。

「うわあぁ!?」

だが、石壁を恐れて通路の反対側まで逃げていた騎士の一人には手が届かず、彼は悲鳴を上げながら倒れてきた石壁の残骸《ざんがい》に押し潰され――たように見えた。

「こっちですわっ」

その騎士の襟首《えりくび》を掴んで退いたのは狐耳《きつねみみ》の金髪騎士、ジュリアだ。

その細腕からは想像もできない腕力で鎧《よろい》を纏《まと》った成人男性を引き、一気に倒壊の範囲外まで後退する。

しかし、それを追って粘液の触手が迫ると、男性騎士を引いているジュリアは咄嗟に反応できず——しかしその触手を、狸耳《たぬきみみ》の女性騎士アンリが豪快に切り払った。

フォーネリスに憧れているというだけあって、その得物《えもの》は彼女に匹敵する特大剣。

その一撃は簡単に触手を切り払い、その間にジュリアたちは安全な場所まで下がる。

「ジュリア、大丈夫⁉」

「くっ……このわたくしがアンリに助けられるなんて」

「そんなことを言ってる状況じゃないよね⁉」

二人の緊張感がないやり取りを聞きながら、犠牲《ぎせい》が出ていないことにフォーネリスは安堵した。

途端、先ほどまで感じていた埃臭《ほこりくさ》さだけでなく、その中に僅かな刺激臭が混ざっていることに気付き、右手で鼻先を隠した。

その程度で異臭が消えるわけではないが、獣人の優れた嗅覚が少しでもこの異臭から逃れたいと本能で発した警告だったが、本能からの警告に気付けず、仲間の無事を心配してしまったのは長く戦場から離れてしまった悪影響か。

「こちらは大丈夫ですわ、フォーネリス様！」

ジュリアとアンリ、そして麻痺毒《まひどく》に侵された男性騎士の三人が、フォーネリスたちとが分かれた格好になる。

「けれど、これでは合流が――」

言葉を最後まで言い終わるより早く、倒壊した石像があった石壁が崩れた。

石壁への擬態を解除し、更にその奥からも、フォーネリスが手放した松明の弱い明かりで照らされる通路に薄汚れた粘液の塊が突如として土砂崩れのような勢いで流れ込んでくる。

見上げるほど高い天井に届く石壁――その全部が擬態した粘液体、スライムだった。

スライムは捕食するはずだった騎士を奪われた怒りに震えるように、巨体を床に叩きつける。

まるで地震だ。触手を床に叩きつけただけで、神殿全体が揺れたかのように錯覚してしまう。

「くっ、なんだ!?」

その場にいた全員がその現実を頭が理解するより早く、叩きつけた粘液の質量に耐え切れずに石床に罅《ひび》が入り、その一部が砕《くだ》け散る。

床の下は空洞だった。いや、元はしっかりとした土壌《どじょう》の上に建てられていたが、罠《わな》を仕掛けるためにスライムがそこにあった土を丸ごと飲み込んだのだ。

「うおおお!?」

その崩落に騎士の一人が巻き込まれようとして、しかし咄嗟にマリアベルが手を伸ばして安全な場所まで引き上げた。

「た、すかりましたっ！」

「大丈夫ですか⁉」

言葉の順番が逆になりながら二人は安全を確かめ合い、態勢を整えてその粘液体から離れる。

「なんなのよ、この大きさ⁉　こんなの、どうすれば――」

「全員、そのまま安全な所まで走れっ‼」

タイタニアの混乱する声へ返事をするように、フォーネリスの激《げき》が騎士たちに飛んだ。

「は、はいっ」

混乱しているアンリだが、毎日の訓練で鍛えている身体《からだ》は「騎士団長」の指示に従って動き、上官の命令によって戦時のソレへと変化する。

他の騎士たちも同様だ。鍛えた肉体は突然の事態にも反応し、スライムから距離を取る。

戦うか逃げるか、そもそもどうすればいいのか迷っていた騎士たちは言われるままに奥――勇者の聖剣が収められている神殿の最奥へ向かって駆け出した。

「メルティア、マリアベル！　このまま奥まで走るぞ！」

「はいっ」

「分かりましたっ」

二人もフォーネリスの言葉に従い、母国を襲ったスライムに敵意を抱くよりも、速く走って後退する。

混乱している時には、大きな声で指示を出すことこそが大事。

そうして無事な仲間たちに指示を出し終えたフォーネリスは、最後まで残り、倒壊した石壁――本性を現した巨大スライムの向こうにいるであろうジュリアたちと負傷した騎士に向けて声を張り上げた。

「ジュリア、アンリ！　お前たちは神殿の外へ！　フォンティーユを攻撃した魔物がグラバルトにも現れたと国王へ伝えるんだ！」

「りょ、りょうかいしました!!」

ジュリアの返事を聞くと、フォーネリスも神殿の奥に向かって走り出した。

「タイタニア、足止めをできるか!?」

「どうやってよ!?」

走りながらの指示に、タイタニアが怒声で返事をする。実際、この閉鎖された空間で通路を埋め尽くすほどの質量があるスライムをどうにかする方法など、簡単には思い浮かばない。

「天井を崩すなり、落とし穴を作るなり――液体を止める方法を考えろ！」

フォーネリスが走る勢いを弱めないまま新しい松明を壁から取り、その明かりを頼りに全員が奥に向かって駆け出す。

騎士の両手を取り込もうとした擬態スライムも巻き込んで更に巨大化したブラックウーズの一部は通路一面を覆《おお》い尽くし、フォーネリスたちも、そして出口へ向かうジュリアたちも追ってどこまでも肥大《ひだい》していく。

それはさながら、水源を掘り当てて噴き出した地下水だ。噴水のように後から後から噴き出して、辺り一面を水浸しにしてしまうように、周囲を埋め尽くしていく。

床に、壁に、天井に、張り付き、飲み込み、侵食し——松明の火を消して暗闇の範囲を増やしながら、周囲から迫ってくる恐怖。

フォーネリスたちはならばと奥へ、目的である勇者の剣が置かれる最奥を目指して走ると、次々に擬態《ぎたい》していたスライムたちが正体を現し、しかし背後から迫る多量のブラックウーズに取り込まれてその質量を増大させていく
(大き過ぎる!? あれがスライムだというのか!?)

フォーネリスの驚愕《きょうがく》は表情に現れ、走る足に力が入る。

厚手の軍服内に熱気が籠《こ》もり、汗を吸った服が肌に纏わりついて動きづらい。

比較的暖かい気候が長く続くグラバルトに住む獣人は暑さに強いが、これは別種。緊張からくる熱は久しぶりであり——初めて見る巨大スライムにフォーネリスは動揺《どうよう》してしまっていた。

それでも走りながら自分たちが今いる位置を確認し、最奥へ通じる道を間違えないように気を付けながら走っていると、先頭の男性騎士が何もない通路の真ん中で転倒した。

「大丈——」

転倒した騎士に手を貸そうとしたタイタニアが、その異変に気付く。

その右足が、石床に沈んでいた。それも、スライムが擬態した床だ。

「嘘でしょ!?　フォーネリス、落とし穴っ！　あちこちに罠が――っ!?」

そう驚いた声を上げたタイタニアだったが、しかしそんな彼女に向かってスライムが擬態している石壁から触手が伸び――獣の本能ともいうべきか……片足が粘液に飲み込まれて転倒しているというのに、男性騎士はマリアベルやメルティアの目には留まらないほどの速さで剣を振るい、触手を切り落とした。

落とし穴の罠――そして、落とし穴に嵌《は》まった仲間を餌《えさ》にした第二の罠。助けるために近付いた者を狙う狡猾《こうかつ》な触手。

しかしそれを粉砕《ふんさい》する、獣人騎士の見事な剣技。

だが、そんなものに見惚《みほ》れるほどスライムに感受性の豊かさなどなかった。

一本で駄目なら二本。十本で駄目なら二十本。

右足を封じられている騎士にそれだけの数を捌《さば》くことなど不可能で、最初に剣を握る右腕が、次に抵抗しようとした左腕。左足、腰に首。

「くっ、タイタニ――」

首を拘束《こうそく》した触手を本能的に剝《は》がそうとした右手に、新しい触手が絡みつく。鎧の上から触手で雁字搦《がんじがら》めにされた騎士は一瞬だけ抵抗するも、それだけだ。

足が浮くほどの勢いで壁へと引っ張られ、そのままスライムが擬態している石壁に埋め込まれてしまう。

それを助けようとしたタイタニアだったが、無数の触手に狙われては魔法を発する暇もない。

「このっ」

しかしタイタニアは、この大陸で最も強力ともいえる大地から生まれた妖精だ。

しばらく逃げ回って触手の動きになれると、妖精の小柄さと機敏さを活用して、自分を狙ってくる触手の攻撃を掻《か》い潜《くぐ》れる余裕ができる。

すでに首から下を壁に取り込まれた獣人騎士に向かって手を翳《かず》すと、そこから放たれたのは松明《たいまつ》の明かりにうっすらと浮かぶ空間が歪んで見えるほどまで圧縮された純粋な魔力。

火や氷といった属性を乗せていない魔力の波はスライムの擬態を解き、粘液が波打つ。

破壊ではない、衝撃だ。

吸収されている騎士が傷付かないよう、粘液を波打たせて少しずつ騎士の身体を壁から救出しようとする。

同時に、タイタニアは左手を背後から追ってくる特大スライムの方へと向けた。

「マリアベル、メルティア！　騎士を引っ張り出して！」

左手から放つのは成長の力。

大地から魔力を送り込んで地面の中にある木の根を無理矢理に成長させると、まるで檻《おり》のように粘液の津波の前に出現させた。

そのままさらに根を成長させて密度を増し、通路を完全に塞《ふさ》ごうとする――が、いくら魔力を込めた急成長でも、間に合わない。

（これじゃダメだ⁉　くっ、なんとか間に合って――っ）

「タイタニア、後は頼んだっ！」

間に合わないと悟ったタイタニアの表情から察したフォーネリスの決断は早かった。

彼女は木の根の檻が完成するよりも速く、その隙間《すきま》の向こうへと行き、長年愛用している特大剣の切っ先を天井へと向けた。

「私が囮《おとり》になる！　早く最奥へ行き、アイツの剣を――っ!!」

姉と一緒に壁に引き込まれた騎士を助けていたマリアベルが、背後を振り返る。その時にはすでに、フォーネリスはその特大剣を天に掲げていた。

太陽の光が届かない神殿内でもそれと分かるほど、剣の輪郭《りんかく》がうっすらと赤く輝いているのが見える。

魔法を苦手とする獣人が放つには、強力過ぎる魔力の光。メルティアやタイタニアが発した魔力よりもはるかに強力なソレが、通路全域を覆う。

現れたのは、通路全体を覆うスライムの威容。見上げるほどという言葉も生温《なまぬる》い、巨人やドラゴンなどよりも恐ろしいと思える液体。

「…………」

助け出した騎士を支えながら、マリアベルたちは声を発することができなかった。

あんなものからどう逃げれば……ではない。

あんなものを倒すことなどできるのだろうかという弱気が胸に湧く。――当然だ。

自分よりはるかに巨大な物を目の当《ま》たりにしてしまったら、どうしようもないのだと心が諦めてしまうのが普通なのだ。

けれど、フォーネリスは違う。

彼女の魔剣は、持ち主の感情の強さによって威力を変える。発する熱は陽炎《かげろう》となって巨大なスライムの動きを僅《わず》かに鈍らせ、一瞬の後、炎が刀身を包み込んだ。

フォーネリスは諦めていない。それが、その後ろ姿から伝わってくる。

マリアベルの胸に、しっかりと、言葉ではなく……言葉にできない炎となって、宿る。

「ダメ、フォーネリス様――」

灰色髪の姫騎士はその声に振り返ることはなく、その剣先を天井へ向けて魔力を開放した。

まるで津波のように迫ってくる粘液を、自分一人で止めることなど不可能だと悟ったフォーネリスは天井を砕《くだ》き、通路を塞ぐ。

その姿が瓦礫《がれき》と……成長し続けて完全に通路を塞いだ木の根の檻によって見えなくなる。

「そ、そんな……」

彼女の献身は、自分の身体を囮にしてマリアベルたちが逃げる時間を稼《かせ》ぐ為だった……それを察して、メルティアは自分の胸に左手を伸ばす。

胸元の布地を摑《つか》み、怒りを堪えるように唇を嚙《か》む。口内に、血の味がした。

直後、ドン、と。

神殿全体が震えるほどの衝撃が木の根の檻の向こうから。それは壁の向こうで誰かが戦っている合図。フォーネリスが生きている証拠だ。

古びた天井から僅かに埃《ほこり》が落ちてきたが、塞がれた通路が崩れる様子はない。

退路は完全に断たれた。けれど、絶望よりも希望の方が――マリアベルの中では、大きく輝いている。

「大丈夫ですか、メルティア様……」

しかし、またも近しい人を失ったメルティアはそうもいかない。彼女は顔を蒼くしながら苦し気に胸を押さえている。

そんなメルティアに、息を乱しながら助けられた最後の騎士がそう声を掛けてきた。

「フォ、フォーネリス様を助けないとっ」

「いえ……団長は、今の我々ではあの巨大なスライムに対抗できないと考えて、勇者様の剣を取ってくるようにと」

「…………」

その言葉に、メルティアは押し黙った。

そしてもう一度、フォーネリスが見えなくなった瓦礫の方へと視線を向ける。

「……急ぎましょう、お姉様」

「っ……そうね」

「ええ。勇者の剣は、あの魔物に渡せない……フォーネリスのためにも、マリアベル、貴女《あなた》が手に入れるの」

その背を押すように、タイタニアが普段とは違うゆっくりと言い聞かせるような言葉をメルティアに向けた。

「フォーネリスは自分が果たすべき役目をやったの。分かるわね？」

「はいっ——行きましょう、お姉様」

「マリア……」

フォーネリスの意志を継ぐため、マリアベルは粘液に濡れて動きが鈍い騎士に肩を貸し、今も動揺《どうよう》しているメルティアの手を握って歩き出す。

いつも引っ張っていた小さな手……妹の手が、今はメルティアを引っ張ってくれていた。

＊

「はあっ!!」

裂帛《れっぱく》の気合と共に放たれた剣の一閃《いっせん》が壁から伸びてきた触手を横に薙《な》ぎ、けれど切り裂いたその触手は空中で再生し、その勢いが僅かに弱まっただけ。

金髪の狐剣士の美しい顔に疲労の色が滲《にじ》み、その後ろを狸耳《たぬきみみ》の騎士が守る。

二人の傍には、男性騎士が力なく壁に背を預けて座り込んでいる。

両腕を壁に取り込まれた騎士だ。

人間やエルフなら即死するほど強力な麻痺毒《まひどく》だが、獣人である彼はなんとか命を繋《つな》ぎ止め、今まだ生きている……が、動けない彼を守りながら出口に向かうだけでも大変だというのに、今は擬態《ぎたい》を解いたスライムが四方八方から攻撃を仕掛けてくるのだ。

ジュリアとアンリの疲労は目に見えるほどとなり、フォーネリスたちと別れた場所からそれほど離れていないというのに、すでに肩で息をするようになるまで疲労してしまっている。

「大丈夫か、ジュリア」

「ええっ。それより、そちらの、身体《からだ》の調子はどうですか？」

「……すまない」

その声音《こわね》は暗いもので、彼の状態が好転していないと理解できた。

（危険……ですわね）

肩で息をしながら、ジュリアは心の中でそう自問した。

フォーネリスたちと別れて僅かな時間しか経っていないというのに、聖剣が安置されていた神殿は、その姿を豹変《ひょうへん》させていた。

先ほど通った道からは床といわず壁といわずスライムの触手が伸び、安全な場所は殆《ほとん》どない。今、男性騎士が背を預けている壁も、一見無害だが、もしかしたらスライムが擬態しているのかもしれない。

けれど、もう他に休めそうな場所は見当たらなかった。

ジュリアたちは、神殿の奥まで進み過ぎたのだ。

安全だと思っていた道は罠《わな》に溢《あふ》れ、戻ることが困難。走って戻ろうにも、距離が遠すぎる。

……もしこれが獲物を逃がさないための策だとしたら、この触手を操るスライムはどれほど頭が良いのか。そう考えると、ジュリアは背中に冷たい汗が流れるのを自覚した。

（逃げないと。逃げて、助けを呼ばないと）

フォーネリスにそう指示されたということもあるが、このままでは自分も危険だと本能が悲鳴を上げている。

今から全力で走れば、なんとか出口まで逃げられるだろうか？

そう自問するが、それを背後で守る同僚の気配が邪魔をする……見捨てることができなかった。

「もういい。ジュリア、アンリ。俺を置いて逃げるんだ……俺が、時間を稼ぐから」

「そんなことっ——できるはずがありませんっ」

「諦めないでっ！　みんなで逃げないとっ」

向かってきた触手を切り払い、ジュリアとアンリは即答する。

スライムの攻めは単調だった。

まるで同僚を守るジュリアたちを嬲《なぶ》るように、攻めの勢いは弱く、けれど休ませないよう断続的に攻めてくる。

一時とて気が休まらない状況は徐々に二人の精神を追い詰め、思考力を奪っていく。

逃げるか、仲間を守りながら退くか。

答えなど最初から一つしかないのに、その一つを選べない。

ジュリアたちは徐々に逃げる体力すら失っていることに気付かない。

獣人の体力は人間や亜人に比べてはるかに高いが、それだって限界がある。だからこそ、スライムは絶対に獲物を捕らえるため、今も毒に侵されている餌《えさ》を喰わずに残しているのだ。

麻痺毒で動けない獣人の騎士は罠だ。

仲間を見捨てられない二人の女性騎士は無駄に体力を消費してしまっている。

神殿の至る所で擬態しているスライムは、一部は擬態を解き、一部は擬態したまま、ジュリアたちが疲労し、動けなくなる時を待っている。

焦らず。ゆっくりと。確実に。

二十代半ばという若さで、国の姫フォーネリスの傍に控える騎士にまで上り詰めた金髪の狐騎士と茶髪の狸騎士。

その剣技は同年代では並ぶ者がないというほど洗練されたものであり、事実、このように追い詰められた状況でも、彼女たちが振るう剣に迷いはない。

ただひたすらに迫ってくる粘液触手を切り散らし、同僚を守りながら少しずつ、少しずつ、蟻《あり》の歩みのようにゆっくりと出口へと向かっていく。

「まったく、キリがありませんわね――アンリ、大丈夫ですか？」

「う、うん……なんとか、まだ大丈夫」

「あと少しですわ。大丈夫、絶対に助かります。わたくしたちも、フォーネリス様たちも」

「ぁ、……うんっ」

必死に仲間を奮《ふる》い立たせ、このような状況でも生きることを諦めない。

その精神力は驚嘆に値する――だが、だからこその弱点でもあった。

アンリの無事を気にしすぎるあまり、ジュリアは自分の足元への意識が疎《おろそ》かになっている。

気付いた時には遅かった。今まで壁や天井からの攻撃ばかりだったこともあり、床から生えた触手が簡単に彼女の右足首に絡みつく。

「しまっ――この床もスライム!?」

ジュリアがそう叫ぶと、美しい金髪の騎士が宙を舞った。床から生えた触手が狐騎士の身体を軽々と持ち上げたのだ。

足が上に、頭が下に。

逆さま状態で持ち上げられたことで視界が反転し、動きやすさと女性らしさを考慮《こうりょ》したロングスカートが重力に引かれて捲《めく》れ上がった。

上品なジュリアの性格からは想像もできない情熱的な赤い下着が丸出しになるが、それを恥ずかしがる余裕もない。

アンリの見慣れた顔が下にある。かなりの高さだ。

ここで触手を切っても、頭から落ちれば重症……最悪、死んでしまうかもしれない。

「きゃぁあああ——!?」

どうにかして自由になろうと考える間もなく、ジュリアを持ち上げていた触手は鞭《むち》のようにしなると彼女の身体を壁に叩きつけた。

いや、その壁もスライムが擬態したもの——ジュリアの上半身が壁に飲まれ、僅《わず》かな松明《たいまつ》の明かりが残る通路に、真っ赤なショーツと狐の尻尾《しっぽ》を丸出しにした下半身だけが映り込む。

「ジュリア!?」

アンリが声を掛けると、聞こえたわけではないだろうが彼女の足が動いた。

必死に粘液壁から抜け出そうと踏ん張っているのが分かる。

(生きてる!?　壁の向こうでも呼吸はできてるんだ！)

ジュリアの抵抗は長く続いた。アンリが向かってくる触手を切り払っている間も暴れ続け、それは数分にも及ぶ。

それでも動きが止まらないことから、呼吸ができているとアンリはひとまず安堵する。

「待ってて！　すぐに引っ張り出してあげるからねっ！」

アンリは麻痺して動けない男性騎士のことを忘れ、ジュリアの元へ駆け寄ろうとした。

しかし、床に擬態していたスライムが擬態を解くと、まるで落とし穴のように彼女の下半身が落ち沈んでしまう。

「きゃあっ⁉」

ジュリアとは真逆だ。

アンリは上半身だけとなり、こちらもその場から動けなくなってしまう。

愛用の剣こそ手放していないが、下半身が床に飲まれた状況ではできることなど何もない。

彼女は麻痺して動けない男性騎士へ視線を向けると、用がなくなった餌は邪魔と言わんばかりに背を預けている壁に擬態していた触手が本性を現し、動けない彼の顔を粘液でふさいだ。

後は窒息《ちっそく》させ、溶かせない金属の鎧《よろい》を剝《は》ぎ取り、取り込んで吸収するだけである。

「そ、そんな……っ」

その様子をまざまざと見せつけられたアンリは表情を歪め、なんとかこの罠から抜け出そうと両手に力を籠《こ》め、下半身を引き抜こうとした。

「くっ、こ……っ、のっ――ッ」

しかし、どれだけ力を込めても下半身が抜ける気配がない。

それでも諦められず、顔が赤くなるほど全身に力を込めたが、それでも落とし穴の罠はびくともしなかった。

「はぁっ、はあ……っ」

その間にも麻痺していた男性騎士は呼吸ができなくなり、ついには四肢《しし》が最後に大きく痙攣《けいれん》すると、動かなくなってしまった。

アンリは騎士とはいえ、平和な世の中で生活していたこともあり、実戦の経験は多くない。

仲間の死に動揺《どうよう》し、逃げ出そうという気持ちよりも、これから自分も死ぬのかと思うと歯の根が合わなくなる。

情けないと分かっていても、怖かった。死ぬのが。

……だが、スライムの触手はジュリアを殺すために攻撃するのではなく、抵抗ができなくなった狐騎士の下半身に寄ると、カチャカチャと金具を鳴らし始めた。

厚手の黒い軍服。その布地を肌に密着させて抵抗を少なくするための、ベルトの金具だ。

触手が、ベルトを外している——上半身だけが空気に触れているアンリにはジュリアの下半身に群がる触手の行動が理解できず、涙目になりながらその様子に見入ってしまう。

「なに、してるの……?」

恐怖に震える唇から質問の言葉が出るも、返事をする口は触手にはない。

その質問に行動で返すように——触手はベルトの金具を外すと、狐騎士の身体を守る厚手の軍服がゆったりとしたゆとりを作り出した。

日焼けしていない真っ白な細い美脚に薄汚れた触手が絡みつき、その白い肌を隠すのは、普段の清楚《せいそ》な立ち振る舞いからは想像もできない、大人びた真っ赤なショーツだけとなる。

そのまま触手が両足を這《は》い上がると、その感触に気付いたジュリアの足が暴れ、床を蹴る。

しかし、上半身が壁の中では触手を蹴ることもできないようで、むしろ丸出しになったお尻を左右へ振ってしまうだけである。

すぐに疲れたのか、その抵抗も止まると、触手は自身の粘液でそのまま美脚を穢《けが》し始めた。

「そんな――そんなっ」

アンリとて年頃の乙女《おとめ》だ。

騎士としての忙しさからこの歳《とし》まで男性経験はないが、しかしその動きが何を意味しているのか理解している。

「ジュリア、逃げてっ！　ジュリアっ！」

アンリは必死に叫んだ。聞こえていないとしても、叫ぶしかなかった。

そうしている間にもアンリの目の前で触手はジュリアの下半身を汚し、美しい狐の尻尾すら粘液塗《まみ》れにしてしまう。

眩《まぶ》しいほど美しかった狐騎士の下半身はあっという間に穢れ、その両足がピンと強張《こわば》ったかと思うと、クタリと脱力した。

「え……？」

アンリには、その行動の意味が分からなかった。

ジュリアの抵抗が弱くなり、それどころか触手の動きに合わせて彼女の両足はピクピクと痙攣している。

「ジュリア、なんで……？」

（スライムなんかに、襲われているんだよ？）

けれど、アンリの目に映るのは……まるで触手で感じてしまったような同僚の腰の動き。

真っ白だった肌に赤みが差し、スライムの粘液とは違う汗が確かに浮き出ていた。

スライムの粘液ではなく自身が分泌した液体で中央の色を濃くした情熱的な真っ赤な下着は小ぶりなお尻に張り付き、股間《こかん》部分では陰唇《いんしん》の形を浮かび上がらせてしまっている。

それは明らかに感じている様子で、同性だからこそアンリにはすぐに理解できてしまう。

（なんで、ジュリア……）

そして触手が赤色のショーツに浮かび上がった――アンリも知らない、厳しい訓練の後にストレスから私室に籠《こ》もり、何度も自分で慰めたことで普通よりも二回りは大きく成長してしまい、興奮すると簡単に目で見えてしまう大きめの陰核に赤布の上から絡みつくと、丸出しの下半身は壊れた玩具《おもちゃ》のように何度も何度も大きく痙攣した。

ピンと伸ばした両足に力が籠もり、鍛えられた筋肉が白い肌の上に浮かぶ。

「うそ、なんで……ジュリア、駄目だよ、駄目っ！」

そんな同僚の痴態《ちたい》をみてしまったアンリは、声を荒らげていた。

いつも冷静で、頭が良くて、格好良かった同僚。訓練では厳しく、私生活ではよく怒られていたけど仲が良かった仲間。相棒。

そんな彼女が、上半身を壁に埋め込ませ、その下半身をスライムなんかに嬲《なぶ》られて痙攣させている。絶頂している。

そんな姿など見たくなかった。

頭が良い彼女なら、こんな状況でも起死回生の一手を打ってくれるのではと、無意識に思っていた。だというのに——。

「ジュリアっ、ジュリア……っ」

真っ赤なショーツの上からも丸分かりな大きめの陰核を嬲られるだけで下半身を痙攣させ、何度も何度も、簡単に絶頂している。

しばらくすると両足は突っ張ったまま戻らなくなり、自由に動かせる狐の尻尾もピンと張ったまま硬直してしまう。

その間も触手が陰核を嬲り続けると、ジュリアの股間から勢いよく愛液が噴き出した。

深い深い絶頂。潮というものをアンリは知らなかったので、あの真面目《まじめ》で誇り高いジュリアがおしっこを漏《も》らしてしまったのかと錯覚《さっかく》するほど。

離れた場所にいるアンリにまで潮が吹き、その顔を濡らしてしまう。

……それでも触手の動きは止まらない。ジュリアの陰核を嬲り続け、それは愛撫《あいぶ》ではなく拷《ごう》問《もん》に思えるほど激しさを増していく。

「あ、うそ……っ」

だが、そんなジュリアを心配してばかりもいられなかった。

落とし穴にはまったアンリの下半身。

目に見えないが、彼女には自分の下半身にも、ジュリアを襲っている触手と同じものが絡みついてきていることに気付いた。

穴の中で両足を暴れさせるが、粘液が詰まっているようで、その動きはとても鈍い。触手を追い払うことなどできず、簡単に両足が触手に捕まってしまった。

あっさりと両足が強制的に開脚させられ、ジュリアと同じようにベルトが外されていく。

「駄目っ、やめてっ！」

アンリは叫んで、穴から抜け出そうと両腕に力を込めた。フォーネリスの規格外な胸に比べれば小さく見えるが、ジュリアよりも二回りは大きい豊乳が床に当たって潰れ、淫らに歪む。

しかしそんな抵抗の声など完全に無視され、ベルトから解放されたスカートを脱がされたことが分かり、アンリは顔を赤くする。

彼女は手に持っていた剣を構えなおすと、自分を飲み込もうとする床に向かってその切っ先を突き立てた。

「このっ、このっ」

何度も何度も剣を突き立てる。しかしスライムの擬態《ぎたい》は解けず、そこは岩のように硬いまま。逆にアンリの両手が痺《しび》れ、すぐに息が上がってしまう。

そんな上半身とは別に、下着が丸出しになった下半身に触手が群がると、「きゃっ」とアンリは可愛《かわい》らしい悲鳴を上げた。

（なにっ、私っ、何をされているの!?）

落とし穴の中は粘液で満たされているようだったが、その全部がスライムであり、アンリの下半身は数えきれない無数の小さな触手で舐《な》められ始めた。

あまりの気色悪さに全身に鳥肌が立ち、一刻も早く抜け出そうとアンリは今まで以上の力強さで剣を床に突き立てる。

「うっ、くぅ――っ」

（足だけじゃ、ないっ。膝の裏も、指の先も――っ。ぜんぶっ、全部舐められて……っ）

気持ちいいとは思わない。ただただ気持ち悪いだけだ。肌の上を無数の舌が這い回り、下半身全体を舐めまわしているような感じとでも表現すればいいのだろうか。

男性経験のないアンリにとって、スライムの責めはあまりにも異質過ぎた。

ただただ気色悪くて、足の先から腰の付け根まで、全部がゾクゾクして、気を抜けば簡単に力が抜けてしまいそうになる。

その気持ちを奮《ふる》い立たせるよう、アンリは歯を食いしばって剣を床に突き刺していく。

「あっ、だめっ！」

そんなアンリが、声を上げげた。目の前で絶頂の痙攣《けいれん》を繰り返していたジュリアの下半身……そこを守る最後の砦《とりで》、真っ赤なショーツに触手が絡みつくと、布地を横にズラしたのだ。

現れたのは頭髪や尻尾《しっぽ》と同じ金色の陰毛に彩られた陰部。そして、丸見えになっている肛門《こうもん》。

アンリは自分の視力の良さを恨みたくなった。

ジュリアの陰唇は数えきれない連続絶頂でうっすらと花開き、そしてその後ろにある窄《すぼ》まりは皺《しわ》の数まで数えてしまえる。

友人のそんな姿など見たくなくてアンリが顔を背けると、しかし次は自分の番だ。

アンリの目の前に無数の触手が現れ、それが何をしようとしているのか……無音の圧力が恐ろしくなり、狸耳《たぬきみみ》の騎士は必死に動かせる範囲で剣を持つ腕を暴れさせた。

「来るなっ！　こっちに来るなっ！」

鋭さなど何もない、無様に暴れているだけ——だが、数本の触手を切ることに成功する。

しかし、切った傍から触手は再生し、そしてより多くに増えて触手がアンリに向かってくる。

スライムにとって、触手の数など無数に増やせる。無駄な抵抗……いや、彼女のそれは自分をより窮地《きゆうち》に追い込むものでしかない。

「来るな――ひっ、むぐぅ!?」

触手がアンリの愛嬌《あいきょう》がある美貌《びぼう》に到達すると、その頰《ほお》に耳に、首筋に、肌を伝って軍服の中へと入り込んでいく。

一度接触されると、下半身を動かせないアンリにはどうしようもなかった。

露出している肌だけでなく服の中にまで触手が侵入し、その豊満な胸や隠れている腋《わき》を舐めまわし、その刺激に剣を振る腕の動きが鈍くなる。そして、極めつけは――。

「ぐ、ぶえっ!?」

彼女の小さな鼻の穴にまで触手が侵入してきたのだ。

可愛らしい小顔を無様に歪め、アンリが一瞬だけ白目を剝《む》く。呼吸が難しくなって苦しいのではなく、体内に入り込んだ異物がただただ痛い。

「あっ、ああ……っ。や、めっ――ぐるっ、じっ」

だというのに。

(な、にっ――これっ、これっ!?)

獣人の敏感な嗅覚で感じ取った異臭はアンリから思考力を奪い、感覚が徐々に狂いだし、意識に霞が掛かっていく。自分が何をしているのか分からない。

厚い軍服から解放された下半身が何度も何度も痙攣し、ショーツすら脱がされた秘部からは、魔物に襲われている状況だというのに僅《わず》かに愛液が滲《にじ》みだす。

本人はまだそのことに気付いていない。気付ける余裕がない。

（この、におい……くさい、のに……へん、だ）

鼻の奥へ直接送り込まれる粘液の匂《にお》いによって目が虚《うつ》ろになり、口が僅かに開いたまま閉じなくなる。形の良い白い歯と、その奥には唾液《だえき》に濡れた赤い舌が覗《のぞ》く。

「ぁ、が、あ……きもち、わる……ぃ」

そう呟《つぶや》くアンリの目の前ではついにジュリアの膣穴と肛門に触手が挿入され、彼女の下半身がまたも大きく痙攣した。

……膣穴からは鮮血が流れ出たことに気付いたアンリは、ジュリアの代わりに涙を零《こぼ》した。

経過した時間は、ほんの僅か。けれど、そのわずかな時間でアンリの意識は完全に霧に沈み、身体《からだ》の自由がなくなっていた。

「は、はぉ……んあ……なん、ら……こへ……」

（あた、ま。ぼー……って……）

まるで酩酊《めいてい》しているかのような浮遊感。現実が分からなくなり、ただただ身を襲う気持ちい感覚に自分の全部を任せてしまいそうになる。

意識を保っているのが困難で、目を閉じればこのまま眠ってしまいそう……。

スライムは、閉じなくなった唇から零れ落ちる涎《よだれ》を掬《すく》い取って吸収した。

——魔力が少ない。

今まで吸収した人間やエルフ、妖精と比べると、獣人が体内に有している魔力はほんの僅かでしかない。それは種族的な体質で、魔法を使うことよりも身体を鍛えて剣技や体術を学ぶことに重きを置く獣人だからこそ。

だが、スライムにとっては……非常に不味《まず》い。美味《おい》しくない。

アンリやジュリアといった獣人は、スライム――ブラックウーズにとっては子を産むだけの女性という価値しかなく、魔力を吸収する必要はなかった。

(こえ、なんの、におひ……？)

そう評価されているとも知らず、鼻の奥に直接注がれ続ける匂いが何なのかをアンリは考えていた。それを嗅《か》ぐだけで、何も考えられなくなる。

(この、にほひは……)

……それは、ヒーリアの花。

グラバルトでは酒の材料となる、甘い甘い花の蜜。その香り。

少量なら酔うようなものでもなく、女性に好まれる弱い酒である。しかし、その原料を、直接鼻の奥に送られるとなれば話は別だ。

獣人の敏感な嗅覚が思考を酩酊させ、全身は脱力し、抵抗力が失われる。

つまり、アンリとジュリアは酔っぱらって脱力し、抵抗の意思を失って触手に嬲《なぶ》られ、本能に従って快感を覚えている。それだけなのだ。

（どうひて、すらいむからヒーリアのにおいが……）

そうして困惑している間に脱力の度合いは深くなり……そして、スライムは無防備な獣人に襲い掛かる。

元気に溢《あふ》れていた表情はだらしなく歪み、目から、鼻から、口から、体液を垂れ流した顔。

目尻は快楽で垂れ下がり、頰は赤く紅潮し、口元の涎は糸を引いて胸元に垂れ落ちるほどの量。

十分と経過していない僅かな時間で、アンリは『女』がしてはならない表情を浮かべるほどまでに、酔っぱらっていた。

「たひゅ、たひゅけへ……」

上半身を厳重に拘束《こうそく》され、鼻の穴まで犯されながら、ビクン、と全身が震える。

「じゅりあ、たひゅへ……」

そのジュリアは二つの穴を犯されながら何度も何度も下半身を痙攣させ、潮を吹き、おしっこを漏《も》らし、床に水たまりを作ってもなお犯され続けていた。

おそらく、壁の中ではアンリと同じように鼻の穴まで犯され、ヒーリアの花の香りを直に嗅がされ、一晩で樽《たる》ごと飲み干すほどの酒豪だとしても——それには耐えられなかったのか。

そして酒豪ではないアンリは……。

「はっ、はひっ、は——んんぅっ!?」

落とし穴の中に放尿し、そして無意識のうちに処女を奪われながら絶頂し、悶絶《もんぜつ》した。

第五章 ― 英雄フォーネリス

それは咄嗟《とっさ》の行動だった。

確かに、絶対に正解とは言い切れない選択だっただろう。しかし、無事に切り抜ける自信があったのも事実だ。

頭上へ向かって放った魔力の一撃は狙い違わずに石造りの天井を破壊し、その破片が通路を塞《ふさ》ぐように崩れ落ちてくる。

すでにその姿は見えないが、銀髪の美女――フォーネリスは仲間たちが無事に奥へ進む時間が稼《かせ》げるならそれでよかった。

落ちてきた岩盤はまず通路を塞ぎ、そして今度は崩した本人であるフォーネリスに牙を剥《む》く。

しかしそれは彼女たちを追っていた通路を覆《おお》い尽くすほどに多量の粘液体にも、落石は襲い掛かり、獲物を捕らえようと伸ばされていた触手の半分以上が岩と床に挟まれて潰れていた。

それを確認してから、フォーネリスは頭上を見上げて、自分に向かって落ちてくる岩を避けることに専念。

周囲を見回すと、横に逸《そ》れる道がいくつか目に映る。

その道がどこに繋《つな》がっているのかを考えるより早く、比較的安全に見える落石が少ない通路へ避難した。

自分で招いたこととはいえ、それで死んでしまうというのも情けない。

巨大なブラックウーズは逃げたフォーネリスを捕まえようと触手を伸ばすが、落石にぶつかり、妨害される。次は通路を塞ぐ落石と急成長した木の根を崩そうとしたが、それも失敗。

二度、三度とその巨体をぶつけた振動で余計に天井が崩れ、ついにはその衝撃で完全に通路が塞がれてしまった。

そうしている間に横道へ逃れたフォーネリスは、幾多の魔物を倒してきたミスリル製の魔法剣をもう一度天井へ向け、その刀身に溜まっていた魔力を放出する。

本来なら何の魔力も持たない獣人であるフォーネリスでも使えるようにと、体内の魔力を利用するのではなく、大地から魔力を吸い上げて魔法を放つという魔剣だ。

「これでっ」

魔力を溜めるのに時間を必要とするが、際限なく使うことができるという利点もある。

特に現在は、魔王が討伐《とうばつ》されて魔物の数も減ったことで魔剣として利用することもなかったから、その刀身には限界まで魔力が溜まっていた。

神殿の天井を吹き飛ばすくらいなら、あと数度は連続して行えるだろう、と使い慣れているフォーネリスは考えながら、もう一度天井を破壊。

今度は自分とブラックウーズとを繋ぐ通路を、崩落で封鎖することに成功。

歴史的価値のある神殿の一室といわず、一区画を使い物にならなくしてしまったが、これで巨大なスライム――ブラックウーズから逃げることができたかと、僅かに安堵《あんど》の息を吐く。

このあたりの咄嗟の機転は、経験豊富な熟練の戦士といえるだろう。

「あれが、レティシアを襲ったというスライムか」

フォーネリスは呟《つぶや》くと、様々な激情を特大剣に乗せ、乱暴に傍にあった石壁に叩きつけた。

魔力の爆発――そして、蒸気。

スライムが擬態《ぎたい》していた壁はフォーネリスの激情が発した魔力の熱に焼かれ、蒸発する。

それを横目で見ると、フォーネリスは苛立《いらだ》ちを乗せた一撃をもう一度、壁に放つ。

けれど今度は、壁が砕《くだ》けただけだった。

擬態しているものとそうではないもの……その区別がまったくできず、フォーネリスは顔を顰《しか》める。

「どこにでも湧く……忌々《いまいま》しいな、魔物というのは。滅ぼせたと思っても、また増える」

崩れて塞がれた部屋から立ち込める埃《ほこり》を吸わないように左手で口元を庇《かば》いながら、そう呟く。

(擬態……といえばいいのか。どうにも、罠《わな》に長《た》けているようだな)

廊下《ろうか》を覆い尽くせるほどの量から、きっと神殿の入り口付近からあのスライムは神殿の一部に擬態していたのではないだろうか、とフォーネリスは考える。

けれど、すぐに襲い掛かるのではなく、こうやって奥まで進んで〝逃げられない場所まで誘導してから〟襲い掛かった知性に、嫌悪と……恐れが混じった溜め息を吐いた。

そう、恐怖だ。

フォーネリスは、自分の剣技が国一番だという自負がある。並みの魔物――それこそ、ドラゴンとだって戦った経験がある。

戦いに関しては絶対の自信を持っているが……相手が搦《から》め手を使ってくるとなれば話が別だ。

毒や罠、それらを有効に活用する魔物は今までいなかった。

（確かにこれは、厄介《やっかい》そうだ）

自分自身の現状を認識しながら、周囲を見回す。

ここがどこだか判断できるものを探し……しかし、神殿内の地図を把握《はあく》していたとはいえ、咄嗟に目に付いた方へ逃げてしまったのがまずかった。

フォーネリスは自分が今どこにいるのか分からなくなってしまったのだ。

（声を出しても大丈夫だろうか？）

普通のスライムは音ではなく獲物の気配、存在感、魔力のようなものを感知して襲い掛かるというのが世間一般の常識だ。

しかし擬態などするスライムというのも聞いたことがないのだから、ブラックウーズにその常識が通用するのかという疑問が湧く。

結果、フォーネリスは逃げた先の通路の真ん中で立ち尽くし、どうするのか悩んでしまう。

それが悪手《あくしゅ》だった。

「ちっ」

コト、と。

何かが崩れる音。それが、先ほど自分が崩した天井の破片だとすぐに気付いたフォーネリスは、神殿の壁に置かれて通路を照らしている松明《たいまつ》を探して手にすると、音がした方へ向けた。

そこには、通路の瓦礫《がれき》を押し退けることを諦め、瓦礫の隙間《すきま》から漏《も》れ滲《にじ》むように侵入してくる液体の姿――スライムだ。

「液体というのも厄介だな」

フォーネリスは呟くと、松明の火を滲み出てくる粘液に向けた。

すると、その熱を恐れるように粘液は隙間の奥へ引っ込み――しかし、今度は別の場所から滲み出てくる。

大きな破片が通路を塞いだとはいえ、それは完全ではない。小指……いや、糸が通るほどの隙間があれば粘液は侵入できる。

「早くメルティアたちと合流しなければ」

同時に、自分が起こした天井の崩落では時間稼ぎしかできないということも理解し、足早にその場を後にするフォーネリス。

目印になる物を探そうと歩き出し、僅《わず》かな音も聞き逃さないようにと大きな狼の耳を澄ます。

「まったく……たかがスライムごときが」

魔王やドラゴンのように強大で強力な存在ではない。

所詮《しょせん》、どれだけ巨大になろうと粘液の塊《かたまり》でしかないバケモノだ。柔らかな粘液は最大の弱点である『核』を隠すことができず、見付けることさえできれば力の弱い子供でも殺せる相手。

それが僅かばかり知恵を付けただけ、と悪態を吐きながらフォーネリスは歩き……。

「くっ」

聞き逃しようのない大きな音は天井から。

それは、自分が起こした破壊が連鎖して起こした二次崩落だ。

暗がりでフォーネリスには完全に認識できていないが、まだ完全に崩落する様子はない。天井に小さな罅《ひび》が入っただけ。

小石が落ちてきて、早くこの場から逃れようとフォーネリスが足に力を込めた時──しかし小さな罅が一気に広がったかと思うと、天井が勢いよく崩壊した。

崩れる天井が灰色の獣人を無慈悲《むじひ》に押し潰そうとし、咄嗟に特大剣の切っ先を天井へ向ける。

魔力で落ちてくる岩を砕こうとしての行動だったが、実際に頭上から降ってきたモノはフォーネリスの想像をはるかに超えたモノだった。

「う、あ!?　冷た……水、じゃない!?　スライムか!?」

フォーネリスが天井を破壊して追跡の邪魔をしたことを学び、今度は絶対に逃げられないようにと、天井の岩の隙間を這《は》うようにして移動したのだ。

獲物を見つけたスライムは天井を崩落させ、その落石でフォーネリスが死んでしまわないように粘液で破片を受け止めながら、下にいたフォーネリスに降り注いだ。

「くっ、気持ち悪いっ」

戦士としてあるまじき、しかし女性としてどうしようもない嫌悪感を抱いてしまうのもしょうがないだろう。

特大剣を傘のようにして粘液の雨をやり過ごそうとするフォーネリスは、スライムがまだ侵食していない奥へ向かって駆け出した。

（あの量に近付かれるのはマズイ!?）

だが、その凄《すさ》まじい量を完全に防ぐことなど不可能で、フォーネリスは黒い軍服の手足を粘液で湿らせながら走る。

革ブーツの底は腐肉が溜まったかのような感触を足裏に伝え、床を踏みしめる度にその気持ち悪さで背筋に冷たい汗が流れる。

粘液で湿った軍服が肌に張り付いて動きを僅かにだが阻害《そがい》し、普段以上に体力を消費してしまうと魔物に襲われているという緊張も相まって、すぐに息が上がってしまう。

「う、く――うぷ……」

なにより、先ほどは緊張で感じる暇もなかったが、この異臭だ。

無数の生物を取り込んだことで発生した腐臭は獣人の優れた嗅覚には毒も同然で、フォーネリスは頭の奥が錐《きり》で抉《えぐ》られるような苦痛を感じてしまう。

なにもされていないのに涙が浮かび、緊張で乱れた呼吸を抑えることができない。

その異臭だけで気を失ってしまいそうになりながら、フォーネリスはやっとの思いでスライムが降り注ぐ場所から脱出。

転がるように地面に飛び出すと、酸素を欲する本能に逆らって特大剣を杖《つえ》の代わりにしながら立ち上がり――髪に、軍服に、べっとりと張り付いた粘液が活動を始めた。

「な、なんだ……？」

服に浸透した粘液が自己の意思をもって、フォーネリスの動きを阻害し始めたのだ。

まるで自分の服に引っ張られるような感覚に、腐臭で濁《にご》った頭を混乱させるフォーネリス。

特大剣から離れようとする右腕。その右腕に加勢しようとする左腕。

天井から粘液を滴《したた》らせるブラックウーズの下へ戻ろうとする両足。

「冗談……うそ……」

そんな自分の行動……いや、自分の服の行動に混乱したフォーネリスは剣を握る右手に力を籠《こ》め、意思に反する行動を取ろうとする服に、手足へ力を込めて抵抗した。

「服、じゃない!?　染み込んだ粘液まで自在に動かせるのか!?」

（それだけじゃない!?　どこまで!?）

ブラックウーズの一部はさっそく、フォーネリスの恥ずかしい部分にも侵入し始めた。

厚手の軍服の上からは分からないが、ブラウス、そして下着にも浸透して肌に直接生暖かい粘液が触れてくるのがわかった。

元は冷たい粘液のはずだったが、服越しにフォーネリスの体温に触れて暖かくなったソレは余計に嫌悪感を与え、フォーネリスは全身に鳥肌を立てる。

「やめろっ!?　戦士に対してこのような屈辱《くつじょく》……むねっ、足にも!?」

服越しに染み込んだ粘液はフォーネリスの全身――特に成人男性の大きな手にも余る巨乳と鍛えられた細くしなやかな足に絡みついていく。

厚手の服の上からでも分かるほど大きな胸が乱暴に揉《も》まれ、服の下で卑猥《ひわい》に形を変えていく。

特大剣を支えにしてやっと立てている両足は小動物のように震え、革ブーツの底がカツ、と小石を力なく蹴った。

フォーネリスが見ている前で豊かな胸が蹂躙《じゅうりん》され、形を変え、新しい粘液を軍服のまだ無事な部分に染み込ませて穢《けが》していく。

ついには全身が粘液塗れとなって、フォーネリスの起伏《きふく》に富んだ肢体《したい》に張り付いてしまった。

「は、なれっ――離れろっ！」

服を着こんでいるはずなのに肌を直接触れる気色悪さにフォーネリスは暴れようとして、しかし肌に張り付いた軍服がそれを阻害する。

フォーネリスは、自分の胸は性感帯ではないと思っていた。

乳首が勃起《ぼっき》してもそれほど気持ち良いと感じず、けれど一国の姫としてみだりに男性と付き合えない立場から、書物から得た程度の性知識しか持っていない彼女は『胸』とはそういうものなのだろうと思っていた。

両手の指が沈み込むほど柔らかく、顔が挟めるほど巨大。

三十を越える肉体ながら、鍛えられた獣人の肉体はそれほど巨大な胸だというのに僅かに垂れただけで立派な張りがあり、本人の意思とは真逆に、あらゆる男を魅了してしまう爆乳。

当然、ブラックウーズも軍服の下に隠された爆乳を刺激し、しかしフォーネリスはそんな行為だからこそ快感を覚えずに嫌悪感を抱く……そう思っていた。

(服の中、ネバネバが……っ)

だが、獣人の優れた聴覚は大量の粘液を含んだ服と肌が奏でる粘着質な音をしっかりと捉え、目に見えない服の下で何が行われているのか想像してしまう。

粘液の気持ち悪さを、肌を介して感じてしまい、背筋が震える。髪と同じ灰色の体毛で覆《おお》われた尻尾《しっぽ》が、大きく揺れた。

それが嫌悪からなのか、もどかしさからなのかは本人にも分からない。

しかし、それがどういう感情であれ、その隙をブラックウーズは見逃さなかった。

フォーネリスが服に四肢《しし》を拘束《こうそく》されている間に天井を這って移動すると、今度こそフォーネリスの頭上から滝のように糸を引く自身の体液を垂れ流したのだ。

「うう、うあああ!?」

成す術《すべ》もなく、頭からシャワーのように腐臭を放つ粘つく液体で穢されるフォーネリス。

彼女の美しい髪が、尻尾が、全身が、汚液に沈む。

ついには立っていられなくなり、彼女は粘液の滝に打たれながら床に膝をついてしまった。

「ぐ、むぅっ」

（お、もい……っ。臭《くさ》いし、ネバついて、服に染み込んできて……っ。最悪、だっ）

彼女が膝をついても収まらない粘液の滝に呼吸すら困難になりながら、必死に悪態を吐く。

頭が痛くなりそうな悪臭、全身に触れられる気持ち悪さ。

――同時に、それらの負の感情に紛《まぎ》れた、心音と共に身体中へ伝播《でんぱ》してゆく熱い感覚。

戦闘と逃走の興奮で気付かなかったソレが、一気に噴き出した。

「うっ、くヒっ!?」

その口から、高い声が漏れる。

胸の先端を焼けた針で刺されたような刺激は僅かな痛みを女体に与え、嫌悪感ばかりを抱いていた相手からの攻撃に悲鳴を漏らす。

いや、悲鳴というには、その声は高かった。

(なん、だ……なに、いまのっ!?)

粘液に溺《おぼ》れながらフォーネリスは黒い軍服に包まれたままの、自分の胸に視線を向けた。

「くっ、うっ——な、んだ?」

服の下から感じる刺激が理解できない。

自分が何をされているのかという疑問を抱いていると、また刺激。

痛みはない。だからこそ、余計に困惑してしまうのだ。

(攻撃じゃ、ない……っ!?)

ブラックウーズの粘液が垂れてきた液体の滝を取り込みながら面積を広げ、胸肉を包み込んでいくのが分かった。

大人の手でも包みきれない爆乳の麓《ふもと》から、その先端まで。胸の全体を。

優しく、丁寧《ていねい》に。けれど時折痛みを感じるほど激しく、力強く。

緩急《かんきゅう》をつけた胸の愛撫《あいぶ》はフォーネリスの反応を調べるためのものであり、彼女がこれまで経験した自慰《じい》とはまるで違う動きだ。

「く、っ……っ」

(この、スライム……っ)

胸を包み込む粘液は、フォーネリスが少しでも反応するとその場所を、揉み方を、繰り返しながら反応を探っていく。

どこが気持ち良いのか、どの程度の力加減がいいのか。

そうしてフォーネリスの弱点を探していると、自然と灰色の姫狼は呼吸を乱し――。

（くさ、い……っ）

嫌でもこの酷《ひど》い悪臭を嗅《か》いでしまう。フォーネリスは鼻を覆いたかったが、それは服に染み込んだスライムの粘液が邪魔をした。

酷い悪臭だ。臭《くさ》い。吐き気がする。頭痛がする――まるで頭の中を鋭利な錐で何度も刺されるような、酷い頭痛。

「はっ、はっ――」

フォーネリスはまるで無限のように天井から落ちてくるスライムの粘液に圧され、更に身体《からだ》を床に近づけた。

両手を床につくと、頭《こうべ》を垂れる。粘液を吸って重くなった長い灰色の髪が床に垂れ、その表情を隠す。尻尾も同様だ。

濡れた軍服は更に肌に張り付いてその豊満な肢体を露《あらわ》にし、小振りな果物を二つ詰め込んだような乳房が、フォーネリスの僅かな所作《しょさ》に反応して大きく揺れる。

「んぅうっ」

その刺激だけでもダメだった。

乳首が下着の裏地に擦れただけで、フォーネリスは甘い声を上げてしまった。

普段なら気にしないような僅かな刺激だというのに、けれど、今のフォーネリスにはそれが電撃の魔法でも喰らったかのような刺激となって、身体の中心を貫いていく。

（まず、い――これ……このっ、匂《にお》い……っ）

最初に強い悪臭で嗅覚が狂い、だからこそその匂いが強くなったと気付いた時には遅かった。

ヒーリアの花の香り。

それは、獣人にとって感覚を狂わせて酩酊《めいてい》させる魅惑の香りだ。フォーネリスはその花の知識があり、なぜその香りがこの場所でするのか――不思議に思うが深く考えることができない。

悪臭と酩酊によって意識が霞み、思考する能力が鈍っていくのを自覚する。

獣人にとって、優れた五感は最大の武器であり、しかし最悪の弱点でもあった。

手で鼻を塞《ふさ》いだ程度ではその匂いを完全に遮断《しゃだん》できず、人間や亜人が気付かないような僅かな匂いでも敏感に感じ取ってしまう。

（だめ、だ……重い……からだから、力が抜ける……っ）

ぼう、と熱を持ったように茹《ゆ》だった頭が回らない。思考が鈍る。

呼吸は乱れ、鼻息が荒くなり、開いた口が閉じられなくなる。

口の端から涎《よだれ》が垂れ、床に落ち、スライムに吸収された。

ぼう、と。フォーネリスは自分の唾液《だえき》がスライムに吸収される様子を目で追って……けれどその光景に、敵愾心《てきがいしん》を抱けない。

（く、そ……っ）

なんとか思考を冴えさせようと深呼吸を繰り返し、しかしその度《たび》に肺へ多量のヒーリアの香りを取り込んでしまう。

意識を保とうとすればするほど、フォーネリスの理性が溶けていく。

床に手と膝をついて四《よ》つん這《ば》いの体勢になりながら、それでもフォーネリスはこの場から逃れようとその身体を必死に前へ向かって動かした。

狼の耳と尻尾が粘液の重さで垂れ、四つん這いのまま移動する様子はまるで犬そのものだ。

（ふくが、おもい……）

視界が揺れる。自分が何処《どこ》へ向かっているのか分からない。

ただ、視線の先。前へ向かって進むだけ。

せめて粘液の滝をどうにかしようと、手に持つ特大剣を握る手に力を込めて熱を発したが、しかしそれは悪手だった。

蒸発したブラックウーズの粘液はより強い悪臭を発し、フォーネリスの嗅覚を苦しめたのだ。

「ぐ、ううぅ!?」

だが、そのおかげで右腕側は少しだけ自由になれた。

特大剣を引き摺《ず》りながら四つん這いのまま前に進むと、粘液を吸った軍服が張り付いた大きなお尻が左右に揺れ、尻尾はブラックウーズの粘液に濡れて力なく垂れたまま。

黒い軍服のスカートに下着の線を浮かび上がらせながら、尻を左右に振って逃れようとするが、ブラックウーズが熱に驚いたのは一瞬。

「う、あぅ!?」

今度は物騒な武器を奪おうと多量の触手に分かれ、腕に、手首に、指に、大小様々な触手が絡みついてきたのだ。

「くそっ、くそ……っ」

覇気《はき》のない声を上げながらなんとか腕から触手を払おうとするが、酩酊した状態では粘液相手に腕力でどうこうなるはずもない。

あっという間に武器を失い、抵抗したことで呼吸が乱れると更に深く悪臭を吸ってしまう。

「いつ、までっ――ごほっ、はっ、はっ」

(いつまで続ける気なんだ、このスライムはっ)

天井から降り注ぐ粘液の滝が止まらない。言葉を発しようとすると悪臭に咽《む》せてしまい、心の中で悪態を吐く。

武器を失った右手にはそのまま触手が絡みつき、鍛えられた指の一本一本までを舐《な》めしゃぶるように動き始める。

自分では意識もしたことがなかった指の間を嬲《なぶ》られたことでゾクリとした刺激を感じ、フォーネリスは驚き、けれど内心ではこの状況でも希望を捨てていなかった。

（いいさ。お前がここにいるなら、メルティアたちが神殿の最奥へ辿《たど》り着く）

自分は勇者でも英雄でもなく、それを守る剣であればいい。フォーネリスはそう思うことで、気持ちを落ち着けようとした。

「ふ、あ、ひっ⁉　——ふ、んっ。今度は、そっち、かっ」

次にブラックウーズは新しい触手を作り出すと、フォーネリスの豊満な乳房に狙いを定めた。

濡れた軍服が張り付いてその形を露《あらわ》にした爆乳は暗闇の中でも魅力的で、だからこそブラックウーズの意識にも留まる。

神殿へ入る際、熱気を逃すためにボタン二つ分だけ開いた場所から覗《のぞ》く深い谷間に狙いを定めると、着衣のまま触手が突入した。

「く、そっ……たかが、スライムが……っ。スライムごときが——っ」

小振りな果実のように巨大で、しかし甘い砂糖菓子のように柔らかな胸は突然の乱入者を優しく迎え入れ、半透明の粘液が僅《わず》かに残る松明《たいまつ》の明かりを反射して濡れ光る様子は、まるで胸が勝手に動いているかのような錯覚《さっかく》を抱かせる。

触手は最初にありきたりな前後運動を、しばらくすると胸を包み込んでいた粘液が左右の胸を対照的に動かして乱暴な胸擦りを始めた。

自分の胸を玩具《おもちゃ》のように扱われることに我慢ができず、せめてもの抵抗にフォーネリスは服の上からでも滅茶苦茶《めちゃくちゃ》に形を変える自分の胸から顔を逸《そ》らした。

「ふ、んっ」

（く、っ。さすがに、少し痛い……な）

気持ち良さなど微塵《みじん》もない。嫌悪感と痛みが、逆にフォーネリスの精神を落ち着かせる。

大人の手でも摑《つか》みきれない豊かな盛り上がりが根元から持ち上げられたかと思うと、牛の乳を搾《しぼ》るかのように力強く引っ張られる。

痛みすら感じる愛撫《あいぶ》だが、むしろフォーネリスはその行為を歓迎していた。

その痛みが僅かにだが彼女に余裕を取り戻させ、性的興奮を感じない自分に安堵《あんど》する。

「は、っ……やれやれ、だ」

フォーネリスは執拗《しつよう》な愛撫に眉《まゆ》をしかめ、吐き捨てるように呟《つぶや》いた。

乱暴で、粗雑で、自己中心的で。胸を揉《も》む触手の愛撫は繊細《せんさい》という言葉からはかけ離れたものので、不快感しか覚えない。当然である。肉体ではなく精神的な問題なのだ。

魔物に犯されるなどと、まっとうな精神をしているなら受け入れることができるはずがない。

ヒーリアの香りで気分が高揚《こうよう》していようと、嫌悪感を忘れるほどではない。

フォーネリスの反応を理解しながら、それでも触手の群れは執拗に双乳を刺激し続けた。

揉んで、引っ張って、絞って、擦って、舐《な》めて、吸って……解放する。

単調に、単調に、単調に。同じことの繰り返し。ずっと、ずっと、何度も、何度も――。

(ん……っ、ふ、ん)

その愛撫に慣れてくると、鬱陶《うっとう》しさすら覚えるようになってきた。

何をしたところで無駄だと、声に出してしまいそうになる。

感じるはずがないのだから。……そう考えていると、服の下で、下着ごと胸の先端を摘《つ》ままれて、粘液だけでなく下着の裏地に乳首が擦れる刺激に濡れた尻尾《しっぽ》が僅かに左右へ揺れた。

「ふっ、ぁ……んんっ。…………ふぅ」

突然の鋭い刺激に一瞬だけ声が漏《も》れたが、しかしそれもすぐに収まる。

また延々と、同じことの繰り返し。服の下で胸が歪み、元に戻り、また歪む。

触手たちの巨乳責めは延々と続き、フォーネリスはいつしか「いつ終わるのか」と考えるようになっていた。

「んっ」

小さく、甘い声が漏れた。

(いつまで、こんなこと……)

下乳を持ち上げられ、たぷんと音がしそうな勢いで落とされる。豊か過ぎる爆乳は重力に引かれて垂れ落ち、服と下着、鍛えた筋肉に支えられても変化に富む。

それは年月が過ぎるほどに顕著《けんちょ》になっていき、女性としての自尊心から羞恥《しゅうち》を覚え、しかし男からすると僅かにだらしなくなった肢体《したい》というのもまた魅力的なもの。

胸に挟まった触手の動きが激しくなったかと思うと、その乱暴さに耐え切れずに胸元のボタンが一つ、はじけ飛んだ。

深い谷間だけでなく黒の下着が僅かに覗き、四つん這いで悶絶《もんぜつ》する騎士の姿に卑猥《ひわい》さが増す。

「く、ふっ……このっ」

形の良い唇から声が漏れ、しかしスライムはその声に反応を示さず、動きを激しくしていった。服の内側で胸が押し上げられ、乱暴に揺れる服に肌が擦れる痛痒感《つうようかん》で呼吸が荒くなる。

そんな自分の反応に苦悩していると、ついに粘液の触手は軍服の胸元を勢いよく引き裂いた。ボタンが千切《ちぎ》れ飛び、布が裂ける音がフォーネリス以外は誰もいない神殿の通路に木霊《こだま》する。

黒いレースのブラジャーに包まれた、果実か牛かと見紛《みまが》う巨乳が暴力的に揺れながら現れた。薄い布地からは乳肉が窮屈《きゅうくつ》そうにはみ出し、たっぷりとした量感をもって肩紐をぴんと引っ張っている。

戯《たわむ》れにか、一本の触手がその先端を肩紐に引っ掛けると、まるで子供が遊ぶように揺らした。たったそれだけの刺激でフォーネリスの豊か過ぎる胸肉はユサユサと音がしそうなほど上下左右に揺れ、下着の裏地が乳首の先端で擦られる甘い感覚を鮮明に感じて、フォーネリスは触手を睨《にら》み付ける。

「くっ、私の身体《からだ》で遊ぶなっ！」

黒い下着の上には、本人が意図しなくても長時間の愛撫で生理的な反応を示してしまった乳首が浮かび上がり、粘液で濡れた下着はその役目を放棄して乳首の形を隠せないでいる。

薄暗闇の中、しかし自分の肉体の反応を理解してフォーネリスは唇を噛《か》んだ。

「くっ、来るなっ！」

これから何をされるのか理解しているフォーネリスは、そう叫ぶことを止められない。

ツンと立っていた狼の耳はいつの間にか服従するように垂れ、その目尻にはうっすらと涙が浮かんでしまう。

「んぐ!?　むぅぅ!?」

しかし次は、その口元を粘液が覆《おお》う。くぐもった悲鳴が粘液の下から漏れ、フォーネリスは突然の凶行に目を白黒させながら、咄嗟《とっさ》に口内への侵入者に鋭い牙を立てた。

（くっ、そっ!?）

返ってきたのは、まるで抵抗のない、弾力がある物を噛んだような感触だった。

粘液に柔らかく受け止められ、けれどどうやっても噛み切れないと本能で理解できる感触だ。

人の男性器ではない。形のない粘液はマスクのように口元を覆ったかと思うと、驚いて咄嗟に唇を閉じたフォーネリスの意思など無視して唇と歯の隙間《すきま》から口内へ侵入。

口の中に広がった吐き気を催《もよお》す味に堪らず、涙を零《こぼ》しながら吐き出そうとしたフォーネリスだが、最悪なのはこの後だった。

口の中一杯に広がったのは、感じたことのない――生物が感じるには甘すぎる蜜の味。

獣人を酔わせるヒーリアの花の蜜。その原液すら超える、スライム特製の濃縮液。

それを舌、喉《のど》、胃で感じ、次いで口内から鼻に抜けて匂《にお》いを味わう。

グルン、と――一瞬にしてフォーネリスの紅眼が瞼《まぶた》の裏に隠れ、白目を剝《む》いた。

四《よ》つん這《ば》いになっていた肢体から力が抜け、粘液が水溜まりのように溜まっていた床に音を立てて肘と膝をつく。

（は、お……？　お、ご……な、ひ、こへ……？）

反射的に呼吸しようとした結果、勢いよく鼻水を吹き出しながら、だらしない顔を浮かべてしまうフォーネリス。凜《りん》としていた表情が一瞬で真っ赤になり、それは首元まで染め上げる。

無様に脱力した表情を隠せないまま獣人の姫騎士は無防備な肉体をスライムの正面に曝《さら》け出し、そのスライムは極上《ごくじょう》の熟れた女体を今まで以上の乱暴さで扱った。

白目を剝いたままのフォーネリスの胸が千切れそうなほど引っ張られると、あまりの激しさに背中にある下着の留め金が音を立てて壊れた。

黒下着はあっさりと乳房から外れて浮き上がり、その下に隠されていた白い乳房と薄桃色の美しい乳首が露になる。

サイズが合っていなかったのか白い肌にはうっすらと赤い線が浮き、それがまた被虐《ひぎゃく》感を高めてしまう。

乳輪は大きめだが、乳首は小さい。薄着になって日に当たる場所で訓練をしたのか、胸と周囲の肌の色は僅かに違っていて、それが健康的で、それ以上に蠱惑《こわく》的だ。

ブラックウーズの粘液で濡れ光る爆乳は重力に引かれて垂れ落ち、それが年齢相応の肌の張りを教えてくれる。

（あま、ひ……こへ、まず、ひ……ぃ）

ごく、と。意識が朦朧《もうろう》としながら、フォーネリスはその思考する意識を奪ってしまう甘い液体を飲み込んだ。粘液に濡れた細い首筋が上下し、液体を体内に取り込んでいく。

何度も。何度も。

その度《たび》に意識が朦朧としているフォーネリス自身は気付いていないが、豊満な肉体が激しく痙攣《けいれん》している。

それは甘すぎる粘液への苦しさからか、それとも女としての快楽を得ているからか。

下着の支えから解放された爆乳がいやらしく波打ち、いまだ軍服に包まれている下半身が何かを求めるように何度も卑猥に前後する。

軍服の股間《こかん》部分からはスライムが発する異臭や甘い香りとは別の、淫靡《いんび》な香りを放つフォーネリスの愛液が零れだし、腰が前後する度に肉付きの良い太ももを伝って床に落ちていく。

「――――ん、ぅ」

無意識に両足が擦り合うと、新しい触手がスカートを留める革ベルトの金具部分でカチャカチャと金属音を響かせた。

ブラックウーズは魔物らしからぬ器用さでベルトの金具を外すと、上半身の時とは別人のような優しさでスカートをはだけさせていく。

動きやすさを考慮《こうりょ》した肌に張り付くような設計のスカートのボタンが外れると、肌と軍服の間にゆったりとした空間が生まれた。そのまま触手がスカートを持ち上げると、年相応の大人の色香を滲《にじ》ませる黒い下着が、フォーネリスの肢体を彩っている。

大胆《だいたん》な下着の露出にも気付かないフォーネリスを無視したまま、粘液の中で黒ショーツのクロッチ部分が横にずらされた。

あまり手入れがされていない濃い陰毛が現れ、その下には肉厚の陰唇《いんしん》と尻肉に隠されていた鴇《とき》色の窄《すぼ》まりが丸見えになる。

「う、ぁ……」

下半身の冷たさで意識を取り戻したのか、小さく、フォーネリスが悲鳴を上げた。

「んんぅ!? ん、ぶふっ——ごっ、ごぼっ!?」

咄嗟に声を上げようとして、口内の粘液に溺《おぼ》れそうになって咽《む》せるフォーネリス。

粘液の拘束《こうそく》は僅かも緩《ゆる》まず、それどころか暴れたことで息が乱れたフォーネリスは粘液で溺れそうになっていた。

(し、死……ぬ……っ)

死の危険が間近に迫る。意識が遠のき、手足どころか指先まで痙攣し始める。

――直後、苦しむフォーネリスを見かねて、スライムは口内から触手を抜いた。母体の死。そんなことは、スライムは望んでいないのだ。

「ごほっ!? かはっ、はっ、はっ――ぉえ……く、ひっぃ!?」

激しく口内に残っていた粘液を吐き出し、肺一杯に酸素を取り込む。同時に甘い香りを大量に吸い込んで、フォーネリスは目を白黒させながら自分でも認識できない勢いで絶頂した。

身体が壊れてしまいそうなほど激しく痙攣し、特に胸から感じる刺激が強烈でフォーネリスは自分の胸元を見た。

(服、が――いつの間にっ!? でも、揉《も》まれたくらいでっ、なんで、こんな……っ)

痛みを感じてしまいそうなほど刺激を与えられて赤くなっている乳房はひりつく痺《しび》れで敏感になり、大きめの乳輪と乳首はフォーネリス自身が知らないほどに大きく膨《ふく》らんでいた。

特にその乳首は今も乱暴に扱われ、右乳首は小指の先端部分ほどにまで強く引き伸ばされ、左乳首は爆乳を巻き込みながら強く捻《ね》じられている有様だ。

鈍感だと思っていた自分の胸がこんなにも感じる器官だったのかと、思い知らされる。

(これ、じゃ……これじゃまるで……)

これではまるで家畜だと。

四つん這いで拘束されて胸を絞られる――家畜の牛か何かだと、力の抜けた身体になりながらフォーネリスは憤《いきどお》る。

同時に、ブラックウーズは僅《わず》かに愛液が漏《も》れる膣肉へ狙いを定めると、一気に粘液で穿《うが》った。

液体の中に捕らわれた下半身、その陰部が独りでに開いたかと思うと、フォーネリスは両肩を大きく震わせる。

「う、くっ――くそ、くそ……くそっ！」

麻痺《まひ》毒《どく》によって鈍感になった膣穴からの刺激に痛みはなかった。だが、フォーネリスにとってはそのことこそが屈辱《くつじょく》だった。

むしろ、痛みを感じた方が良かったとさえ思う。

（これじゃまるで、スライムの愛撫《あいぶ》に感じているみたいじゃない！）

鈍感だと思っていた胸はいじられる乳首の感覚すら鮮明に伝わり、下半身はその愛撫に反応して愛液を滴《したた》らせてしまう。

粘液と唾液《だえき》で顔を汚しながら息を吐くと、気を失ってしまいそうな悪臭と口内の甘すぎるほどに甘い香りが混ざり合って、頭の奥が痛くなる。

肉体と精神を同時に刺激されながら、フォーネリスは膣内に流れ込んでくる粘液の気色悪さに腰を震わせた。

「く、ぅうっ。やめ、やめろ――やめてっ」

ついにその口から弱々しい言葉を漏らしてしまった。

そんな弱気を否定するように首を振り、唇を噛《か》んで快感を否定する。

身をよじる度に下着の支えを失った爆乳がまるで別の生物のように左右へ揺れ、時折ぶつかり合っては艶《なま》めかしい音を立てる。その感覚にすら背筋をぞくりと震わせながら、フォーネリスは普段の彼女からは想像もできないほど弱々しい声を上げ続けた。

「や、め。だめ、だめだめ——そこ、なに⁉」

粘液はその特性を生かして子宮内まで無遠慮に入り込み、しかしそれでは終わらずにさらに子供を育てるための神聖な場所を埋め尽くそうとしてくるのが分かった。

フォーネリスはこれ以上ないというほど声を上げたが、スライムには関係ない。

（やだ、ちが……ちがうっ、こんなっ！）

「やめ、やめてっ！　そこにはいらないでっ⁉」

フォーネリスは舌足らずな口調になりながら、懸命に身体を暴れさせた。

それは逃げるための動きではなかった。

どれだけ肉体を鍛えようと、精神を強く保とうと——子供を宿し、育てるための子宮を直接犯されるというのが、『女』として、ただただ怖かった。

残った体力を使い果たす勢いで体を暴れさせるフォーネリス。しかしスライムの拘束を解けるはずもなく、体力を無駄に消費するばかり。

「——っ———っ——ッ！」

ビクン、ビクン、と。何度も肩が震える。

声には出していないが、その度にフォーネリスは軽く絶頂していた。

粘液に濡れた髪を頬《ほお》に張りつかせ、伏せた顔は真っ赤に染まり、額には汗が浮いている。

無数の触手が絡みつく下半身は小刻みな痙攣《けいれん》が収まらず、その半透明の薄汚れた粘液の中で尻肉の中央にある窄まりまで痙攣している状態。

――コレには我慢や時間といった概念《がいねん》は存在せず、女が絶頂するまで……絶頂してもスライムの子を孕《はら》むまで、『ただ続ける』だけなのだから。

それを知らないフォーネリスは必死に歯を食いしばり、自分が我慢すれば、耐えていれば、メルティアたちが安全なのだと自分に言い聞かせる。

最初の頃に胸は鈍感だとか、この程度の愛撫なのかといった強がりはすでに消え失せていた。

延々と繰り返される刺激に肉体が悲鳴を上げ、精神が追い詰められ――。

「ふっ、ぁぁあああ!?」

ついに、我慢できずにフォーネリスが嬌声《きょうせい》を上げた。

伏せていた顔を上げ、天井へ向かって発情した獣のような声を上げる。我慢していた顔は真っ赤に染まり、口元からは涎《よだれ》が垂れている姿は『本物の獣』だ。

「やめ、やめっ――――もうやめろぉぉおっ!!」

僅かに強気な口調を取り戻していたが、その表情は快楽に溶けていた。

白い喉《のど》から甲高《かんだか》い悲鳴が上がり、まるで黒い蛇のように白い乳肉に巻き付いた触手がグニャグニャと爆乳を揉《も》みしだく。

「ひっふぁぁぁああ!?」

一度漏れた悲痛な喘《あえ》ぎ声は止まらなくなり、しかしその声とは真逆に眉尻《まゆじり》は下がり、恍惚《こうこつ》の表情が浮かんでしまう。

「や、めっ。とま、ってぇぇえっ！」

（いや、だ……っ。こし、腰がとっ、止まらないぃぃい……）

鍛えた肉体が、魔物を倒すためにあったはずの肉体が、魔物に屈する。

恥辱に塗《まみ》れながらフォーネリスは弱々しく顔を伏せると、悪臭放つ腐液と自身の体液が混ざり合った媚臭を嗅覚に感じ、脳髄《のうずい》が痺れた。

（まず、い。まずいまずいっ）

この快感は駄目だと。耐えられないと。

フォーネリスの理性が警鐘を鳴らす。なんとか我慢しようと全身を強張《こわば》らせる。

しかし、その我慢するという意思こそが被虐《ひぎゃく》的な快感をフォーネリスに与え、より深い快楽を肉体に刻んでしまうことを本人が理解していない。

姫騎士としてこの歳《とし》まで前線に立ち続け、人々を鼓舞してきたという自尊心がスライムなどという雑魚《ざこ》に組み伏せられる屈辱へ敗北する……その被虐感がフォーネリスを興奮させる。

腰の震えはさらに大きく、激しく、下半身の粘液が泡立《あわだ》ってしまうほどにまで。

フォーネリスはただ天を仰《あお》ぎ――。

「いく」

そう、口にした。口にしてしまった。

あとは、単純だった。

一瞬だが、無意識だが、それでも『フォーネリス自身が』快楽を受け入れたことで枷《かせ》が外れたのか、何度も、何度も、何度も絶頂した。

「ふか、いっ。深いのだめっ、くる、またくるっ。奥に、私の奥を突かれてぇっ」

「こん、なっ。こんな格好でっ。獣みたいに、四《よ》つん這《ば》いで、わたし……っ」

「もうやめてぇ……や、だ。もういくの、絶頂はいやぁ」

「こわれ、わたしのからだ、壊れた……ぁ」

松明《たいまつ》の淡い光だけが頼りの暗闇の中に、フォーネリスの悲鳴が呑《の》み込まれていった。

第六章 ── 神殿の探索者たち

一瞬前までのそこは古い風が吹き、乾いた空気が頬を撫《な》でる場所だった。

正確な年数が分からないほど昔に建てられ、造られたとされる過去の神殿。

神を奉《たてまつ》る場所というには煌《きら》びやかさに欠けていた場所だが、しかし確かにドワーフが作った精巧な調度品《ちょうどひん》が飾られ、神殿周辺では神聖な雰囲気《ふんいき》も感じていた。

だが、奥へ進むごとに──メルティアは胸が詰まる雰囲気を感じて息を乱していた。

「大丈夫、マリア？」

そしてそれは、隣を歩く黒髪黒衣の少女──メルティアの妹であるマリアベルも同じ。

古い神殿の通路、僅《わず》かに残った松明の明かりに照らされるその表情は顔色が悪く、疲労が滲《にじ》んでいることが分かり、メルティアは気持ちを落ち着けるように深呼吸を数回。

古い建物だというのに埃《ほこり》っぽさがない、乾いた空気だ。

それは、この神殿にいる存在──姿を隠す必要がなくなったブラックウーズが、神殿の埃すら糧《かて》として吸収したからだった。

幾分過ごしやすくなったとはいえ、今度は神殿内の調度品、床、壁、どれにスライムが擬態《ぎたい》しているか分からないという状況に精神が疲弊《ひへい》し、ともすれば一歩も動けなくなりそうになりながらもメルティアたちは奥へと進んでいく。

目的である父親……勇者が魔王を討伐《とうばつ》する際に使ったとされる聖剣を手に入れるために。

そして、自分たちを逃がしてくれたフォーネリスと三人の兵士を助けるために。

「一番奥まで、どれくらいでしょうか？」

「そうねえ。走るとすぐだろうけど……」

そう答えたのは金髪の妖精、タイタニア。彼女の視線の先には、最後の護衛――その全身をスライムの粘液に穢《けが》され、麻痺毒《まひどく》に犯された騎士の姿があった。

普段から肉体を鍛え、毒にも耐性がある獣人の騎士は徐々に体の自由を取り戻しつつあるが、走るとなるとまだ難しいように思える。

「私、解毒は専門外なのよね……」

宙に浮きながら、タイタニアは器用に肩を落とす。

（マリアベルだけでも先行させたいけど、どこにスライムが隠れているか分からないし……）

マリアベルが捕らえられては、最後の手段である勇者の剣が使えなくなってしまう。

ソレにどれほどの効果があるか――実際のところ、タイタニアには分からない。

強力な剣はそれだけで意味はなく、正しい使い手が持つことで『名剣』となる。それと同じように、マリアベルにどれほど勇者としての適性があるのか。それが未知数だった。

（これで全然使えなかったら、私たちは全滅なんだろうな）

タイタニアは苦笑し、その感情を表に出さないよう注意しながら周囲を警戒する。

「とにかく、少しでも早く奥に進まないと。すぐにスライムが追いかけてくるわよ」

「分かるのですか、タイタニアさん？」

「なんとなくだけどね。嫌な予感……」

「はい。追ってきています」

タイタニアは広大な大地から生まれた妖精として、不純物ともいえる異質な存在を感じ取り、そしてマリアベルは――その黒い瞳を細め、来た道を振り返りながら確信があるように、そう告げた。

「分かるの、マリア？」

「お姉様は……」

マリアベルはそこで言葉を切った。

今、自分が感じている感覚を姉は分からないのだと、すぐに理解したかのように。

「勇者だもの。本物だったら、危機には敏感じゃないとね」

「そう、なのでしょうか？」

「保証するわ。本物の勇者を見たことがある私が」

タイタニアはそう言うと、マリアベルを安心させるようにその肩に座り、頬に手を添えた。

「貴女《あなた》たちの父親は、本当に――まるで未来が分かっているみたいに、危機に敏感だった。きっと、マリアベル……貴女にも同じ能力があるのね」

タイタニアの言葉に、マリアベルは不謹慎《ふきんしん》と思いながらも口元が綻ぶのを止められなかった。

今まで人伝《ひとづて》に聞くことしかできなかった、顔も声も知らない父親。

自分と同じ黒髪と黒眼という共通点しかなかった父親との共通点。それが、こんな状況だからこそ、泣きたくなるほど嬉しくて……。

「はい」

けれど涙を零《こぼ》さないよう歯を食いしばり、そう返事をする。

そうして話しながらも足を止めないまま奥に進んでいると、マリアベルとメルティアが交互に肩を貸して歩いていた騎士が、体勢を崩して壁にぶつかりながらも自分の足で立った。

「もう、大丈夫です。すみません、自分のせいで遅くなってしまって」

「お気になさらないでください。こんなことになるとは、誰にも予測できません……」

自分で歩ける程度には毒が抜けた騎士の言葉に、メルティアは柔らかな笑みを浮かべながら返事をする。少しでも相手を安心させようとする声音《こわね》は温かく、騎士の心中に染み入る。

「私が前に出ます、お二人とタイタニア様は後ろに」

「よろしくお願いします」

良い意味で予想外だったのは、マリアベルだ。

これだけ神殿の奥まで進んだというのに、息一つ乱していない。

先日はフォーネリスとの訓練で動けなくなっていたというのに……たった一日でここまで変わるものだろうか、とマリアベル以外の全員が思うほど。

（お父様も、こうだったのかしら）

疲労した姿を見せず、前を向いて歩く。後ろを振り返るのは、最低限。

それが勇者の姿なのだとしたら、少し寂しいと、メルティアは思ってしまったのだ。

いつも一緒だった気弱な妹。魔法が使えないこと、父親と同じ黒髪だということをとても気にしていた姿をメルティアは知っている。

朝起きることが苦手で、いつも母親を困らせて、家族の前以外では顔を伏せていた。

その妹が、今は自分の前を歩き、日頃から体を鍛えているというのは一緒に歩いている姿は心強くも、自分が知らない妹の姿にも思えてしまうのだ。

「マリア、疲れてない？」

「はい。お父様の剣が近いと思うんです――なんだか、そんな感じがするんです」

本人も理解できていない高揚《こうよう》に声を昂《たかぶ》らせながら、マリアベルは騎士が先導する通路を進んでいく。……その足に迷いはない。

護衛の騎士がブラックウーズの擬態を見逃していたらそれまでだというのに、しかし通路の先にあるであろう勇者の剣に導かれるように歩いている姿は見る者に心強く映り、三人の気持ちを落ち着けた。

「さて、問題は、よ」

しばらく歩くと、精神的にまだ余裕のあるタイタニアがそう呟《つぶや》いた。

メルティアたちは足を止めないまま、宙を飛んでいる妖精に視線を向ける。

「スライムが神殿にいる理由は、やっぱり勇者様の剣が目当てだと思う？」

それは当然の疑問だろう。他には何もない――入り口には魔物にとって致死性の罠《わな》がありながら、それでも侵入したのだ。

何かを目的にしたと考えることが自然だし、そうすると、なぜ魔物がこの神殿のことを知っているのかという疑問が湧いてくるのだが……この場にいる誰もその答えには至れないだろう。

まさか、スライムが取り込んだ相手の記憶すら吸収しているなどと……。

「ただ迷い込んだだけと考えるには状況が状況ですし」

「そうよねえ……後は、どうやって聖剣の場を知ったか、だけど……あんなに巨大だし、どうやって成長して、どこから知識を得たのかしらね」

それは当然の疑問だったが、この場にいる誰もその答え……きっかけにすら至れない。

ブラックウーズはスライムという種として異質過ぎた。

際限なく成長し、取り込んだ相手の魔力と知識を吸収し、女性の胎《はら》を利用して増殖《ぞうしょく》する。

未知の敵だからこそ、それがどうして生まれ、どうやって成長したかなどタイタニアたちには想像もできなかった。

「不気味なスライムね。ここで確実に仕留めておきたいけれど……」

しかし、それは難しいだろう。

大陸最強の魔導士レティシアの娘であるメルティア、勇者の自覚が出てきたマリアベル、大地から生まれた妖精族の長《おさ》、そして、獣人の騎士。

とてもではないが、高い天井がある遺跡の通路を完全に塞《ふさ》いでしまうほど巨大なスライムを倒すには、人員も武器も何もかもが不足している。

「さっさと勇者様の剣を回収してここから逃げないとね」

「そんな――フォーネリス様や、他の皆さまは……？」

「スライムの襲撃は予想外だったけど、皆が勇者様の剣、そしてあなたを逃がすために身体《からだ》を張ったのよ、マリアベル。貴女は生きて無事にこの遺跡から脱出し、勇者としてあの異質なスライムを倒す……全員を助けるのは、それからよ」

「………」

タイタニアの言葉は正論なのだろうが、マリアベルは不服そうだ。

けれど反論しないのは、確かにあのスライムを倒す手段が存在せず、逃げるしかないと頭では分かっているからだろう。

「マリアベル、大丈夫よ。貴女ならいつか、みんなを助けることができるから」

メルティアは精一杯励《はげ》ましの言葉を向けたつもりだったが、逆効果だったようだ。

姉にまでそう言われ、マリアベルは無言のまま神殿の奥へ向かっていく。

（……私に、たくさんの人を犠牲《ぎせい》にしてでも守られる価値があるか……わかりません、お姉様）

勇者の娘として。勇者の武器を使う者として。

それでも――誰かを犠牲にしてでも生き残るというのには納得できなかった。

「お姉様、皆さん……先を急ぎましょう」

「ええ、そうね」

それからしばらく無言のまま神殿の通路を進んでいた四人だが、ブラックウーズと戦闘を行ったわけでもないのに極度の緊張感が彼女たちから体力を奪っていく。

それは四人全員が同じだが、一番体力的に劣っているメルティアはその影響が顕著《けんちょ》だった。

「……はあ、はあ」

閉鎖空間の熱気がドレスの中に籠《こ》もり、気持ちが悪い。

メルティアは男の視線があることを理解しながら、しかし我慢できずにドレスの胸元を僅《わず》かに摘《つ》まんで冷たい空気を送り込んだ。

熟れに熟れたフォーネリスの爆乳とは違う、若さに満ち満ちた張りのある巨乳。その上半分が薄暗い神殿の明かりの中にうっすらと浮かんだ。

鍛えられた男の手の平からも零れ落ちてしまいそうな胸は汗に濡れ、松明《たいまつ》の明かりを反射してうっすらと濡れ光っている。

空気を送り込むためにドレスの胸元を動かす度に支えられている巨乳が波打ち、蠱惑《こわく》的に揺れると冷たい空気に触れて心地が好い。時折、ドレスの下にある純白の下着の縁すら覗《のぞ》いてしまいそうなほど激しく胸元を揺らし、メルティアはようやく落ち着いたようだった。

短杖《たんじょう》を持つ手の甲で額と首元を拭《ぬぐ》い、最後に汗で肌に張り付いた自慢の銀髪を整える。

「大丈夫？　といっても、休憩なんてできないから頑張ってもらうしかないんだけど」

「ありがとうございます、タイタニア様。私は大丈夫です」

無意識にメルティアの蠱惑的ともいえる仕草に見惚《みと》れていた獣人の騎士は気付かれないように視線を逸らし、周囲の警戒に意識を向ける。

その、一瞬の油断だった。ちゃんと剣を刺して確認し、擬態《ぎたい》していないと判断したはずの通路の床を踏んだ時、その右足が膝まで沈んだのだ。

「なっ!?」

男の右足がさらに深く床に飲み込まれてしまうと、いかに鍛えているとはいえ片足では自分の身体を支えられなくなってしまう。

尻餅《しりもち》をつくように転倒し、しかしその両手をついた場所もブラックウーズの擬態。

右足と両手が床に沈んだところで、ようやく後ろを歩いていたメルティアが悲鳴を上げた。

「そんなっ、調べたはずなのにっ！」

擬態確認の行動すら欺《あざむ》いたスライムが男性騎士を完全に飲み込むよりも早く、メルティアが短杖の切っ先を向けてその床を焼いた。

発熱の魔法を嫌がったスライムが男性の右腕を解放し、次に短杖の先を左腕に向ける。

しかし、このスライムは学習する変異種だ。自分たちが嫌う魔法を使えるのがメルティアとタイタニアの二人だけだと気付いており、二人の意識が男性騎士へ向いている間にその背後から別の触手を伸ばす。

「お姉様、後ろです！」

しかし、触手が二人に届くよりも早く気付く者がいた。

この神殿に入ってから急速に勘が冴えているマリアベルだ。

彼女の声に反応したタイタニアが振り返ると、二本の触手が視界に映る――。

「このっ！」

タイタニアは迷わず両手に力を籠め、肘から先を魔力で編んだ魔法陣で包み込むと、風の魔法を放って触手を噴き飛ばした。

小さな身体からは想像もできない威力の風の衝撃は触手を粉砕《ふんさい》し、背後にある石壁に罅《ひび》を刻む。

「きゃあああ!?」

そうなると、今度は力押しである。

左右の壁と天井から無数の触手が現れ、メルティアたちを囲む。とても数えきれない――三十本は優に超えているだろう。

「そんな――っ」

マリアベルは絶句した。勘が冴えていると思っていたが、これだけの数に囲まれていたのだ。

勇者の勘が未来予知に近いとしても、限界はある。

今のマリアベルには戦う手段が手にある小さなナイフ一本で、それでスライムは殺せない。逃げるしか方法はないのだが、その逃げ道を完全に塞いでしまえば、いくら直感が優れているとしても、なんの意味もありはしない。

マリアベルの勘に気付いていたわけでもないだろうが、最悪なことにスライムは、マリアベルにとって最悪の、スライムにとって最善の手によってマリアベルの退路を完全に塞いでいた。

「二人とも、走れるわねっ」

動いたのはタイタニアだ。彼女は四方から出現した触手、その中でも奥へ通じる通路を塞いでいる触手だけに狙いを定め、左右の腕に魔力を纏《まと》うと剣を振るような仕草で腕を振り抜いた。

放たれたのは風の刃。

腕の動きに合わせて放たれた鎌鼬《かまいたち》が触手をまとめて切り飛ばし、一瞬で退路を作り出す。

「走りなさいっ！」

「でも――」

「マリアベル、こっち！」

タイタニアを見捨てることができなかったマリアベルの腕をメルティアが握り、二人は駆けだした。

マリアベルは一瞬だけ抵抗したが、しかし腕を握る姉の力強さと、迷うマリアベルに向けたタイタニアの笑顔に押され、走り出す。

「それでいいの――よっ！」

すでに、罠《わな》としてなんの価値もない男は、その首までが床に沈んでしまっている。

スライムにとって、男はただの餌《えさ》でしかないのだ。優れた魔導士も、魔力がない獣人も。

「タイタニアさん、あの二人を逃がしてくれて……ありがとうございます」

「こっちこそ、助けてあげられなくてごめんね」

二人は互いに、簡潔に最期の言葉を口にして――獣人の騎士が先に、床の中に消えていった。

同時に、風の刃で作り出した退路も塞がってしまう。

もう一度タイタニアは魔法を発動したが、一瞬の油断で逃げられたことを学習したスライムは粘液の壁を厚く作り、今度は切り裂くどころか傷すらすぐに復元されてしまう。

そこから逃げ出す術《すべ》はタイタニアにも思い浮かばない。後は、床の下でおぼれ死ぬのか、スライムに食われるのか――。しかし、それを嘆《なげ》いてもいられない。

タイタニアは小さな身体を最大限に利用して限られた空間を飛び回り、危険な触手は風の魔法で切り落としていく。

彼女はこの場から逃げる様子がなかった。

（ここで足止めする――っ）

せめて少しでも、マリアベルたちの所へスライムの魔の手が届かないように。

タイタニアは、気分屋な性格だ。

妖精族の長《おさ》という立場ながら、しかし仲間のために行動しようと思ったことは数えるほどしかない。ただ、妖精とは元来そういうもので、タイタニアに限ったことではないのだ。

この世界のありとあらゆるものから生まれるからこそ、死生観が薄いのだ。

死んでも、いつかまたこの世界のいずれかの自然から生まれ、そしてまた消えていく。

寿命がないからこそ、永遠にも近い時を生きることもあれば、生まれてすぐ死ぬこともある。

そんな妖精だからこそ、その時その時、楽しいと思ったこと、興味を持ったことへ全力で挑み、その一生を楽しもうとする。

それが妖精という種族であり、そして、長であるタイタニアもその生き方を変えられない。

そのはずなのに、彼女は命を懸《か》けてでもこの場に留まろうとする――。

「勇者は好きよ。彼は、赤の他人が集まるこの世界のために、命を懸けてくれたから」

それが本心だ。たった一つの、妖精たちに共通する本当の気持ち。心。

「その娘を助けられるなんて、仲間たちに胸を張って自慢できるものねっ」

無数の触手をまとめて切り裂き、氷の魔法で凍結させ、確実にその数を減らしていく。

スライムもまた、魔法を使うタイタニア……その小柄な身体《からだ》と機敏な動きを厄介《やっかい》だと思うようになっていった。

美しい深緑を思われる美しい黄金色の髪が僅《わず》かに残った松明《たいまつ》の明かりを反射して夕焼けのように煌《きら》めき、魔力で編まれた一対《つい》の羽がタイタニアの激しい動きに合わせて宙に軌跡を残す。純白のドレスが後を追って翻《ひるがえ》ると、その下にある薄緑色の可愛《かわい》らしい下着が時折覗くが、それを気にしている余裕はない。

それはまるで、薄汚れた触手に追われながら空中で踊っているようでもあった。小さな所作《しょさ》の一つ一つが魔法を発動する引き金となり、触手は彼女の意図通りに追っては魔法で蹴散らされていく。

しかし、タイタニアがどれだけ機敏で華麗《かれい》な動きを見せようが、ここは閉鎖された廃神殿の中である。

四方八方から触手が伸びれば、おのずと逃げられる場所は制限されていく。

「まだ――まだっ！」

壁際まで追い詰められると天井付近まで跳び上がり、粘液にまみれた天井へ触れる直前で方向を変える。

スライムが粘液壁から触手を生やすよりも先に魔力の流れを読んで行動を起こすのは、妖精ならではの戦い方だ。

慣れないスライムはその動きに翻弄《ほんろう》され、時には触手同士がぶつかり合ってタイタニアから逃げられてしまう時もある。

（まだっ、もう少し――っ）

この短い時間がどれほど意味があるかなど考えない。

たがいにぶつかり合って動きが鈍くなったところを狙って凍らせ、数本の触手を減らしても同じ数の触手が壁から生えてくる。

やっていることは無意味でしかない。

触手の数は減らせても、粘液を蒸発させても、廃神殿の一角を飲み込むほどの質量を消滅させることなど不可能なのだから。

「ふっ、ふっ……」

次第に息が乱れ、逃げられる場所が少なくなり、完全に追い詰められる――。

「頑張って、マリアベル――っ」

完全に逃げ道を塞《ふさ》がれる形で壁際に追い詰められたタイタニアは、額から汗を流しながらそう呟《つぶや》いた。

同時に、両腕に魔力を込めて目に見えるほど鮮明に輝く魔法陣で包み込む。

その魔力量は触手に対応した時とは文字通り桁違《けたちが》いで、逃げている最中に消えてしまった松明の明かりよりも煌々《こうこう》としている。

(せめて少しでも数を減らしてやるっ)

タイタニアはそのまま、魔力を爆発させるつもりだった。

その肉体のほとんどを魔力で構成された妖精、しかも広大な大地から生まれたタイタニアだ。魔力の量は妖精の中でも随一《ずいいち》で、しかも今いるのは地下に造られた神殿である。

使用できる魔力は最大となり、それをスライム――女神ファサリナの敵である魔物だけに向けるということも不可能ではないはずだ。

(やれる、私ならっ)

そう自分を鼓舞し、タイタニアは魔力を高め、しかし繊細《せんさい》な動作で周囲の建物を吹き飛ばさないよう魔法を調整する。

人間やエルフが使う、呪文と集中によるものではない。

純粋に、思考と感覚だけで編み出す即興の魔法。

両腕に纏《まと》った魔法陣が幾重にも増え、肘から先が青白い光に包まれ、輝き始めた。

だが、スライムもそれを黙って見ているわけもない。

集中するために動きを止めたタイタニアの小さな肢体《したい》に巻き付くと、その両足に、肩に、腰に、首筋に、そして身体は小さくてもしっかりと膨《ふく》らんでいるその胸に。触手が絡みつく。

お気に入りの純白のドレスが一瞬で異臭を放つ粘液にまみれたが、それも無視。

手や身体が痺《しび》れてきたが、それも無視。

肉体など関係ない。魔法を発動するために必要なのは集中力だけだ。

（まだだめっ。このままじゃ、この神殿ごと吹き飛ばしちゃう）

自分の肢体が穢《けが》されていく嫌悪感に集中力が乱れ、今すぐにでも視界を埋め尽くすスライムたちを吹き飛ばしたい衝動に駆られるが、その本能をタイタニアは理性で押し止める。

そうなれば、このスライムを倒したとしても、マリアベルたちも生き埋めだ。

「そう簡単に、思い通りになると思わないでよっ」

全身が穢される中、触手たちはタイタニアの両腕、肘から先だけは拘束《こうそく》できない。

そこに集められる魔力量が桁外れで、触手を近づけるだけで粘液が崩壊してしまうのだ。

その指が繊細に動き、指先の何もない空間に新しい魔法陣を刻んでいく。

これで魔法陣の数は左右合わせて十二枚。

人間にとって魔法陣とは魔力を増幅させ、複雑な魔法をより正確に発動させる補助的な役割がある。

元から強力な魔力を有し、人間やエルフ以上に繊細な魔法を使える妖精が、勇者との交流で得た唯一の技術がコレだ――。

「あと、もう少し。待ってなさい、吹き飛ばしてあげ――むぐっ!?」

もうすぐ準備が整う——それを口にしようとした小さな唇を割って、タイタニアの大きさに合わせた細い触手が口内へ無理矢理侵入してきた。

言葉を塞がれて苦し気に表情を歪めるが、しかしその瞳は強気な光を宿したままだ。

(口を塞がれても関係ないっ。私たち妖精に、呪文の詠唱《えいしょう》なんか必要ないのよっ！)

タイタニアは両腕以外の全部を空中で拘束されながら、それでも魔法の最終調整を行っていく。

威力は最大限に、しかし自然物は傷付けないように。

その発想力は、同じ自然から生まれる妖精ならではだろう。

「ぐ、むぅ……っ」

タイタニアのふっくらとした頬《ほお》が内側から膨らみ、触手が口内で暴れているのが分かる。

並びの良い白い歯が、歯茎《はぐき》が、舌裏が乱暴に舐《な》めしゃぶられ、溢《あふ》れた唾液《だえき》が吸収されていく。

(なに、これ……!?)

魔力の流れに敏感な妖精、タイタニアはそこで奇妙なことに気が付いた。

口の中に侵入している触手を介して、自分の魔力がスライムに流れていくのだ。

それがスライムの目的の一つ、魔力の吸収だと気付くと、彼女は表情を強張《こわば》らせる。

「むぐ、むぅぅううう!?」

(そんなっ、うそっ、だめだめっ！)

魔力が奪われる。感覚ではなく視覚と経験で理解できるタイタニアはその事実に愕然とする。

（まさか、スライムはこれが目的なの!?）

同時に、その事実はタイタニアにとっても最悪な情報だった。

スライムは彼女の両腕に集まる魔力に脅威《きょうい》を感じ、他の女性たちとは違い快楽を伴《ともな》った体液からの吸収ではなく、その体内へ直に触手を突っ込んで無理矢理魔力を吸収し始めたのだ。

まず口内へ。

そして次は、空中に浮いて無防備に揺れるスカートの内側、膣穴と肛門《こうもん》へ──。

「んぅっ!?　フヒィィイ!?」

（なっ、なにっ!?　なにぃぃい!?）

タイタニアは股間《こかん》から脳天まで一気に貫く激痛に、余裕など一瞬で失って悲鳴を上げた。

両親というものを持たない妖精は性行為の知識がほとんどなく、膣穴や肛門を使った経験など多くの妖精が持っていないだろう。

妖精の女王の名を与えられるほど強力な力を持つタイタニアもその例に漏《も》れず、男性経験など持ち合わせていない。

未通の膣穴がそこにあった処女膜《しょじょまく》を乱暴に破られて出血し、硬く閉じていた肛門にも力任せに侵入される。

その激感にタイタニアは大粒の涙を流し、同時に口内だけでなく膣穴と肛門からも同時に魔力を吸収され始めた。

四肢《しし》の先端が痺れとは違う脱力で感覚が鈍くなり、下半身の激痛も薄くなる。

（そん、なっ!?　こんないきなりっ!?）

身体《からだ》の感覚が失われるほどの魔力吸収にタイタニアは愕然となり、同時に、両の指先で虚空に描いていた魔法陣が音を立てて崩壊した。

魔法陣を描くための魔力を維持できなくなったからだ。

「むぅう!?」

（そっ、そんなっ!?）

スライムの狙いは明らかだ。魔力を奪ってタイタニアを無力化しようとしている。

今までの、タイタニアが知る魔物のように食べるのではなく、このスライムは無力化して捕まえようとしている。

（ま、マズい……っ）

タイタニアはその事実に気付くと、少しでも魔力を奪われないように集中した。

自分の肉体を一つの魔力の塊《かたまり》と認識し、その塊に突き刺さった触手から流れ出る魔力を遮《しゃ》断《だん》しようとする。

自然から生まれ、世界に存在した瞬間から魔力と共に生きる種族、妖精。

そんな妖精だからこそ可能な、奪われる魔力量を調整しようとする思考。

だが。

「ぐっ、ひぃぃぃい!?」

先ほどまで処女だった膣穴と、異物を入れたことがない肛門に入り込んだ触手が前後するだけで集中が乱れ、魔力の略奪を止められない。

両腕にある魔力で編んだ魔法陣がまた一枚、音を立てて砕《くだ》け散った。

(マズイ!?　マズいマズいマズいっ!?　このままじゃ、抵抗できなくなるっ)

一瞬で攻守が逆転したことを理解し、タイタニアは焦り出す。

表情が苦痛と緊張に歪み、体内から自分を構成する最も重要な力が抜け落ちていくのを嫌でも感じてしまう。

抵抗できないどころじゃない。魔力で生きる妖精は、このまま魔力を吸収され続けてしまえば死んでしまう。

(まさかっ、こんなスライムが存在したなんてっ)

この突然変異のブラックウーズは、妖精にとって天敵ともいえる存在だった。

魔王が存在していた時代にはいなかったはずだ。

いれば、もっと多くの人々に知られていたはず。

妖精や魔法を使う者にとって最悪の相手――その事実に、タイタニアは愕然とする。

(このことを、マリアベルたちにも教えないとっ)

タイタニアはこの事実をフォンティーユの姫が知らないと、すぐに気付いた。

知っていれば、この重要な情報をグラバルトの王城で教えていたはずだ。

魔力を奪い、際限なく肥大《ひだい》する——誰も知らない、新種のスライム。

その事実にタイタニアが恐怖に似た感情を抱いていると、口、そして膣と尻穴に入り込んでいる触手が前後し始めた。

唾液、破瓜《はか》の出血、腸液《ちょうえき》などから無理矢理に魔力を吸収し、また両腕の魔法陣が崩壊。残りは六枚となる。

その段階になると、膣と尻穴を犯す触手に変化が起き始めた。

魔力を吸収する為もあるが、同時に、ブラックウーズ本来の目的である母体を手に入れるため。今度は乱暴な前後運動ではなく、ゆっくりと、優しい動きへ。

「ぐぅ、ふぅううう……っ」

しかし、処女を失ったばかりのタイタニアは表情を歪め、苦しそうだ。

それを察したスライムはいったん膣穴と肛門への刺激を諦め、粘液に濡れてその色を濃くした緑色の下着と綺麗《きれい》な包皮に守られている陰核へと細い触手を伸ばす。

「んひぅ!?」

(こっ、今度は何っ!?)

当然、自慰《じい》の知識すら持っていないタイタニアには陰核を弄《いじ》るという経験すらなく、じぶんの股間から電撃のような衝撃が迸《はし》ったことに混乱した。

下半身が大きく痙攣《けいれん》し、膣穴と肛門からとはまた違う『痛み』で表情に恐怖の色を浮かべる。

しかし、それは快感だ。

初めての刺激をタイタニアが理解できないだけで、痛みのように鋭い快感が無知な妖精の女王に襲い掛かる。

狙われた陰核が彼女の小指よりも細い触手一本で蹂躙《じゅうりん》され、揉《も》みくちゃにされ、その度《たび》に宙に浮いた細い足がビクンビクンと痙攣する。

つま先まで陰核への刺激に合わせて強張らせると、タイタニアは自分に何が起きているのか分からないまま股間から勢いよく潮を吹いた。

「ふぐぅぅううう⁉」

（うそっ⁉　なんでっ、なんで私っ、漏らして⁉）

それが快感による潮吹きなど知らないタイタニアは、自分が人間たちの子供のようにおしっこを漏らしたのだと思い、混乱した。

百年を優に超える時間を生きた自分が、赤ん坊のようにお漏らしをするなんてありえない。

その羞恥《しゅうち》にタイタニアは白磁《はくじ》のような綺麗な肌を羞恥の赤に染め、その間にも嬲《なぶ》られ続ける陰核によって下半身が無様な反応を示してしまう。

美脚が宙を蹴り、何度も潮を吹き、両腕に展開している魔法陣がまた一枚、崩壊した。

残り五枚。

魔力が奪われていく。身体の感覚が鈍くなっていく。

このまま死んでしまうのか――タイタニアは久しぶりに感じる死の恐怖に震え、けれどこれは魔物と戦って死ぬような誇りある死でないことに屈辱《くつじょく》すら感じてしまう。

スライムに犯され、魔力を吸収されて死ぬなど、どんな死よりも哀れで無様。

そんな死は認められないと、タイタニアは残った魔力をすべて暴走させようとするが――しかしそれもできない。

(マリアベルっ、メルティア……っ)

勇者が残した二人の美姫《びき》。

勇者と同じ黒髪を受け継いだ、優しい少女。

自分が誇りと引き換えに自死を選べば、あの二人もこの廃神殿に取り残されてしまう。

そう考えるとタイタニアには自分の魔力を暴走させるという選択肢《せんたくし》は選べない。

――結果、彼女は魔力を奪われると分かっていても、抵抗することができなくなった。

粘液の壁は徐々に狭まり、今にもタイタニアの全身を飲み込んでしまいそう。

両腕にある魔力の明かりだけが光源となっているが、見える範囲はごく僅《わず》か。

波打つようにゆっくりと揺れる粘液の壁が迫ってくる――。

「くっ」

次第に、両腕から発する光が弱くなってく。

乱暴な吸収はしなくなったとはいえ、それでも凌辱《りょうじょく》し、タイタニアが体液を放出するごとに少量の魔力を吸収しているのだ。

時間が経つと両腕の魔法陣は五枚から二枚へ減少し、魔法陣が減るのに合わせて粘液の壁も迫ってくる。

まるで、暗闇が迫ってくるようだった。

「ふぅ、ふぅ……」

(マリアベル――あの人の娘、黒髪を継いだ姫。後はお願い……っ)

空間が完全な暗闇になると、タイタニアは粘液の壁に飲み込まれた。

＊

タイタニアと男性騎士の助けによって、為すべきことを考えていたメルティアがその腕を引いて逃げ出す。

「お姉様っ」

「貴女《あなた》を死なせるわけには――っ」

メルティアは息を乱しながら右手に短杖《たんじょう》を構え、本物、擬態《ぎたい》関係なく周囲のあらゆるものに火炎弾を放った。

ある石像は砕け、ある石壁は苦しみもがくように暴れながら蒸発し、床には火の蛇のようにいびつな炎の線ができ上がる。

魔力の分配や自分たちへの悪影響など無視した、強引だが確実な探索法。魔法の炎は魔力さえあれば資源がなくても燃え続ける。

最悪、自分たちの退路すら失くしてしまう悪手《あくしゅ》だが、もうそんなことに構っている余裕などメルティアたちにはなかった。

ドレスに炎が燃え移らないことだけを気にしながら廊下《ろうか》を駆け抜け、手を引かれるマリアベルは振り返る。

炎の向こう側。

壁から伸びる触手に全身が絡めとられ、その壁に飲み込まれていくタイタニアたちの姿が陽炎《かげろう》に揺らいで見えた。

「お姉様、炎で触手を燃やせばっ」

「それよりも早く奥に――ごほっ」

燃やす、燃やす、燃やす。

目に付くもの全部を炎で燃やし、最低限の通路だけを確保しながら乱暴に進むメルティア。

普段の冷静な姉らしくない行動に驚いたマリアベルだが、しかしそんなメルティアの行動は長く続かなかった。

ここまで導いてくれた仲間が飲み込まれた通路を抜け、分かれ道を左に曲がり——その絹のように滑らかな右手から短杖が落ちたのだ。

高位の魔導士は触媒《しょくばい》がなくても呪文の詠唱《えいしょう》や極限の集中で魔法を発動できるが、メルティアはいまだその域に至っていない。

精々が下位の魔法をなんとか発動できる程度——こうなると、元が森の民であり、炎の精霊と相性が悪いエルフの彼女は、スライムに最も効果がある炎の魔法を使えなくなってしまう。

「お姉様……？」

メルティアは、マリアベルを引いていた手を離すと右手を押さえた。

その時になって、ようやくメルティアの異変——右手が不自然に震えていることに気付く。

「どうかしたのですか、お姉様!?」

「だ、大丈夫よ。少し手が痺《しび》れるだけ……」

強靭《きょうじん》な肉体を持つ獣人たちには効果が薄い、しかし人間やエルフ相手ならあっさりと自由を奪い、身体が弱い者ならそれだけで死に至らしめる猛毒だ。

炎の魔法を掻《か》い潜《くぐ》った触手からその粘液を右手に受けたメルティアには、すぐにその影響が現れ、だからこそ自分ではこれ以上マリアベルを守れないと判断しての強硬策だった。

「いい、マリアベル？」

「お姉様、もうすぐです。もうすぐ一番奥です、だからっ」

「マリアベル、聞きなさいっ！」

炎の明かりが神殿の通路を照らし、周囲にブラックウーズの姿はない。

炎を苦手とするスライムなのだから、炎の海の只中《ただなか》で擬態などしている余裕もないだろう。

事実、メルティアたちの近辺にいたブラックウーズはその全部が離れている。

だが、離れているだけで減ったわけではない。

そもそも、神殿の通路内で擬態していたのは一匹のブラックウーズから分裂したものだけだ。

細胞の一部が燃え散ろうが、本体が無事なら問題ない――再生する生物なのだから。

炎の勢いが弱まるのを待って、弱った獲物をまた狙えばいい。その程度の考え。

狩りというのは、獲物を一撃で仕留めるのではない。

衰弱させ、集中力を奪い、逃げることすらできなくなるほどまで疲弊《ひへい》させ、そして必殺のトドメを刺す。特に、自分を傷付ける牙を持つ凶悪な獣が相手なら、正面から戦うことこそ愚の骨頂《こっちょう》。

魔法というブラックウーズに唯一抵抗できる力を持つエルフ相手に無理押しはせず、自身の体液を触れさせただけ。それだけで、ブラックウーズの当面の目的は達成していた。

だから無理に追うことはしない。

けれど、獲物からは目を離さず、ブラックウーズは炎の海の向こう側でメルティアとマリアベル、残り二人となった獲物を監視する。

「聞きなさい、マリアベル。私も、ここまでです」

「だめ、ダメですお姉様っ」

いやいやと、我儘《わがまま》を言う子供のように首を横に振るマリアベル。美しい黒曜石色の黒髪が首の動きに合わせて大きく乱れ、その頬《ほお》を叩く。

メルティアは無事な左手で乱れた髪を簡単に整えると、愛《いと》しい妹を落ち着かせるために頬を優しく撫《な》でた。

「いい？　貴女はこれから、神殿の最奥まで一人で行くの」

「だめ、駄目です。無理です、お姉様」

「いいえ、無理ではないわ」

駄々をこねる妹に優しく笑みを向け、数度、炎の海の勢いで舞い上がった埃《ほこり》で咽《む》せてしまう。

「スライムは、女性を犯す。犯して、数を増やすから」

だから自分は殺されないと――メルティアはマリアベルを安心させるため、努めて明るい声で告げた。

「だめです」

けれど、だからといって納得できるはずがない。

肉親なのだ。姉なのだ……犯されるから大丈夫だなんて、思えるはずがなかった。

「だから、貴女は一番奥でお父様の剣を手に入れて――助けに来て。私たちを」

「…………っ」

マリアベルは息を呑《の》み、その視線を姉から逸《そ》らした。

当然だ……姉は今、自分が下賤《げせん》な魔物に犯されている間に逃げろと言ったのだ。逃げて、武器を手に入れて、助けに来いと。

「でも――」

「行くの。行きなさい」

麻痺毒《まひどく》が右手から腕、そして肩。右側から徐々に身体《からだ》の感覚が失われていく恐怖を感じながら、しかしメルティアはじっとマリアベルの目を見据える。

その視線は力強く、本気で――その穢《けが》れのない身体をスライムに差し出そうとしているのだと理解するマリアベル。

「考え直してください、お姉様。二人で奥に……」

「私はもうすぐ動けなくなる。さっきは右手だけだったのに、もう右腕全体が痺《しび》れているのっ」

その麻痺毒の効力は凄《すさ》まじく、このままでは歩くことすら難しくなるだろう。毒に強い獣人の騎士がそうだったのだから、エルフのメルティアなどあっという間だ。

そうなった時、自分が妹の足手纏《あしでまと》いになることが耐えられなかった。

だから身体が、声が出せるうちにマリアベルの背中を押す。最も強く勇者の血を継ぐ黒髪黒眼の妹を先へ進ませようとする。

「マリアベル、貴女が私たちを助けるの――できるわよね？」

「……………」

「大丈夫。貴女はお父様とお母様の血を継いだ強い子なのだから……ね？」

そこまで言うと、立っていることも辛《つら》くなったのかメルティアは膝をついた。

燃え盛る炎の海の勢いはまだ弱まらない。けれど、それが魔力を燃料にして盛っているからか、メルティアたちの方まで炎が向かってくることはなかった。

「お姉様っ!?」

「触らないでっ。私に触れたら、貴女まで動けなくなる――あのスライムの体液は、猛毒よ」

「……っ」

その言葉に、息を大きく吸って、吐く。

マリアベルは、石床に膝をついた姉の正面に座ると、しっかりとその目を正面から見る。

「……すぐに戻りますから」

「ええ、待っているわ――気を付けて」

「絶対っ、絶対にすぐ戻りますからっ」

そして、マリアベルは駆け出した。

後ろは振り返らない。足に絡みつく黒いドレスのスカートが邪魔になり、途中で足を止めると、持っていた護身用のナイフでスカートを縦に切り裂く。

「――――」


マリアベルは最後に、もう一度だけ振り返った。

最愛の姉は倒れていた。強力な麻痺毒は、身体を起こしておくことすら困難にさせたのだ。

それでも懸命に、メルティアは顔を上げ、マリアベルに自分は大丈夫だと伝えるように笑顔を向けていた。

「すぐに戻りますからっ！」

声を上げる。涙を堪える――目元をドレスの袖《そで》で拭《ぬぐ》い、気を引き締める。

ただ前だけを見て、マリアベルは全力で炎の明かりが届かない薄暗い通路を駆け出した。

＊

そんな妹の後ろ姿を見送って、メルティアは石床の上で完全に脱力した。

魔力を元に燃え続ける炎が徐々にその勢いを弱めていくのが分かる。自分の魔力だ。あとどれくらい炎の海がその勢いを保てるか――スライムを足止めできるか、分かってしまう。

（身体の、自由が……）

そうしている間にも徐々に身体の感覚が薄れていくのが分かった。

右腕から肩、そして全身へ。

完全に動かないというわけではない。軽度の痺れ――長時間同じ体勢でいると足が痺れた時のような、ピリピリと痺れる感覚だ。

指を動かそうとすればもどかしい刺激が腕全体を駆け巡り、より強い刺激となって全身に痛みとは違う感覚を与えてくる。

うつ伏せに倒れていることがある意味幸いしていた。

これでまだ立っている状態だったなら、倒れる刺激でどれほどの痺れを感じていたことか。

メルティアはそのことだけには安堵《あんど》の息を漏《も》らし、しかし次の瞬間には炎の海の勢いが強い場所を避けて向かってくるスライムの気配を感じて息を呑んだ。

炎が燃える音に交じって聞こえてくるのは、粘着性の物体が這《は》う音だ。

麻痺毒に痺れた身体は首を動かすことすら不可能で、メルティアは音がする背後を見ることもできない。だからこそ余計にその恐怖が煽《あお》られ、心臓が不自然に鼓動を速くするのが感じられる。

（く、る……来てる）

ブラックウーズの侵攻を一瞬だけでも抑えていた炎の勢いが弱くなっていく。

肌を撫《な》でていた熱気が、燃える空気の音が、小さく、弱くなっていくのが分かってしまう。

そして、それに比例してスライムの這う音は段々と大きくなり、それが四方から響いてくる。

床だけではない。

壁、天井。文字通り、四方八方。全方位から聞こえる粘着質な音に、うつ伏せのまま指一本すら動かせなくなったメルティアは、その姿を確認することもできずに怯《おび》えてしまう。

心臓が高鳴り、冷たい汗が頬を流れる。

呼吸が浅く、短く、不規則に乱れ、少しでも逃げようと無様に床を這ってでも移動しようとするが、麻痺毒の痺れで不自然に全身が痙攣《けいれん》するだけだった。

「ひっ、ぅ」

感じたのは足の指先から脳天まで貫く、痛みにも似たもどかしさだ。

肌の内側から針でつつかれるような刺激だったが、痛みというには弱々しい。痒《かゆ》いともくすぐったいとも少し違う。逃げようとしていた身体はたったそれだけで動きを止めて、メルティアの意思が発する命令を無視してしまう。

そうしている間にもブラックウーズは背後からゆっくりと近付き――メルティアの右足を、青色の豪奢《ごうしゃ》なドレスと白いストッキングには不似合いな革のブーツ越しに摑《つか》んだ。

ブーツの足首に粘液の触手が絡みつくと、その生暖かさを感じて全身が総毛立つ。

覚悟していたことだった。女を犯して子を成《な》し、種族を増やすスライム。

だが逆に、それを利用して少しでも時間を稼《かせ》ごうと考えた時から、こうなることは想像していた……だが。それでも。

「ひっ、いっ、いやあぁ……」

メルティアはマリアベルに向けた力強い言葉など忘れ、年相応の力ない悲鳴を漏らした。

その声が引き金になったのか、ブラックウーズは摑んだ右足を支点にメルティアを乱暴に持ち上げる。その勢いで痺れる全身が揺れ、僅《わず》かな身動《みじろ》ぎでも感じていた痛痒《つうよう》感にも似た微妙な刺激が全身を突き抜けた。

「いっ、ひぅ⁉」

(い、たい？　ピリピリ、する……)

空中で逆さ吊りにされながら、メルティアは全身を襲った微妙な刺激に弱々しい声を漏らす。

スカートが重力に引かれて捲《めく》り上がり、しなやかな細い足と、その美脚を飾る白いガーターベルトとストッキングが完全に露《あらわ》にさせられた。

煽情《せんじょう》的な曲線を描く恥部を隠すのは、豪奢な薄布だ。薄桃色のショーツは大人びた黒のレースで飾られていて、それが艶《つや》を孕《はら》んで官能的な陰部の僅かな膨《ふく》らみを美しく彩っている。

一瞬の後、下着の大胆《だいたん》な露出にメルティアは白磁《はくじ》のような頰を朱に染め、しかし痺れた両手ではスカートを押さえることもできずに僅かに身動いだだけ。

しかも、その僅かな刺激だけでも鮮烈な痺れが全身を襲い、また彼女は艶やかな桜色の唇から微かに悲鳴を漏らした。

空中でブラブラと揺れると、それに合わせて翻《ひるがえ》ったスカートの裾《すそ》が眼前で揺れる。

自分の下半身がどのような状況か——メルティアはそう考えるだけで顔から火が出そうなく

らい恥ずかしかった。

「う、うう」

（こんな辱《はずかし》めを——っ）

何もできない自分の無力さに涙を浮かべながら、足首を掴む触手が生えている天井部分を睨《にら》みつける……しかしそんな抵抗ともいえない行動など、ブラックウーズからすれば些細《ささい》なもの。

ブラックウーズは宙吊りにしているメルティアをゆっくりと動かすと、そのまま足が届かない高さまで持ち上げて壁の粘液へと投げつけた。

一瞬の浮遊感の後に背中から粘液の壁にぶつかり、今度こそメルティアは完全な磔《はりつけ》にされてしまう。

唯一の救いは、逆さまの状態から解放され、スカートが重力に引かれて落ちたことだろう。下半身が隠れただけでも、精神的にはいくらか楽だ。

しかし、事態が好転したわけではない。背中側から服に粘液が染み込んでくる汚辱感に、メルティアはその美貌《びぼう》に確かな敵意の色を浮かべた。

その屈辱《くつじょく》と嫌悪を忘れないように眼前を睨んでいると、服と同じようにショーツのお尻側にも壁の粘液が染み込んでくるのが感じられる。

（う——く、くる……っ……）

麻痺《まひ》が全身に回り抵抗できなくなったメルティアの眼前に、数本の触手が現れた。

太さはメルティアの人差し指程度。それほど太くないが、人の指とは違い、関節どころか骨すらない触手の指は波打つようにメルティアの目の前で揺れている。

まるで、自分の柔らかさを誇示しているかのようだ。

メルティアは気丈に睨みつけながらも、しかしその口元は怯えに震え、ガチガチと奥歯を鳴らしてしまっていた。今までの人生で、こんなにも近くで魔物を見たのは初めてだった。

一国の姫として、そして憎き魔物から妹を守るためと強く思っても、少女としての本能が悲鳴を上げようとしてしまう。

そんな怯えるメルティアの身体《からだ》は、本人の意思に反して徐々に煽情的で挑発的な姿に変えられていった。

両足は大きく肩幅にまで広げられ、左右の足首と膝にそれぞれ触手が絡みつく。両足が持ち上げられ、股間《こかん》を突き出すような姿は小さな子供にトイレの使い方を教えているような格好だ。

両手は頭の上へ持ち上げられ、汗の浮いた腋《わき》が丸出しになる。

粘液を吸って濡れたスカートが持ち上げられると臍《へそ》まで丸出しになり、純白のガーターベルトやその下にある桃色のショーツも丸見えにされた。

あまりの羞恥に我慢できず涙が零《こぼ》れ、それでも気丈に、メルティアはスライムを睨みつける。

「くっ、このような格好を――っ」

そう、必死に強気な言葉を口にしても、自分の今の格好が王族らしからぬ挑発的な姿だと理解できて、メルティアは今まで以上に顔を赤くした。

余計に頭に血が上り、気が遠くなりそうだ。

そんなメルティアの頭上で新しい触手が作られた。彼女の小さな顔など、簡単に丸呑《まるの》みしてしまえそうなくらい太い触手だ。

その触手は糸を引くほど粘り気のある粘液を滴《したた》らせ……何の前触れもなくその先端が縦に裂けた。粘液が滝のように溢《あふ》れ、メルティアの全身、頭から足まで、その全部に降り注ぐ。

「いやぁああ!?　――っ。やめ、やめなさいっ」

メルティアの抗議の声を無視して、ブラックウーズはなおも頭上から粘液を垂らし、美貌の姉姫の全身を粘液塗《まみ》れにしていった。

……しばらくして粘液の滝が終わると、ようやく息を大きく吸い――自分のあまりの臭《くさ》さに咽《む》せてしまう。

「ふ、ん。どうせ、今だけです……」

（マリアベル。貴女《あなた》だけでも、無事で……）

心の中で悲壮な決意を抱きながら、しかし魔物に辱《はずかし》められているというのに舌を噛《か》むこともない。……自分が死ねば、このスライムの次の獲物は妹に向くと理解しているからだ。

だから、メルティアは自分の肢体《したい》がどれだけ辱められても自分から命を絶つ選択を選ばず、死ぬつもりもない。

たとえこの身がどれだけ穢《けが》されても、妹を支える。助ける。

そう決意したのだ——国が滅んだ、あの日から。

だからメルティアは気を静めて眼前の触手を睨みつけ、そんな視線を向けられながらもブラックウーズの触手には僅かの動揺《どうよう》もない。

——すると。何の前触れもなく、眼前の触手はその先端が先割れした。

先端に十字の切れ込みが入ったかと思うと糸を引きながら割れ、その内側には目を細めなければ分からないような小さい触手が何十……何百本と生えている。

その一本一本が独自の意思を持っているかのように柔らかく揺れ、その気色悪さにメルティアは「ひっ」と小さな悲鳴を上げた。

「なんですか、それは!?」

その問いに答える口を持たないブラックウーズは更に同じ触手を作り出す。その数は四本。

人差し指程度の太さがある触手は粘液の壁に卑猥《ひわい》な格好で張り付けられているメルティアの肢体を目指すと、なんのためらいもなく、捲れ上がったスカートの奥、そして大きく開けた胸元からメルティアのドレスの中へ侵入した。

「い、いやああ!?」

全身がすでに粘液塗れだったとはいえ、それでも直に肌を触手で撫《な》でられる感触に絹を裂くような悲鳴が上がる。

肢体に張り付いたドレスは肌の上を這《は》う触手の形を露《あらわ》にし、その姿はまるで無数の巨大なミミズが服の下に潜り込んでいるかのよう。

そのミミズが優美な肢体の上を這い回る様子は歪《いびつ》だが蠱惑《こわく》的でもあり、メルティアは身体の痺《しび》れを無視して銀髪を振り乱しながら、なんとか触手から逃れようとするしかない。

「う、ぅ。気持ち悪ぃ、出ていきなさいっ」

濡れたドレスと下着の布地が肌を擦り、その感触に悲鳴を漏《も》らす。

だが同時に、乳首と乳輪、乳房全体を同時に刺激されると、まだ若く、性感に初《う》心《ぶ》な美《び》姫《き》は今まで感じたことのない感覚を感じてしまっているのも事実だった。

ブラックウーズの触手が柔らかい粘液で作られているというのが大きいのだろう。

そのことに泣きそうになっていると、肌に張り付くドレスは濡れたことで僅かに縮み、服の下に潜り込んだ触手が大胆に動くと、今にもその布地が破れてしまいそうな音を立て始める。

(お願い、破れないで……)

メルティアはそんな自分のドレスの惨状《さんじょう》を泣きそうな目になりながら眺めていることしかできず、しかし次第にその呼吸は乱れていった。

浅く、速く。熱く……艶を孕んで。

嫌悪感を抱いているとはいえ、その肉体は健全で若い女性のそれだ。子供と大人の間。無知でもなければ熟練でもない。

性感帯である胸と敏感な乳首を刺激されれば嫌悪感と一緒に淡い快感を覚え、本人が気付かない間にも卑猥な形で固定された下半身がゆっくりと揺れてしまう。

粘液に濡れてその色を濃くした桃色のショーツはその下にある淡い茂みをうっすらと浮かび上がらせ、両膝が僅かに開閉し始めてしまう。

「はぁ、はぁ——ん、っ」

いつしかメルティアはブラックウーズを睨みつけることを完全に忘れ、恐怖や嫌悪とは違う理由で瞳に涙を浮かばせるようになっていた。

陶然《とうぜん》としたような瞳はうっすらと細められ、浅くなった呼吸に合わせて豊かな胸が上下する。大の大人の手でも掴《つか》みきれないような豊乳は、一瞬たりとも同じ形状に留まらず、今なお服の下で暴れていた。

——ビリ

「ぁ……っ」

どれくらいの時間が経っただろうか。

メルティアからすると数時間にも感じる——けれど実際には数分という短い時間。

ついにドレスの胸元の生地が悲鳴を上げ、僅かに裂けてしまった。

空色のドレスの下からショーツと同じ桃色のブラジャーに包まれた豊満な胸と、それとは対極の薄汚れた黒い半透明の触手がまろび出る。

ドレスの生地が裂けた程度で触手がその動きを止めるはずもなく、そして一度裂けて脆《もろ》くなったドレスは胸が弄《もてあそ》ばれる度《たび》にその下にある肌色の面積を広げていく。

「あっ、あっ……や、やめ……」

それから数分もしないうちに完全にドレスの胸元は引き裂かれ、その下にある下着に包まれた豊乳が完全に露《あらわ》になってしまった。

「は、ぁ……はぁ、はあ……ふ、ん。この程度、で……」

強がりの言葉は、しかしこれから行われることへの恐怖で震えてしまっている。

今度は何をされるのか。これからどうなるのか。強い不安を感じながら、メルティアは健気《けなげ》にスライムを睨み付けた。

「ふ、っ。ふっ、次は、それですか」

次にメルティアの視界に映ったのは、先ほど現れた新種の触手。先端が十字に割れた触手だ。まるでそれぞれの触手に独自の意思があるかのようにその触手が動き出すと、胸を嬲《なぶ》っていた触手たちはその場から離れていく。

最後に、胸の谷間で上下していた触手が乱暴に持ち上がると、前部にあった下着を固定する金具を壊し、大きくて柔らかい、しかし張りのある形良い乳房を曝《さら》け出した。

圧倒的な大きさを持つ生乳房が抑えを失って、ブルンと零れ出る。

透き通るほど白い双丘《そうきゅう》は乱暴な愛撫《あいぶ》で紅潮し、粘液の汚辱で艶《つや》やかに濡れ光る光景は、まるで全身に滝のような汗を掻《か》いているかのように錯覚《さっかく》させた。

下着の支えを失っても、一切垂れることのない弾力をもってユサユサと揺れる乳房の大きさに比べて、乳首はやや小さい印象だ。その周囲にある乳輪は乳首の小ささに比べると大きめで、それが一層卑猥な印象を与えてしまう。

「あ、ぁう……」

そんなメルティアを襲ったのは、やけにひんやりとした感触だった。

粘液を吸って濡れ、空気に触れて冷えたストッキングの上から新しい触手が二本、両足に絡みついたのだ。

「あ、あう……やめ、て」

姫らしい強気な口調は鳴りを潜め、メルティアはこれからどんなことをされるのかという不安に揺れる声を出してしまう。

「――っ、――――っ」

呼吸がさらに乱れ、メルティアは今にも大声を出して泣き叫んでしまいそうになる自分の心を堪えるよう、強く唇を噛む。

這い上がってくる触手が目指しているのはメルティアの下半身……その目的がなんなのか処

女である彼女にも理解できてしまい、悲鳴を漏らすまいと健気にも唇を噛んだ。

（いや……いやっ）

目をぎゅっと瞑《つむ》り、血が滲《にじ》むほど唇を噛む。痺れているというのに手足が勝手に震え、メルティアがどれほどの恐怖を感じているのかが目に見えてわかる。

「いや、ら……だめっ……ええ」

麻痺毒《まひどく》によって言葉は呂律《ろれつ》が回らなくなり、あれほど恥ずかしいと感じていた大股《おおまた》開きの体勢で、股間《こかん》からブラックウーズの粘液とは違う液体を垂らしてしまう。

その量は多く、しかし勢いはない。

「うっ、うぅう……っ」

（いや、だ。もうやだぁ……）

恐怖を呑《の》み込み、涙を零す。腰から下が自分の身体ではないようだった。

ストッキングにはいつのまにか大きな穴がいくつも作られ、そこから更に粘液がなだれ込む。

今度は肌に直接張り付いて粘液自体が微振動を行い、しなやかな美脚に刺激を与えてくる。

しかも別の触手はブーツの中にまで侵入し、メルティアの足の指にまで絡まった。

「うぅ、うう……」

メルティアは絶望の表情になりながら、ついに泣き出してしまった。

ついに股間へ辿《たど》り着いた触手はその隙間《すきま》から尻たぶの下へと回り込み、空中で固定されているメルティアを支えるように下から持ち上げる。

もちろん、メルティアの負担を軽減しようとするわけではない——

（やだ、お尻の間に……っ!?）

触手は股間よりももっと恥ずかしい尻肉の間、菊門の真下から身体を支えた。

そうすると自然、誰にも……自分でも見たことがない尻穴に触手が触れ、メルティアは反射的に尻肉を締めてしまう。

それを抵抗だと感じたのか、すぐさま別の触手が伸びるとさらに強固に、メルティアの全身を粘液の壁に固定した。

その上から両腕が肩まで粘液に飲み込まれ、腹回りにも触手が絡みつく。

無事なのは首から上と胸元、そして下腹部だけという状態。

それはまるで一種の調度品《ちょうどひん》といえるのだろう。美しい肉の調度品だ。

「くっ、ぅう……こんな格好……っ」

（胸と、あ、アソコだけが粘液の外なんて……こんな、こんな……っ）

もう何度目か——これ以上ないと思っていても、それ以上の羞恥《しゅうち》を与えられてメルティアは頭が真っ白になりそうだった。

恥ずかしすぎて、気が変になりそうだ。だというのに、スライムは今以上の羞恥を与えようと蠢《うごめ》きだす。

触手が肛門《こうもん》の表面をなぞるように前後すると、それだけでメルティアは今までで一番激しく下半身を震えさせた。

「くっ、い、いや……そんなところっ、そんなっ、汚いところ……っ」

（あっ、ありえないっ。ありえない――お、お尻。そこっ、お尻の穴なのに）

メルティアは驚愕《きょうがく》に目を見開き、頬《ほお》を真っ赤に染める。しかし触手の狙いは明らかに……メルティアのお尻。肛門であることは明らかだ。

尻肉は少しでも触手を止めようと勝手に締め付け、しかしその程度で触手の動きが止まるはずもない。むしろ、何度も尻肉に力を込めたことで筋肉が疲れ、メルティアの下半身の抵抗は徐々に弱くなっていく。

実際に、尻肉に力を籠《こ》めて肛門を固く閉じた状態を、人は何分維持できるだろうか？

それが普段は身体を鍛えていない一国の姫で、しかも肉体が麻痺毒に侵されている状態だとしたら――数分も耐えられない。

尻肉を締める力が弱くなったメルティアの肉体はその刺激に耐えることができず、肛門が勝手に動き出してしまう……その時は近かった。

メルティアは肛門から感じる刺激を否定しながら天を仰《あお》ぎ、目を閉じ、歯を食いしばる。

そうしても肛門の緊張は徐々に解《ほぐ》れ、舐《な》める触手の刺激にもどかしさを感じ――。

――ぷすっ

小さな音だった。脱力して締まりをなくした粘液に濡れる肛門が、スライムの粘液を泡立《あわだ》たせながらガスを漏《も》らすと、少女は耳まで真っ赤にしながら尚も尽きない涙を流す。

ぷすっ、ぷすっ、と。

肛門から漏れるガスの音が何度か響く頃には力なく顔を伏せ、肩を震わせる。

妹の為ならどんなことにも耐えると思っていた心が砕《くだ》けそうになりながら、メルティアは嗚《お》咽《えつ》を漏らすことしかできない自分の無力さにまた涙を溢《あふ》れさせる。

そうして顔を伏せたメルティアの視界に、ソレが映った。

「もうやだ、やだぁ……」

衣服の破れ目から露出し、金具が壊れた下着で飾られる胸に向かって伸びてくる触手だ。

先端が十字に裂けた触手が充血して膨《ふく》らんだ乳首と乳輪へと向かってくる。

(なに、今度は何をされるの――?)

そんなメルティアの不安を現実にするよう、触手が彼女の豊満な胸の先端に触れた。

無数の小さな突起を内側に宿す触手は、何度か乳首の弾力を楽しむように、その身を小さな乳首に擦りつけた後、先端の十字に裂けた口を大きく開いて、乳首を咥《くわ》え込んだ。

「ひうっ」

歯がない触手に噛《か》まれても痛みは少ないと分かっていても、噛まれる瞬間に悲鳴が漏れた。

「はっ、はっ……わ、私の胸が……っ」

触手に食べられた。一瞬、そんなことを考えてしまう。

その口内では数えきれないほどの数の極小触手が蠢き、メルティアの乳首を責め始める。

いくつもの触手が乳首の表面を撫《な》で、擦り、吸い付き、しゃぶり、嬲《なぶ》っていく。

しばらくすると触手の内側で乳首が勃起《ぼっき》し……細い触手は乳首に巻き付くと、自身が分泌する粘液と流れる汗を潤滑液として、あろうことか乳腺の中へと侵入を開始したのだ。

「う、ぁ……やめ、へ……そこ、ちがぅ」

泣き声のままそう告げるが、触手は止まらない。

ゆっくりと、しかし抵抗があっても乱暴に乳腺へ入り込み、未発達の孔《あな》を押し広げるようにして侵入していく。

メルティアは自分の体内に得体のしれないモノが入り込んでくる感覚に、目を見開いたまま奥歯をガチガチと鳴らした。

怖かった。恐ろしかった。

こんな行為などありえないのに、そのありえない現実が目の前で起きている。今にも気絶してしまいそうな恐怖の中で、極細の触手がメルティアの乳首の奥へ侵入していく。

「ちくびっ、乳首もうやめて!?　お願いしますっ」

ついには忌《い》むべき魔物に懇願《こんがん》までしながら、しかしその視線は自分の乳首を凝視したまま。今まで口に出したこともなかった「乳首」という単語を何度も繰り返し、必死に訴える。それでも両の乳首の奥を目指して触手たちが入り込み、出たり入ったりを繰り返してメルティアの未発達の乳腺を拡張していく。

今まで何も入れたことがなかった乳腺は麻痺毒によって痛みを感じることなく徐々にその太さに慣れていき、触手の動きが段々と激しくなっていく。

「あーっ、あ、あっ、あーっ!?」

既に口は言葉を発することすらできなくなり、自分が何を言っているのか認識できない。まともな思考力が失われ、母親譲《ゆず》りの紅玉《ルビー》を連想させる瞳から意思の光が消えていく。

白く染まった頭の隅には、ただただ「助けて」という言葉だけが浮いていた。

「……たすけて……おねがい、マリア……おかあさまぁ……」

その責めが終わったのは、乳腺の凌辱《りょうじょく》が始まって十数分という時間が経過した時だった。

瞳は恐怖に震え、処女の拙《つたな》い性知識では想像もできない凌辱を与えてくるスライムという存在に怯《おび》えてしまっている。

同時に、いまだ触れられていない最大の性感帯……いつか、愛《いと》しい人か、どこかの貴族に捧げるはずだった処女肉。

新しい触手が硬く閉じた膣肉の前に現れると、メルティアは本当に、心の底から恐ろしくて

子供のように大声を上げて泣き出してしまった。

＊
「んぐ、うぅん――」

悩ましげな、艶《つや》のある声が神殿の通路に響く。だがその声は、はっきりとしたものではなく、くぐもった声に聞こえた。

「ん、ぶはっ!? や、はな、せ――っ、んぶぅ!?」

僅《わず》かに聞こえたのは人の声。

しかしその声もまたくぐもったものへと変わり、また艶のある呻《うめ》き声へと変わってしまった。

声の発生源は通路の中央――そこを移動する粘液の塊《かたまり》だ。

人が三人は並んでも余裕のある広さの通路の半分を埋め尽くすほどの大きさがある粘液の塊がゆっくりと、人を取り込んだまま移動していた。

粘液に穢《けが》されて固まった灰色髪の女性、フォーネリス。

そして黄金色をした人形のように小さな妖精、タイタニアだ。

二人の服は完全に脱がされておらず、下着すら纏《まと》ったまま。

しかし、粘液に取り込まれた肢体《したい》は外からでも分かるほど豊満な胸が揉《も》まれ、乳首が引っ張られ、膣《ちつ》と尻の穴が開閉を繰り返し、肢体が痙攣《けいれん》している。

その痙攣に合わせて艶やかな唇からは嬌声《きょうせい》が漏れ、それは別れる前の二人からはとても想像できない淫靡《いんび》な姿だった。

「んぅ、んふぅっ」

その艶やかな桜色の唇にも汚らわしい黒く濁《にご》った触手に塞《ふさ》がれ、喘《あえ》ぎとも苦痛とも取れる声が漏れている。

口が塞がれ、鼻息が乱れる様子はグラバルト最強の剣士として名を馳《は》せたフォーネリスという剣士の姿からは程遠い。そこには、倒すべき魔物に捕らえられ、凌辱される。ただの無力な女の姿しかなかった。

タイタニアも同様だ。

特に彼女は、魔力で肉体が構成され他種族ということもあり、魔力のほとんどを吸収された状態では今にも死んでしまいそうな弱々しい姿を晒《さら》してしまっている。

そんな、抵抗する術《すべ》を失くしたフォーネリスとタイタニアを体内に取り込んだままブラックウーズは神殿の奥へと進んでいく。スライムの動きに迷いはなかった。

すでにこの神殿全体にその触手を伸ばし、全容を把握《はあく》している。ある意味、神殿全体に擬態《ぎたい》しているともいえるのかもしれない。

床、壁、石像、天井。長く使われず、埃《ほこり》を被《かぶ》っていた調度品《ちょうどひん》。

その全部ではないが、多くに擬態したままのブラックウーズの分身たちによって神殿内の地図を理解している。

だからこそ、フォーネリスを捕まえているスライムは迷うことなく目的の場所へ進んでいた。

（く、そっ。マリアベルは、メルティアは無事だろうか……）

犯されながら、フォーネリスは親友の娘たちを心配する。

国を追われた彼女たちの傷を癒《いや》すためと思って神殿に案内したというのに、こんなことになるなんて……予想していなかったとはいえ、本当に申し訳なく思う。

（タイタニア。なんとか耐えてくれ……っ）

そしてすぐ隣。今にも消えてしまいそうなほど弱々しい姿を晒す妖精の女王を心配する。

どうにかしてこの危機を乗り越えなければ……フォーネリスはまだ希望を諦めていない。

しかし、いくつかの曲がり角を越え、通路を進んだ所でその紅色の瞳が驚愕に見開かれた。


――壁に張り付けにされたメルティアの姿があった。


「むぅぅうっ⁉」

触手に口を塞がれたまま、フォーネリスは喉《のど》が裂けんばかりに声を張り上げた。

エルフの女王、レティシアの血を濃く受け継ぐ姫メルティア……すでに武器である短杖はその手から失われ、子供のように泣きじゃくりながら触手の動きに合わせて腰を前後させている。

（いや、違う……）

磔《はりつけ》にしている粘液が蠢《うごめ》き、強制的にメルティアの身体《からだ》を上下させているのだ。

その屈辱《くつじょく》にメルティアは泣きじゃくり、そこにはもうマリアベルの手を引いていた姉としての姿はどこにもない。

「フーッ、フーッ……」

あまりの怒りに鼻息が荒くなり、酸欠で余計に顔が赤くなる。

何より悲惨《ひさん》なのは、彼女の胸だった。

元からフォーネリスほどではないけれど、同年代の少女と比べるとはるかに豊かな盛り上がりを見せていた胸元は、下着の拘束《こうそく》から解放されたとはいえ、その大きさを二回りほど増している。

原因は、乳首の乳腺から侵入している触手だ。

遠目からは見えないほどの細さに枝分かれした無数の触手が乳房の内部へ侵入し、外と内から彼女の胸を犯していた。

乳房の中に吐き出された麻痺毒《まひどく》がその痛みを鈍らせ、感度だけを際限なく昂《たかぶ》らせているのも一因だろう。

メルティアは胸の内側を犯されるという異常な状況に絶望し、乳房と同じく一回り以上も大きくなっている乳首の表面から極細の触手が出入りする度に自由になる両足を突っ張らせ、まだ穢されていない陰部から失禁でもしたかのように愛液をしぶきのごとく噴き出してしまう。

とても一国の姫がするような表情ではなく、フォーネリスは親友の娘が浮かべる泣き顔に胸が締め付けられる。

「んーっ、ぅんーっ!!」

それを止めさせようとフォーネリスは身体を暴れさせ、メルティアを助けようとした。

——だが。

「んふぅ!?」

膣に入り込んだままの触手が強く子宮を突き上げるだけで、発情させられたフォーネリスの身体は絶頂し、勢いのない潮を吹いて身体を何度も痙攣させた。

(く、そ……くそ、ぉ……)

フォーネリスは心の中で悔《くや》しさの涙を流す。

だが、メルティアが生きていることを確認し、安堵《あんど》の息も吐いた。とても無事とはいえない状況だが、生きているだけで救いがある。

(マリアベルは、逃げられたのだな)

その場にもう一人の親友の娘、姉よりも勇者の血を濃く受け継いだ妹——黒髪の姫の姿がないことに、拘束され、犯されたままだったが、フォーネリスは少しだけ救われた気分になった。

だが、それも一瞬だけだ。

「ふ、うぅっ!?」

フォーネリスを運んでいたスライムがメルティアの傍まで移動すると、壁に張り付けられていたメルティアが下ろされた。

普通ではありえない、胸の内側まで犯されていたメルティアの疲労は凄《すさ》まじく、解放されて床に下ろされたというのに彼女は逃げ出す素振りすら見せない。

床に突っ伏し、下着に包まれている下半身を無様に痙攣させている。

そして口元から薄汚れた粘液の触手が引き抜かれると、「かはっ」と口内に溜まっていた腐液を吐き出した。

「フーッ、フゥウーッ!!」

(メルティア、逃げろ！　逃げてくれっ!!)

口を塞がれたままのフォーネリスが必死に声を上げるが、疲労と酸欠で朦朧《もうろう》としているメルティアは反応を示さない。

そんなメルティアの下半身に向かって、一本の触手が向かう。……目的は明らかだった。

「フゥ!!　ンゥウウウ!!」

(だめだ、ダメだダメだ!!　目を覚ませメルティア！)

そこに来て、フォーネリスは今まで以上の力で口内の触手に噛《か》みついた。獣人特有の発達した犬歯を突き立て、粘液に捕らわれている両腕に力を籠《こ》める。

それでもスライムの拘束はほどけず、むしろ抵抗したことで、捕らえた獲物はいまだに余力を残していると判断したスライムは彼女を嬲《なぶ》る動きを加速させた。

粘液の中で爆乳を嬲っていた粘液が、膣《ちつ》と尻穴を穿《うが》つ触手が、その動きを速めたのだ。

「ふブゥぅぅうう!?」

口内の粘液に咽《む》せながらの絶叫。フォーネリスは目を見開いたまま顔を仰《の》け反《ぞ》らせ、また絶頂。

だが、今度は諦めが滲《にじ》んだ絶頂ではない。

目の前で親友の娘が犯されそうになっているというのに絶頂してしまう、自分の情けなさを痛感させられながらの絶頂だ。

脳の奥が痺《しび》れるような深い快感を味わいながら、しかしフォーネリスはその意識を飛ばさずに仰け反らせた首を元の位置まですぐに戻す。

「フーッ、フゥーッ……」

深い絶頂を味わいながらも彼女はブラックウーズを睨《にら》みつけた。粘液の中で、鍛えられた筋肉が一回り膨《ふく》らんだようにすら見える。

だが、そんな獣人の筋力をもってしてもブラックウーズの粘液体は引き千切《ちぎ》れず、それどころか僅《わず》かも緩《ゆる》みはしない。

（メルティア、メルティア!!）

心の中で叫ぶが、しかし絶頂と異種からの凌辱《りょうじょく》で疲弊《ひへい》したメルティアは完全に気絶しており、近寄ってくる触手にまったく気付いていない。

黒のレースで飾られた桃色のショーツに薄汚れた触手が迫り、その股間部《こかん》に触れた。

処女の恥肉が柔らかく歪み、ショーツに卑猥《ひわい》な皺《しわ》が刻まれる。

「ん……」

そこで、メルティアが小さな呻《うめ》き声を上げた。

僅かに身を捩《ね》じらせて無意識にその刺激から逃げようとするが、その動きがそれ以上大きくなることはない。精々《せいぜい》が尻を左右に振る程度でしかなく、新たに伸びた別の触手が細腰に絡みつくとその抵抗も封殺されてしまう。

「むぅう、うぐぅううう！」

（タイタニア、起きろ！　なんとかしてくれっ！）

「う、うう……」

しかし、フォーネリスの横で同じように犯されているタイタニアは、酷《ひど》い状態だ。

膨大《ぼうだい》な魔力はほとんど底をつき、その背にある魔力で編まれた羽すら今にも消えてしまいそうなほど弱々しく瞬いている。

これが消えてしまったら、妖精は終わりだ。

羽は空を飛ぶだけでなく、大気中から魔力を集める器官でもある。

ソレが失われてしまえば、タイタニアはもう魔力を回復させることができない。後は、肉体を構成する魔力を使い果たして、消えてしまうだけ。

ソレが分かっているだけに、フォーネリスはタイタニアに助けを求めながらも、悲しさで表情を曇らせてしまう。

(だめだっ、タイタニアにはこれ以上頼れないっ)

「ん、ぅ……」

フォーネリスが内心で焦っていると、メルティアがまるで眠っているような声を上げ……。

「ん――ぎ、ぃぃ!?」

うつろだったメルティアの意識が痛みで覚醒《かくせい》した。

目は見開かれ、表情が驚愕《きょうがく》に歪む。彼女は自分が何をされたのか分からなかった。

身を貫かれるような痛みだけが鮮明で、肉体は快楽に滲んだまま。自由にならない両手で身体を起こそうとするが、膣から送られる鋭い痛みでそれすらもまともに行えない。

肌に張り付くドレスの感触を煩《わずら》わしく思いながら懸命に身体を起こすと、まるで自分の下半身から触手が生えているような光景が視界に映った。

「あ、あ、そん……ぅ、ぅうっく――ふ、ふん。その、くらいで……っ」

強がりだ。

目には涙が浮かび、言葉は震えている。今にも泣きだしそうな声だったが、しかしメルティアは嗚咽《おえつ》を漏《も》らさずにブラックウーズの一部を睨みつけた。

そんなメルティアの反応など無視し、処女を奪った触手は前後運動を開始し始める。

胸の触手は二回りほどに膨《ふく》らみを増すと、牛のように垂れ実った乳房に触手が絡み付いた。

……それは本当に、搾乳《さくにゅう》だった。

根元から先端へ。絡みついた触手が器用な動きで四《よ》つん這《ば》いになっているメルティアの豊乳を揉《も》み解《ほぐ》すと、乳房の中に溜まったスライムの粘液が拡張された乳腺から噴き出したのだ。

「う、ぐっ」

麻痺毒で痛覚が狂わされ、痛いはずなのに疼《うず》きしか感じない。

快感とはとてもいえない刺激だったが、しかし膣から感じる破瓜《はか》の痛みを紛《まぎ》らわすには十分。

メルティアの意識が胸に向き、下半身の痛みが思考の隅に追いやられる。

「んぅぅ！」

「え？」

そこで、必死に声を上げたフォーネリスの姿に、ようやくメルティアは気付いた。

声がした方へ視線を向けると、そこには全身がブラックウーズに取り込まれ、首から上だけが無事という格好で拘束《こうそく》されているフォーネリスの姿。

そんなフォーネリスは今も粘液の中で膣肉と尻穴を犯され、二回りほど膨らんだメルティアよりも大きく実った爆乳を揉み歪められていた。

その隣では同じようにスライムの粘液の身体《からだ》の中に捕らわれたタイタニアが犯されていて、こちらは嬌声《きょうせい》を上げる体力すらないようで、ただ上下に揺れている。

(だいじょう、ぶ、だったんだな)

その瞳はそう訴えているようでもあった。

口が封じられてメルティア以上の酸欠で意識を失いそうになりながらも、彼女は懸命にメルティアの無事を安心している。タイタニアを心配している。

その姿にメルティアは胸が締め付けられ、一筋、涙を零《こぼ》す。

「フォーネリス様、タイタニアさん……」

無事だったことに喜び、そしてこの神殿へ行きたいと言い出したのは自分たちなのだ、と理解して悲しくなる。

巻き込んだのだと、そう思ってしまう。けれど、フォーネリスは唯一自由になる首を僅かに横に振った。メルティアにも、横に振ったように見えた。

意識の疎通《そつう》でメルティアとフォーネリスはお互いを心配し合い、そして無事に安堵《あんど》する。

けれど、ブラックウーズにとって母体たちのそのような行動などなんの意味もなかった。

「く、や、やめて――やめてぇぇ!!」

「ンゥゥウウ!?」

ブラックウーズは更にメルティアの奥へ侵入すると、子宮の入り口を優しく小突いた。

そこが膣の終着点だと理解し、それ以上は進めないと訴えるメルティア。

そんなメルティアの反応に言葉にならないまま「やめろ」と叫ぶフォーネリス。

自分が犯されるよりも胸を締め付けられる光景にフォーネリスは全身を強張《こわば》らせ、しかしその行動は強い締め付けとなって胎内《たいない》の触手を喜ばせるばかり。

そしてメルティアは、子宮の入り口を小突かれたかと思うと、今度はそれを何度も繰り返されてしまう。処女だった彼女の初めての子宮への刺激に膣肉が反応し、子宮の入り口を小突けば小突くほどに心地好い締め付けとなって触手を刺激するのだ。

「ち、ちからが……」

ついには極度の疲労によって身体の芯から力が抜け、メルティアはまた顔から床に倒れ伏した。腰は触手に支えられたままなので、背後に尻を突き出すような格好だ。

触手が桃色のレースショーツを大きく横へ動かすと、尻穴までが丸見えになってしまう。

スライムは躊躇《ためら》いなくメルティアの尻穴まで貫き、つい数分前まで処女だった美姫《びき》に対し二穴を同時に凌辱し始めた。

「……くぅうぁあああっ!?　そんなっ、そんな……ぁっ！」

メルティアの状態など無視して。まるで玩具《おもちゃ》で無邪気に遊ぶ子供のように。

ブラックウーズはメルティアを凌辱し、その様子をフォーネリスに見せつける。

いつの間にかメルティアの下半身はフォーネリスの方に向けられ、無残に貫かれた膣と肛門《こうもん》までが彼女には丸見えになっていた。

「ふっ――ふっ――」

真っ白い、穢《けが》れを知らなかった肌が薄汚れた粘液に穢されている現実。守らなければならない親友の娘の艶姿《あですがた》を見せつけられる屈辱《くつじょく》。

それはまさに、フォーネリスにとっての敗北だった。

快楽とは違う悲しみの涙が溢《あふ》れ、頬《ほお》を濡らす。鼻息は小さく、短く。

それでいて与えられる快感には敏感に反応し、けれど絶頂の顔を隠す余裕もなくフォーネリスはメルティアの姿に見入ってしまう。

この光景を忘れないために。守れなかった屈辱と怒りを覚えておくために。

それは意識を朦朧《もうろう》とさせながら犯されているタイタニアも同様だ。

嬌声《きょうせい》を上げる体力すら失いながらも瞳を開き、凌辱されているメルティアを見る。

(ころしてやる)

いつしか、フォーネリスとタイタニアはそれだけを考えるようになっていた。

ブラックウーズを憎み、憎み、憎み――けれどもその肢体《したい》は与えられる刺激に絶頂し、時折意識がトびそうになる。

フォーネリスは唇を噛《か》もうとして、口内の触手を噛み千切る強さで歯を立てた。

第七章 ― 英雄の娘

「は、はっ、はっ……う、ぅぅ」

古びた神殿の通路を走っていたマリアベルは呼吸を整えるために立ち止まると、ついにそのまま膝から崩れ落ちてしまった。

肩が震え、頬を伝って涙が零れる。

「お姉様、みんな……」

ブラックウーズに取り込まれた護衛の騎士たち。自分たちを逃がすために天井を崩したフォーネリス。そして、捕まってしまった姉とタイタニア。

そのことを思い出すとメルティアの瞳には涙が溢れ、それは石床の上へ黒い染みとなっていった。

戦うということがどういうことかは知っていた。仲間がいて。犠牲《ぎせい》があって。……そして、絶対に勝たなければならない。……負ければ死――それが常識だった。

けれど。

「助けないと」

疲労が溜まり、気力が薄れた声で呟《つぶや》くと、ドレスの袖《そで》で目元を拭《ぬぐ》いながらマリアベルは立ち上がった。

けれど、その常識は覆《くつがえ》った。変化した。ブラックウーズは子孫を、仲間を、同族を増やすために女を必要とする。

男は取り込み、女は犯して子を産ませるのだ。話は聞いていたが、それでも現実を目《ま》の当たりにしてマリアベルには希望があった。

魔物に身体《からだ》を穢《けが》されたとしても、まだ姉は、そしてフォーネリスたちも生きているのだと。

だから助ける、と口にして、マリアベルは自分を奮《ふる》い立たせる。

そう。助けることができるのだ。

死んでいないのだから。生きているのだから。

そして、それができるのは自分だけなのだと。

「もう少し、だよね?」

なるたけ足音を立てないようにして、歩く場所は左手の護身用の短剣を使いながら手探りで。

慎重にさえなっていれば、今の自分なら反応できると踏んでの行動だ。

先ほどの襲撃前にだって、一緒に奥へ向かって進んでいた仲間たちの息遣い、緊張感、意識が向いている方向……そんなものがなんとなく分かっていたような気がする。

時折また零れそうになる涙を袖で拭うと、冷たい感触。ドレスの袖が湿ってしまうくらいの涙を流したのだと気付き、マリアベルはゆっくりと息を吸って、吐いた。

「私が助けるんだ」

勇者の娘として見られていた。求められていた。

父親と同じ黒い髪と黒い瞳。血を継いだ娘なのだと、物心が付いた時には周囲が自分に求めていたことに気付いていた。

顔も知らない父親の代わりを求められても、どうしたらいいのか分からない。母親譲《ゆず》りの魔力を有しながら、自分には魔法の才能がないことも五歳になる頃には理解していた。

勇者の娘として。偉大な魔導士の娘として。

この世界にただ一人の黒髪の娘にとって、その願いは重すぎたのだ。

同年代だけではない。周囲の大人たち、永く生きた老人たち。

その全員が自分に理想を押し付ける。そんな世界は嫌いだった。

けれど国が滅び、人々の傷付いた姿を見た時、その理想に応えようとも考えてしまったのだ。

マリアベルは善人だ。お人よしだ。

それは、厳しくも優しい母と、そんなマリアベルの悩みを理解し、同じ目線で世界を見て、背中をいつも押してくれた姉の存在があったから。

結局、人の成長、性格など、生まれや血筋ではなく周囲の環境だ。

彼女が曲がらず、多少性格を暗くしながらも真っ直ぐな人として成長できたのは、母親と姉のお蔭《かげ》だった。

だから、その両方を奪おうとするスライムを許さないと――泣いていた瞳に闘志が宿る。

マリアベルは、母と、姉と、仲間と、苦しむ民たちのために怒る。

グツグツと、今まで生きてきた人生で初めて、他人から無茶を望まれた時でも湧き上がらなかった熱いモノが胸の奥に生まれる。

その激情を胸にマリアベルは奥へと進んでいく。姉を助けなければと逸《はや》る気持ちを抑え、自分が絶対に助けなければいけないのだと自覚し、ゆっくりと、慎重に。

そうやって集中しながら神殿の左端を進んでいるマリアベルの少し先を、動くものがあった。

蜘蛛《くも》だ。

この神殿を住処《すみか》にしているのだろう、手の平に載るくらいの大きな蜘蛛が石壁を上っていくのが目に映る。

「――っ、――」

上がりそうになった悲鳴を呑《の》み込んで、マリアベルはゆっくりと息を吐く。

蟲《むし》は苦手だった。

単純に、沢山《たくさん》ある脚や体にある意味不明の模様が気持ち悪いから。

マリアベルはその蜘蛛が壁を上っていくのを待ってから、進むのを再開。短剣で壁を小突きながら進んでいくと、不意に、空気が変わったような気がした。

周囲は暗いままだ。

奥へ進むごとに壁に備えられた松明《たいまつ》の数は減っていき、今マリアベルがいる場所は十数歩の間隔で一本が置かれている程度。

その暗闇の中で、空気が変わる。

僅《わず》かに風が吹き、黒の前髪を揺らすソレが少し湿ったような気がした。

「ここが、奥？」

その通りだった。

ブラックウーズに破壊された天井からの光は、すでに途絶えている。

しかし、女神が降り、聖剣が安置されていた場所。その清浄な空気は僅かも損なわれておらず、これまで進んできた神殿の通路の空気とはまったく違っていた。

これまで歩んできた通路とは違う、雰囲気《ふんいき》でそうと分かるほど穢されていない空間。

「……そん、な」

傍にあった松明を一本握り、マリアベルは足早に奥へと進んだ。崩れた天井の破片の傍まで来ると、膝をつく。……表情にあるのは、絶望だ。

そこには剣など一本もなく、最奥だと証明するものもない。

けれど、マリアベルには分かった。感じられた。何故？

見たわけではない。けれど確証がある。肉体が。血が。魂とでもいうべきものが。身体の奥底にあるなにかが訴えている。

ここが最奥で。ここに父親の剣があることを。

見上げるほどの高さがある天井、その天井まで塞《ふさ》いだ瓦礫《がれき》の下に。

「――お姉様、お母様」

マリアベルに迷いはなかった。

手に持っていた短剣と松明を床に置くと、彼女は躊躇《ためら》いなく瓦礫を動かし始めた。

少女の細腕だ。重く大きな岩は転がすようにして動かし、小さな岩は持ち上げて少し離れた場所へ運んでいく。

不思議なことに、乱雑に岩を動かしているというのにこれ以上の大きな崩落は起きなかった。

奇跡なのか、それとも女神と勇者が助力したのか。

「はあ、はあ」

息を乱しながら、指先を痛めながら。爪を割っても、手の平を切っても。

それでもマリアベルは躊躇わず、瓦礫を動かしていく。

ただ一心に。助けるために。最愛の姉を。自分たちを逃がすために別れた母の親友を。明るくて賑《にぎ》やかな妖精を。そして、今も国に残る母親を。国の民を。

マリアベルは瓦礫をどかし――どれくらいの時間が経っただろうか。

黒いドレスと白磁《はくじ》のように真っ白だった手は土と埃《ほこり》と血で汚れ、その姿は痛々しい。

汚れていない場所などない。――けれど。

「……あった」

ついに、瓦礫から顔を覗《のぞ》かせた。

美しい宝玉がはめ込まれた剣の柄。飾りは黄金色。柄を保護するのは長く使われてボロボロになった布。

聖剣を飾るには薄汚いようにも感じるその布は、しかし父が――勇者が戦場を駆けた証《あかし》だ。

沢山の血と汗を吸った証拠だ。

勇者だけではない。その仲間たち。共に戦った戦友。倒した魔物。そして、魔王。

それらの生命が染み込んだ布。マリアベルは恐る恐る、その柄に両手で触れる。

抵抗はない。むしろ、その柄はマリアベルの手によく馴染《なじ》んでいるような気さえする。

「――っ」

爪が割れてしまっている指先が痛み、小さな声を漏《も》らしてしまった。

痛い。焼けるようだ。指先の感覚が鈍いように感じるけれど、声が出るほど鮮烈に痛む。

いったん柄を放し、今度はゆっくりと。少しずつ力を入れて剣の柄を両手で握った。

「…………」

ただ、握っただけだ。特別なことは何もしてない。

けれどマリアベルは、自分の心臓が高鳴っていることを理解する。その大きな高鳴りはまるで耳元で銅鑼《どら》が鳴らされているように感じた。

ドクンドクン、と。ドンドン、と。

心臓が痛い。高鳴りというよりも、暴れているといった方が正しい鼓動。

その心臓が命ずるままに、マリアベルは両手で持つ聖剣の柄を今以上に強く握る。

強く、強く――強く。

指先の傷から血が零《こぼ》れる。柄を飾る布に新しい染みができる。

赤い染み。血の染み。命の染み……。

それが証明だった。勇者の証明。勇者の娘であることの証明。血。血液。

「あ」

出た声は、とても間の抜けたモノだった。

直後、マリアベルが見ている世界が揺れた。

視界から瓦礫の山と美しさを取り戻しつつあった勇者の聖剣が消え、身体から力が抜ける。

全身の痛みに――自分が床を転がっているのだと理解した。

(殴《なぐ》られた!?)

何から？

考えるまでもない。転がる勢いを利用して立ち上がろうとしたが、それより早くマリアベルは背中を強《したた》かに石壁へぶつけて一瞬意識が遠のいてしまう。

乱暴に頭を振ってすぐに意識を取り戻すと、視線を前に。

通路の中央で見つけた聖剣は遥《はる》か先。彼女は一瞬のうちに通路の左側にまで噴き飛んでいた。

そして視線の先、つい数秒前までマリアベルがいた場所には――天井から触手が伸びている。

聖剣に意識を集中していたマリアベルに気付かれないよう、天井に張り付いたスライム。

マリアベルが瓦礫を片付け、聖剣を見つけるまで、身動《みじろ》ぎをせずただじっと身を潜めていた。

大きさはまだ魔法学院の学生であるマリアベルが両腕で抱えることができる程度。それほど大きくはない。

ブラックウーズは聖剣へとその触手を伸ばし――。

「やめてっ！」

マリアベルは父の聖剣を穢《けが》されることに激昂《げっこう》し、素手で触手に摑《つか》みかかろうとした。

なんの策も、武器もない状態での行動にブラックウーズは脅威《きょうい》を感じず、ただただ反射的に身体から伸ばした触手で薙《な》ぎ払う。

「きゃぅ!?」

そのまま暴風に吹かれる枯れ枝のように石床の上を転がり、その際に身体の至る所をぶつけたマリアベルは勢いが止まると我慢できずに咳《せ》き込んでしまう。

だが、運が良かった。

吹き飛んだ先には先ほど手放した短剣と松明が転がっていた。松明の火はまだ消えていない。

マリアベルは立ち上がると、右手に短剣を、左手に松明を構える。

「お父様の剣から離れなさいっ！」

マリアベルは臆することなくそう叫んだ。

誰もいない神殿の通路に、その凛《りん》とした声が木霊《こだま》する。

短剣の刀身を垂直になるよう持ち替え、松明を前に突き出す。

魔法が使えないマリアベルにとって、松明の火はスライムに対抗する唯一の手段だ。

松明の弱い明かりだけでは通路の一角だけしか照らすことができず、ブラックウーズの姿がうっすらと見える程度。

その姿に、マリアベルは固唾《かたず》を呑《の》む。ブラックウーズ。スライム。

魔王の脅威に脅《おびや》かされていた十数年前の戦士たちが、最弱と格付けした魔物。

しかしその最弱だった魔物の姿を見ると、聖剣に触れて高鳴っていた心臓が鷲摑《わしづか》みにされてしまったかのように静まった。

それは……恐怖だった。

魔法は使えない。武器らしい武器も持っていない。なにより――コレは、国を一つ滅ぼした。

「ふっ、ふっ……」

荒い息が抑えられない。……恐怖に短剣の切っ先が震えていた。

マリアベルの声には反応せず、ブラックウーズは敵が近寄ってきた時に反応するための触手を一本だけ作り出したまま、聖剣へ無数の触手を伸ばした。

「やめ――」

松明の光が届かない場所での行動にマリアベルの声が一瞬遅れ、しかしブラックウーズの触手は空中でまたしても消滅した。

灰すら残らない。粘液で作られた触手は消滅し、消えていく。

先ほどと変わらない。ブラックウーズ以外が触れたことで自分でも触れるのではと考えたのだろうが、不可能だった。

そのことに、感情がないはずのブラックウーズは僅《わず》かだけ動きを鈍らせる。

――落胆、したのかもしれない。

自分を殺すことができる能力。消滅させることができる力。

自分の天敵ともいえる魔法の力すら取り込み、理解し、自分の力にしたブラックウーズだからこそ、新しい力を望んだ結果。

けれどその力はいまだ手中に収まらず、その柄にすら触れることができない。

ブラックウーズにはその剣が『聖剣』と呼ばれる特別な勇者の剣だと理解していた。理解していたが、その本質には至っていない。

聖剣の本質は討魔《とうま》だ。魔を討つ剣。魔の天敵。

故に『魔』であるスライムには手に入れることも触れることもできない。……だが、と。

ブラックウーズは敵を迎え撃つ触手の量を増やした。背面――いや、マリアベルへと意識の向きが変わったことで、すでに前面といえるのかもしれない。

まあ、顔も目もない生物なのだから、前後の概念《がいねん》すら存在しないのだろうが。

そしてマリアベルも、ブラックウーズの敵意が自分に向けられたことを自覚した。

汗が噴き出し、心臓が高鳴る。

聖剣に触れた時とは違う、胸を締め付けられるような苦しさに、彼女は数歩後ろへ下がった。

「くっ」

だが、その後ろからも粘着質な音が響いていることに、今更になってようやく気付く。

聖剣を掘り出すことに集中し過ぎて、メルティアを襲っていたのとは別のスライムが向かってきているのだと感じる。

マリアベルに退路はなかった。

元より逃げるつもりなどなかったが、退路がないことで不退転の決意が固まったのも事実だ。

右手の短剣を握り直し、左手の松明《たいまつ》を強く持つ。

切っ先の震えはすぐに止まった。

(死ぬわけにはいかない。負けるわけにもいかない)

自分がこの場をどうにかしなければ、姉も、母の親友も、母も、国も、終わってしまうのだ。

そう自分を奮《ふる》い立たせて。

「うわあああああ！」

マリアベルは自分を鼓舞するように大声を上げながら、聖剣への道を塞《ふさ》ぐブラックウーズに突撃した。

それは、誰が見ても無謀《むぼう》な行動だった。

攻撃が効かないスライムへ短剣と松明だけで正面から突っ込んだのだから。

案の定、ブラックウーズは伸ばしていた触手を横に薙いだだけでマリアベルを吹き飛ばし、彼女の細い身体《からだ》が宙を舞った。

「が、あ!?」

触手に薙ぎ払われたマリアベルは驚き、床で強《したた》かに打ち付けた腕の痛みに動揺《どうよう》するが、骨が折れたり、身体を痛めた様子はない。

すぐに起き上がると、彼女は何を思ったのか松明を床に置き、空いた左手でスカートを摑むと短剣でその生地を勢いよく裂いた。

裂かれたスカートに新しい深いスリットが刻まれ、メルティアと別れた時と合わせて、スリットが二つ。黒いドレスの下から雪のように白い肌が現れる。

「邪魔」

短く告げ、マリアベルはスリットの具合を確かめるよう大きく足を開いたり動かしたりする。

この場にメルティアや城の侍従《じじゅう》たちがいたら、はしたないと慌てて止めるだろう。はしたない仕草も、しかし今は止める者がいない。

見る者がいないのだからと次の動きを乱暴に考えるマリアベルは、スリットの隙間《すきま》から下着が見えてしまうのも構わず腰を大きく落とした。

この神殿へ来る前に、フォーネリスに剣の使い方を教えてもらった時の構えだ。

あの時はスカートが邪魔で動きづらかったこの構えだが、スリットが作られた今はぼうっと立ったままの状態よりも重心が低くなり、咄嗟《とっさ》の攻撃に反応しやすいように感じる。

マリアベルは腰を低くしたまま呼吸を整えると、松明を拾って再度の突撃。

ブラックウーズはなんの変化もない行動に、先ほどと同じく触手を横薙ぎにして迎撃。

今度はそのまま捕らえようとしての行動だったが、しかしマリアベルはその攻撃を更に腰を低くして——顔が地面に付きそうなほど上半身を低くして避けると、そのまま頭上を通り過ぎようとする触手を短剣で切り払った。

マリアベルを必要以上に傷付けない為、それほど太さがなかった触手だ。

短剣の短い刃と素人《しろうと》の斬撃でも横薙ぎの勢いを利用して切断。

そのまま触手の半ばから先が宙を舞い、まだブラックウーズの粘液に覆《おお》われていない石壁にぶつかって粘り気のある音を立てながら潰れた。

（よしっ）

マリアベルはその後を確認しないまま更にブラックウーズへ接近し、しかしブラックウーズは一瞬で数えきれないほどの——数十本もの触手を生成。

面食らったマリアベルはブラックウーズへの接近を恐れて身体が強張《こわば》り、しかし鍛えていない足は咄嗟の行動に反応できない。

止まろうとする身体と進もうとする下半身が反発し、駆けていた勢いのまま床に転倒。肩から倒れて顔だけは庇《かば》ったが、しかし勢いが強過ぎて意識がトびそうになる。だが、結果的にそれが幸運だった。

ブラックウーズが作り出した数十本の触手は一瞬だけマリアベルを見失い、その間に転倒した分の間合いを詰めることに成功。

そしてマリアベルは、ほとんど本能で左手に持っていた松明をブラックウーズの身体へと突き刺した。

粘液の身体だ。太さのある松明でも簡単に突き刺さり、その先でついていた火は一瞬で鎮火。しかし、炎の熱に体液が蒸発すると、ブラックウーズは全体の動きを僅かな間だけ止めてしまう。魔法を克服し、炎にも氷にも耐性を得たブラックウーズだが、それは同じく魔力を用いた防壁で守ってこその話だ。

身体に直接炎を突っ込まれると他の生物と同じように全体が硬直し、人間を取り込んで意思のようなものを手に入れているブラックウーズは『痛みのようなもの』を感じてその粘液の身体を数回だけ震わせた。

だが、それも一瞬だ。

ブラックウーズの国すら飲み込む質量からすれば微々たる刺激。虫に刺されたようなもの。

だが、ブラックウーズを倒すつもりがなかったマリアベルは、その一瞬でスライムの横をすり抜けて聖剣へ手を伸ばし——その指先が剣の柄へ触れようとした時には、ブラックウーズの触手に捕らわれてしまった。

背中を押すようにマリアベルの身体が石床に押し付けられるとうつ伏せになりながらお尻を後ろに突き出した体勢となり、腰に、足に、伸ばした腕に、触手が絡みつく。

「う、は、放してっ」

無事な肩と首、そして後ろへ大きく突き出したお尻だけを必死に暴れさせながら、マリアベルは声を上げた。

髪の色に良く似合う真っ黒なドレスに彩られたお尻が大きく左右に揺れ、暴れたことで乱れたスカートからドレスや髪の色と同じ黒色の下着が時折覗《のぞ》く。

下着の露出を気にする余裕もなくマリアベルは暴れたが、しかしいくら勇者の血を引く少女でも、こうも頑丈に拘束《こうそく》されてしまっては逃げ出す余裕がどこにもない。

そうしている間にも肘や膝が硬く床に縫《ぬ》い留められ、抵抗が徐々に小さくなっていく。

かろうじて火が消えた松明と短剣だけはまだ握ったままだったが、それでこの状況を打開できるはずもない。

拘束された時点で、詰みだった。

勝ち目が消える。

拘束されたマリアベルに抵抗する手段はなく、ブラックウーズがそれ以上何もしなくても、暴れた彼女はそれだけで体力を消費してぐったりとした。

「はあ、はあ」

そもそも、今まで身体を鍛えていなかった王族だ。その体力は年頃の少女程度でしかなく、一度緊張の糸が切れると今まで溜まっていた疲労感が一気に襲い掛かってくる。

息を乱し、汗を流しながらマリアベルは正面を見た。

少し手を伸ばせば瓦礫《がれき》の隙間から見える聖剣の柄に手が届きそうなのに……それが難しい。

マリアベルは必死に右手を伸ばそうとするが、魔法も使えない少女の細腕ではブラックウーズの拘束を抜け出すことなど不可能で、右腕が強張る程度の反応しか示せない。

それでも懸命に右手を動かそうとして、細くしなやかな指先が痙攣《けいれん》するように震える。

（あとっ、すこしっ、なのに……っ）

マリアベルは必死に聖剣の柄を見上げながら、床を這《は》うような格好で腕を伸ばそうとする。

そんなマリアベルの必死さに何かを感じたのか——完全に捕らえたというのに、ブラックウーズは彼女を拘束する触手を増やした。

唯一自分を滅ぼせる武器——その武器に触れることができる存在を、脅威《きょうい》と感じていた。

……だが、マリアベルがどれだけ暴れても、聖剣がすぐ目の前にあったとしても、触れることができなければなんの意味もないのだ。

ついに神殿に来た全員がブラックウーズに拘束され、男たちは取り込まれてしまった。

暴れて体力を使い果たしたマリアベルはその事実に顔を歪め、それでも必死に手を伸ばそうとする。微かな抵抗。無意味な行動だ。……後は犯して子を産ませるだけ。

だから不要な拘束を行うよりも、魔物、生物としての本能に従って行動を開始する。

つまり、生殖《せいしょく》だ。

「うあ!? このっ、やめ——やめなさいっ!!」

姉のメルティアすら聞いたことのないような鋭い声が他に誰もいない神殿の通路に響く。

マリアベルは首を後ろへ向けながら、しかし真後ろまで首が回らずにブラックウーズの姿を視認することができない。

しかし、自分に何が起きているのかは理解できた。

お尻にひんやりとした空気が当たり、汗で蒸れた肌を急速に冷やしていく。

直接触れる空気の流れを敏感に感じ——自分のスカートが捲《めく》られたことを理解しての声。

通路の両壁に残る淡い松明の明かりの中で、白い肌と対照的な黒のショーツが丸出しになる。

大胆《だいたん》な意匠《いしょう》ではなく、たくさんのフリルで飾られた少女らしい可愛《かわい》らしさを気にした下着だ。左右は紐結びで、中央にある白のレースで編まれたリボンが可憐《かれん》さを際立《きわだ》たせる。

汗で湿った下着はぴったりとお尻に張り付き、いまだ粘液に穢《けが》されていない白い肌が浮いた汗でうっすらと濡れ光っているように見える。

「ひっ!?　いやっ!?　いやぁぁああ!?」

次の瞬間、冷たい空気が触れていた下半身が粘り気のある粘液に包まれた。まるで下半身を丸呑みされたかのような感触だった。粘液の中で深いスリットを刻まれたドレスのスカートが浮力に従って浮き上がり、ゆらゆらと揺れる。

一瞬でドレスに、下着に、ブラックウーズの粘液が染み込んでいく。

まるで毛穴から体内に入り込んできそうな汚辱感は、魔物どころか同族の男ともまともに触れ合ったことのないマリアベルの精神を疲弊《ひへい》させるには十分だった。

まだ取り込まれていない背中、首筋、両腕に鳥肌が立ち、乱れていた呼吸が引き攣《つ》るようなソレへ変化していく。

「ひ、ひっ、ひっ――」

（絡んでくる。まとわりついてくる――ヌルヌルしたのが身体《からだ》に……き、気持ち悪い……っ）

生暖かいものが下半身に纏《まと》わりつく感触がおぞましく、マリアベルは心の中で悲鳴を上げた。

歯の根が合わず、ガチガチと震えているのが分かる。

その震えが全身に広がるのにさほど時間は必要なかった。

動かない身体を必死に捩《ね》じらせ、なんとか粘液から脱出しようともがくマリアベル。

その様を見て楽しむかのように、マリアベルの周囲に無数の触手が作られる。床から、壁から、マリアベルが自由になる首を動かして確認すれば、視界を埋め尽くすほどの触手の群れ。

「……、………ぁ」

その数、その威容に心が竦《すく》み、悲鳴すら出なかった。

それでも、助けに来いと言って背中を押してくれた姉の表情を思い出すと、唇を噛《か》んだ痛みで活力を取り戻す。

(なんとかして、ここから逃げないと)

勢いなく身をよじり、粘液の拘束具を外そうとするマリアベル。だが——。

いまだ諦めないマリアベルをあざ笑うかのように、粘液に包まれた下半身——その中で作られた不可視の触手が剝《む》き出しの秘部を撫《な》で上げた。

「ひゃあ!?　ぁ……ぁあっ。そこ、そこは!?」

いまだ誰も触れたことのない神聖な女性器が下着の上から撫で上げられ、マリアベルは素《す》っ頓狂《とんきょう》な声を上げて首から上を強張らせる。

「そ、そこは駄目!?　触らないでっ！　そんなところ、触っちゃダメぇ！」

ブラックウーズに言葉など通じない。

下半身の粘液が音もなく蠢《うごめ》き、その度《たび》にマリアベルは全身を襲う怖気《おじけ》に喉《のど》が嗄《か》れんばかりの悲鳴を上げてしまう。

ニチャニチャという粘着質な音を立てながら、僅《わず》かに硬さがある不可視の触手を花弁に密着させ擦り上げてくる。

しかもそれは、性器だけではない。女性器と一緒に肛門《こうもん》までも舐《な》め上げ、同じように粘液に包まれている両足は靴《くつ》の中にまで侵食され、指の間に溜まった恥垢まで吸収されていく。

「ふ、うっ。んぅ……う、くぅ……」

（いやっ、いや、いや、いやぁ）

ブラックウーズは焦らなかった。時間をかけてゆっくりと、まずはマリアベルの下半身を解《ほぐ》していく。

フォンティーユが滅ぼされ、グラバルトまでの長旅――そして、遺跡の中を進んだ疲労。しなやかな美脚に溜まった疲労を癒《いや》すかのように粘液に包み込まれた両足が揉《も》み解されると、時間が経つ毎《ごと》に疲労感が消え、同時に嫌悪感が薄れていく。

見栄えは悪いが、一流のマッサージの如き心地好さ。

下半身の疲労が完全に抜ける頃には、マリアベルは嫌悪に見開いていた瞳を伏せ、僅かに熱を持った吐息を吐き出すようになっていた。

「このようなことで、感じるなんて……ありえない。ありえない……っ」

（ただ、気持ち悪いだけ――不快なだけっ。それだけっ）

しかし、マリアベルの心が完全に解れたと判断したブラックウーズは、今までより少しだけ強く股間《こかん》を舐め上げていた不可視の触手を押し付けた。

粘液の身体の中、外からは何もされていないように見える黒下着の股間部分が僅かに窪《くぼ》む。

「うあっ!?」

ビリッと、弱い電流が流れたような感覚だった。それでいて甘く、温かい、優しい刺激に思わず声を漏《も》らしてしまうマリアベル。

「んぁ――あっ、ぁ……んぅ」

(こんな!? これ、これ私の声!?)

自分が出す甘い声が信じられず、マリアベルは驚愕《きょうがく》する。

魔物に嬲《なぶ》られて気持ち悪いはずなのに、しかし悦《よろこ》び、受け入れてしまう自分の肉体が信じられなかった。

不可視の触手は一度だけではない。何度も、何度も、しつこいくらいに繰り返した。

その度にマリアベルの上半身はビクッと震え、指先が切なく床を掻《か》く。

短剣と松明《たいまつ》は、すでに握られていなかった。

マリアベルも意識しないうちにその手から零《こぼ》れ落ちてしまっている。

新しい触手が作られると、それは肛門を解すように刺激する。陰部と同じように舐め上げたかと思うと、下着が浮き上がるほど強く吸い上げられた。

「ふあ、ぁっ」

（お、しり。お尻でなんで!?　私はなんてはしたない声をぉっ）

肛門が、そこにある皺《しわ》の一本一本が揉まれ、引っ張られ、伸ばされた。

括約筋《かつやくきん》が少しでも緩《ゆる》むと腸内へ僅かな粘液が侵入し、しかしそれはすぐに外へ出る。軽い排《はい》泄《せつ》の快感に肛門の震えは強くなり、それが恥ずかし過ぎてマリアベルの目に涙が浮かぶ。

「こ、んなっ。こんなのでわたしぃぃ……」

（感じないっ、感じたりしないぃっ）

呼吸が乱れ、肌が上気し、ブラックウーズの粘液とは違う汗がうっすらと上半身を彩っても陰部を擦り上げる刺激は止まらず、ついには下腹部が熱を帯び始めた。

「い、やっ。違う、違う違う違う――こんなの違うぅ!?」

それを延々と、何度も、長時間続けられた。

どうやらマリアベルは肛門への刺激に弱いようだった。排せつ穴への刺激で感じてしまう羞恥心《しゅうちしん》がそうさせるのか、恥ずかしい行為を嫌悪し、同時に強く意識してしまっている。

それを察したブラックウーズは、マリアベルの肛門を起点に黒髪少女を嬲り続けた。

しばらくすると「違う」という言葉も発することができなくなり、ただ嗚咽《おえつ》のような小さな呼吸を漏らすだけになってしまう。

マリアベルの上半身は完全に力を失くし、床に突っ伏したまま荒い呼吸を繰り返す。なにもされていないのに僅かに硬さを増した乳首が石床に擦られて心地好い。

「んぁっ……ぁ、ぁっ、ぁっ」

そんな時間がどれくらい過ぎただろうか。

マリアベルの肢体《したい》は溶けに溶け、上半身は力なく石床に投げ出されたままビクビクと震えるだけとなり、ブラックウーズの粘液に包まれた下半身はお尻を天井へ突き上げた姿勢のまま見た目には何もない液体の中で陰部が窪み、尻肉が揉まれ、下着が揺れている。

そして——黒い下着のクロッチ部分が、横にずらされた。

秘すべき陰部が露《あらわ》になったことを感じ、マリアベルは羞恥と屈辱《くつじょく》に大粒の涙を落とす。

同年代の少女たちなら生えているであろう陰毛はとても薄く、産毛《うぶげ》がうっすらと生えている程度。ブラックウーズの愛撫《あいぶ》でも硬く入り口を閉ざしている処女の縦筋が丸見えになる。

それを晒《さら》されたことにマリアベルは一層顔を赤くし、だが拒絶の声を漏らす気力もなかった。

「ぁ……あ、あ!?」

(な、か。なか、中に……っ)

床に突っ伏したまま、マリアベルは目を見開いた。何かが体の中に入ってくる。

直に魔物の粘液が膣粘膜に触れたことで、マリアベルの意識が警鐘を鳴らす。

(どう、すれば。どうすればいいの。どうしたらいいの!?)

粘液が体内に入ってくるのが分かった。

快楽に解れ、溶かされた身体だったがそれだけは鋭敏に感じてしまう。

下着がずらされたことでその奥にある尻穴まで丸見えとなり、次に触手はそこにある穴にも狙いを付けた。

陰部と同じように長時間、同じ動作で延々と刺激され続けた尻穴は粘液の中で自分から勝手にヒクヒクと痙攣《けいれん》し、まるで次の刺激を待ち望んでいるかのよう。

不可視の触手が今度は直接そこへ触れると、マリアベルの排泄孔は勝手に緩み、触手を受け入れようとしていた。そこから粘液が侵入し、入り口から少し進んだだけですぐに出ていく。

次は先ほどよりも少しだけ多く。また出て、また少しだけ多く中へ。

何度も、何度も、繰り返す。少しずつその量を増やしながら。

排泄の刺激に意識を向けていると、処女穴へ僅かに入り込んだ触手がすぐに外へ出て、また中へ。処女膜を傷付けないように。

マリアベルの肉体も意識も驚かないように。

時間をかけて。ゆっくりと。処女の肉体だけでなくその意識も溶かしていく。

そしてその膣から少し上――女体の中で最も敏感だとされる器官。そこにも変化が起こっていた。下着に擦れる程度だけの刺激だったがそこにある肉真珠はぷっくりと確かに膨《ふく》らみ、包皮を押し退けて顔を覗《のぞ》かせていたのだ。

「あっ、あ、あ、あっ」

粘液で汚れた床に顔を押し付け、開いた唇から涎《よだれ》を垂らしながら、マリアベルは声を上げた。

下半身から送られる様々な刺激が、徐々に強くなっていく。

今まででも骨抜きにされるほど心地好かったのに、それ以上の快感が送られてくる。

いつしか、マリアベルの頭にある母と姉の姿が、うっすらとぼやけ始めていた。

（いや、だ。嫌だ、嫌だっ）

快楽と、そして悲しみでマリアベルは涙を流した。

灰色の石床に新しい黒い染みが作られていく。

快楽に溺《おぼ》れて家族を忘れてしまう――それが何よりも恐ろしかった。それと同時に。

（な、なか……膣内が熱い。膣内に入ってくる……うねうねしてる……ぅ）

刺激に解された膣穴は侵入者をあっさりと受け入れ、人の男根とは違う触手は波打ちながら内部へと侵入してくる。

「お母様ぁ、お姉様ぁ……」

（だ、めっ。お姉様をっ、お母様を助けるのっ）

そう強く思うマリアベルだが、粘液触手は膣肉が触手の太さに慣れたと判断すると、その質量を少しずつ増していき、またその太さに慣れるまで刺激を与え続けていく。

膣穴と同じように、腸内へ侵入する粘液の量も時間をかけて徐々に多くなっていき、今では普通の成人男性の指と遜色《そんしょく》ない程度の太さがある粘液触手を受け入れてしまっていた。

膣粘膜への快感と疑似《ぎじ》排泄の快感によって下半身から与えられる刺激は更に強いものとなり、マリアベルを苛《さいな》んでいく。

長い時間をかけて、処女だとは思えないほどの太い触手を、前後の孔《あな》に受け入れるようになったマリアベルの上半身は、ビクビクとした痙攣が止まらなくなっている。

（お腹がっ、アソコもっ――これ、詰まる。くるし、苦しいのにっ）

抵抗しようとする意思に逆らって肉体の痙攣は大きくなり、喘《あえ》ぎ声もまた大きくなっていく。

膣内の粘液の動きは時間が経つごとに活発に、そしてマリアベルの弱点を探し出してはその形を変える。粘液の触手がマリアベルの肉体に合わせた、マリアベル専用ともいえる肉棒へと変わっていく。

「ひ、ふぎっ――あ、や、やら。もうやだぁああ!?」

また、マリアベルの上半身が激しく痙攣した。

もう何度目かの絶頂か、本人にも分からない。それでもブラックウーズの粘液は止まらず、取り込んだ下半身を攻め続ける。

「――あ、え？　……え……？」

そしていきなり、ブラックウーズはあっさりとマリアベルの処女膜《しょじょまく》を突き破った。

快感に緩んで油断していたマリアベルは、何が起きたのか理解できず目を見開き、信じられないモノを見る目を後ろに向ける。

（う、そ――うそ、うそうそっ）

処女を奪われた。

こんなにもあっさりと。将来になんら淡く甘い期待を抱いていたわけではないが、それでもマリアベルにとっても処女とは特別で、大切なものだった。

こんな状況だ、こうなることは予想していたとしても――なんの覚悟も我慢もないまま、あっさりと、簡単に失うなんて……。

「いや……いや、ぁ……こんな、こんなのっ……ひどい……」

処女膜を破られたばかりの膣道が出血し、ブラックウーズはその血液も吸収する。

――悲しみと悔《くや》しさで震えるマリアベルのすぐ傍で、新しい一本の触手が作られた。

マリアベルの周囲にある粘液が集まり、彼女の体液をより多く含んだ粘液だけで形成された触手だ。

涙、唾液《だえき》、汗、鼻水に涎《よだれ》。そして、破瓜《はか》の血。

それらの体液から生成された触手は処女を失って呆然《ぼうぜん》とするマリアベルのすぐ横から伸びると、その眼前にある瓦礫《がれき》に埋もれた聖剣の柄へと伸びていく。

近付いていく。少しずつ。少しずつ――だが。

ブラックウーズの触手は三度、聖剣の結界に阻《はば》まれた。触手は消滅し、灰すら残らない。

痛みはなかった。だが、そう。だが――ブラックウーズは手に入らない力に苛立《いらだ》ったかのよ

うに、残っていた触手で瓦礫を殴《なぐ》った。

瞬間、絶妙な状態で崩落が止まっていた瓦礫は一気に瓦解し、それはマリアベルを呑《の》み込もうとする。

破瓜の衝撃に濁《にご》った頭で、目の前の瓦礫が崩れたことを理解したマリアベルが顔を上げると、すぐ目の前に瓦礫。そして、崩れてくる瓦礫に押されて聖剣の柄が迫ってきていた。

ブラックウーズはせっかくの母体を傷付けまいとマリアベルを守り、彼女を拘束《こうそく》していた粘液が一瞬だけ外れる。

運が良かった。

マリアベルが聖剣の存在に気付いたのと、ブラックウーズがその拘束を解いたのはほぼ同時。

「────っ！」

瞬間、マリアベルはあらん限りの力で右手を伸ばし、聖剣の柄に指先が触れた。

硬い、使い古された布と、その下に在る剣の感触。

そこには、確かな温もりがあった。人の体温ではない、神の温もり。異世界から勇者を──マリアベルの父親を召喚した、超常の存在の温もりが。

「………………ぁ」

その温もりが、触れた指先からマリアベルの体内に移動した。指先から手……腕を伝って身体《からだ》の奥。その中心。心臓へ。

（あたたかい）

それは、ブラックウーズから与えられた屈辱《くつじょく》的な快感とは、まったくの別物。

優しくて、愛《いと》おしくて――心地好い。

荒《すさ》んでいた心が癒される、母親に優しく抱きしめられたような……心地好さ。

マリアベルは不意に、泣きそうになった。必死に強張《こわば》っていた表情が、くしゃ、と歪む。

家族の温もりを思い出してしまった心に、助けたい人、守りたい人の姿が浮かんだから。

マリアベルはさらに手を伸ばし、両手で聖剣の柄を握る。

力はほとんど籠《こ》もっていない。握ったというよりも持ったと表現する方が正しいだろう。

けれど、それで十分だった。

聖剣とは、異世界から勇者を召喚した女神が彼の勇者へ授けた魔を滅ぼす武器。その力は、魔王討伐《とうばつ》の後に一度として使われることなく、蓄《たくわ》え続けられてきた。

持ち主が不在でも魔を退け、触れようとすれば消滅させる強力な結界を維持していた点からも、聖剣が蓄えた力の強さは窺《うかが》える。

今、正統な勇者ではなかったとしても、その勇者の血を引くマリアベルが聖剣を握り――力の一端が周囲一帯のブラックウーズの粘液を消し飛ばした。

風の魔法で吹き飛ばしたわけではない。文字通り、『消し飛ばした』のだ。

マリアベルを抱き起こそうとしていた触手も、下半身を呑み込んでいた粘液の塊《かたまり》も。

周囲一帯。床も、壁も、天井も……覆《おお》っていた粘液が消滅する。

「あっ」

後には、乾いた風が吹いた。

粘液に濡れ、硬くなった髪が風に揺れる。

発生源は天井——ブラックウーズに破壊された神殿の最奥にて、聖剣に太陽と月の光を与え続けた天窓。

そこから入り込む清浄な風が、神殿内に溜まったブラックウーズの腐臭を払うかのように、心地好い空気を運んでくる。

熱を孕《はら》み、乱れた吐息のまま、マリアベルは大きく息を吸った。それを数回。深呼吸をして……手に持っている聖剣を眼前に構え、眺める。

(軽い)

まるで羽毛のようだ、とマリアベルは思った。

フォンティーユの城で兵士たちが持っていたのとあまり変わらない大きさの剣だが、これなら簡単に振れそうだと思う。

黄金で飾られた柄の装飾もだが、刀身はどんな鉱石よりも、宝石よりも美しく煌《きら》めいている。

「お父様」

そこに、ぬくもりがあった。温かかった。

もし父親に抱きしめられたら、こんな気持ちなのだろう、とマリアベルは思いながら——その刀身に映る自分の姿を眺める。

酷《ひど》い姿だと思った。

粘液に汚れ、頬《ほお》は興奮に赤くなり、目元は泣き腫《は》らしている。

でも。

「ありがとうございます、お父様」

マリアベルは初めて、顔も声も知らない父親に助けられたような気がして、また泣いた。

エピローグ　―　勇者の再誕。悪夢の再誕。

あれからどれくらいの時間が経ったのか、メルティアにもフォーネリスにも、そして自然の流れを理解する妖精、タイタニアにも分からなかった。

絶頂して意識が混濁《こんだく》し、気絶しては犯されて目が覚める。

もう数日が経過したのか、それともまだ半日も経過していないのか。それすらも分からない。

「――――ッ、――――ッ」

フォーネリスは自分の隣で犯されているメルティアとタイタニアに視線を向けた。

四《よ》つん這《ば》いの格好で固定され、口すら封じられた状態で、気絶しているのに口と膣《ちつ》を貫いている触手は動き続け、犯されているメルティア。

少女らしからぬ豊乳の先端にある乳首からも触手が侵入して乳腺すら犯されている有様だ。

美しかった銀髪は汚濁《おだく》に穢《けが》れ、纏《まと》っていた清楚《せいそ》なドレスは引き裂かれてボロ衣同然。

下着こそ身に着けているが、ボロボロになって本来の役割は何も果たせていない。

（くっ）

そしてタイタニアは、もっと酷《ひど》い。

魔力の塊《かたまり》である妖精はスライムにとって極上《ごくじょう》の餌《えさ》なのか、生かさず殺さず、限界まで魔力を奪いながら、けれど最後の一線は越えないよう気を遣っているように見える。

魔力を回復するための妖精の羽は今にも消えそうなほど弱々しい光を放っているだけ。今は魔力の吸収を止め、その人形のように小柄な身体を粘液の中に取り込まれていた。濡れたドレスを肌に貼り付けたまま胸やお尻が波打つ様子から、全身が愛撫《あいぶ》されているのだと分かる。

だが、そんな惨状《さんじょう》のメルティアとタイタニアのことを気にかけている余裕も、フォーネリスにはなかった。

彼女もメルティアと同じように口と膣が塞《ふさ》がれ、乳腺こそ犯されていないが、代わりに後ろの孔《あな》——肛門《こうもん》に極太の触手が突き刺さっている。

括約筋《かつやくきん》は緩《ゆる》みに緩み、子供の腕ほどもあるだろう触手を難なく受け入れてしまっている。

ブラックウーズは時折膣と肛門を締めろと言わんばかりにフォーネリスの尻肉を触手の鞭《むち》で叩き、彼女の日焼けした尻肉は僅《わず》かに赤くなってしまっている。

「むぐっ……う、うう……」

塞がれた口は言葉を紡《つむ》げず、それどころか呼吸すら難しい。だというのに、その苦しさすら延々と凌辱《りょうじょく》され続けた肉体は快感のように錯覚《さっかく》し、フォーネリスの紅色の瞳が裏返る。

助けたいと思った。親友を。その娘を。その顔が浮かんでは、消えていく。

……ついにフォーネリスも快感と酸欠で気絶し、三人の美女美少女は粘液に四肢《しし》を拘束《こうそく》されて四つん這いの体勢を強制させられながら絶頂し、愛液を吐き出す調度品《ちょうどひん》となり果てた。

三人はこのまま延々と、その寿命が尽きるまで栄養を与えられながらブラックウーズの子を産む存在と成り果てる——はずだった。

不意に、メルティアとフォーネリスを犯していた触手が動きを止めた。

周囲の通路を飲み込んだ多量の粘液が、まるで警戒するかのように蠢動《しゅんどう》し始める。

波打ち、触手を生成し、神殿全体が殺気を放ったかのよう。

——それは、少女の形をしていた。

纏っている黒いドレスはボロボロで、破れたスカートのスリットからは真っ白な太腿とドレスと同じ黒色の下着が見えてしまっている。

強姦《ごうかん》された直後——そう評するのがもっとも当て嵌《は》まるだろう格好の少女は、マリアベル。

彼女は左手に鞘《さや》を、右手に抜身の長剣を持って歩いてくる。黒髪に隠れた表情は見えない。

乾いた足音が、粘液が蠢動する廊下《ろうか》に響いている——そう、乾いた足音だ。

彼女がその足を進める度に、床を覆っている粘液が消滅していく。

残るのは、スライムが擬態《ぎたい》していない石床。女神の神力を取り戻して神聖な気配を放つ聖剣によって、ブラックウーズは身体を維持することができない。

それは、まるで黒衣の勇者を祝福するように周囲をうっすらと光らせる。

抜身の聖剣を握るその右手は白くなるくらい力が込められていて、神殿全域を覆うほどに肥《ひ》大《だい》化したスライムが存在しているというのに、その歩みに一切の迷いがなかった。

……ブラックウーズは、おそらく困惑していた。

マリアベルが歩く度に、自分の存在が減っていく。消えていく。

何故?

それはブラックウーズ本体にも分からない。

魔物の本能。生物の本能としかいいようがなかった。

死だ。

死が歩いてくる——その感情を表すなら、たったそれだけ。

ブラックウーズは記憶していた。マリアベルが持つ剣は、自分が触れることのできなかった聖剣であると。

切られても、焼かれても、凍り付いても再生できたこの粘液の体を消滅させた力だと。

だから、最初から一切の躊躇《ちゆうちよ》はなかった。

相手を母体にしようとも、捕えようとも思わない。

最初から圧倒的な質量で圧し潰そうと、天井を覆っていた粘液が特大の塊となって落下——

そこで、マリアベルはようやく動いた。

ぎこちない動きだ。

剣に不慣れだと一目で分かる緩慢ともいえる動作で聖剣を振り上げ、天井へ向かって一閃《いっせん》。

それは何もない空を薙《な》いだだけだったが、しかしその剣閃の先に存在したスライムの塊は不思議なほどあっけなく霧散した。

本来なら切られてもすぐにその個所《かしょ》から癒着《ゆちゃく》し、再生するはずのブラックウーズ。しかし癒着する部分が丸ごと消滅してしまってはそれもできない。

マリアベルを圧殺するために落ちた巨大な粘液の塊は空中で分断され、まるでマリアベルを避けるようにして地震のような地響きを立てながら落下。

神殿全体が揺れ、今度は壁、そして床から無数の触手が溢《あふ》れ、マリアベルを囲む――。

「上だ、マリアベルっ。天井に残っているっ!!」

それは、マリアベルを迎撃するために拘束が減り、口が自由になったフォーネリスの声。

気絶から回復した彼女はすぐさま現状を把握《はあく》し、あるものを見つけていた。

そのフォーネリスの声に従い、マリアベルが天井へ視線を向ける。警戒を外した黒衣の少女へ向かって触手が殺到するが、しかし左手に持った鞘が僅かに光を放つと、百に迫ろうかという四方から殺到した触手の全てが消滅する。

盾と鎧《よろい》の守護を失った勇者を守る最後の防衛手段である鞘の光が、ブラックウーズの猛攻を難なく防ぎ切り、マリアベルはその間に天井にあるそれを確認した。

小さな——神殿全体を覆うその巨体に比べるとあまりに小さな、小石程度のもの。

スライム……ブラックウーズの核だ。

どれだけ成長しようが。どれだけ進化しようが、それだけは変えられなかったブラックウーズの弱点。それはあまりにも貧相な粘液に守られ——普通なら届かない神殿の天井に。

しかし、今のマリアベルには関係なかった。

彼女は天井から視線を外すと、もう一度前を見た。

穢《けが》され、ボロボロにされた姉と恩人の姿を目に焼き付ける。

「ゆるさない……っ」

そんなマリアベルの感情に呼応するかのように、聖剣がその輝きを増した。太陽の光すら届かない地底深くの神殿に、まるで太陽の光が差し込んだかのように。

フォーネリスは弱まった拘束を引き千切《ちぎ》り、気絶したままのメルティアとタイタニアを助け出して抱きしめた。

それを確認してから、マリアベルは聖剣を天井へ向けて一閃。

放たれた光は通路の調度品などは一切傷付けず、ただブラックウーズ……魔物だけを消し飛ばす。あっさりと。残酷《ざんこく》なほどに。

どれだけ成長し、進化しようと、魔物は勇者に敵《かな》わない——その本質を思い知らせるように。

通路を覆っていた粘液の全てが消え去り、窓もないのに清浄な風が吹いた。粘液に濡れて固くなった黒髪が揺れる様子はどこかもの悲しそうで、フォーネリスには黒色の瞳は今にも泣きだしそうに見えた。

「……相変わらず凄《すさ》まじいな」

フォーネリスが、その胸に気を失っているメルティアを抱き支えながら、どこか懐かしさを孕《はら》んだ声で呟《つぶや》く。

彼女はつい一瞬前まで魔物に犯されていたことも忘れ、マリアベルが右手に持つ聖剣を見た。思い出の中、勇者と称《たた》えられる一人の男が振るった、魔王すら打倒した聖剣。優美な装飾の鍔《つば》と鞘。それに反して、柄に巻かれた使い古された布。

当時のまま、少しも劣化していない――女神の聖剣。

それは、凄《すご》く、マリアベルによく似合っていると……フォーネリスはこんな状況なのに、ぼうっとそんなことを考えてしまった。

「はい。お父様の剣のお蔭《かげ》で、すぐに戻ってくることができました」

事実、マリアベルがフォーネリスたちの元へ戻るまで、今回のように何度もブラックウーズの抵抗に遭《あ》った。

しかしその全部を撃退できるほどに勇者の剣の力は凄まじく、炎や氷すら克服した粘液を吹き飛ばし、消滅させ、まるで無人の野を進むが如く姉たちの元へ辿《たど》り着くことができたのだった。

「お姉様は……？」

「無事だ。その、少し……スライムに乱暴されてしまったが」

「……はい」

けれどそれは、メルティアも理解していたことだ。理解して、この場に残った。

マリアベルを逃がすために。進ませるために。

「私が背負うよ。マリアベルはタイタニアを頼む。そっちは、かなり重症だ」

「すみません。私がもっと早く戻れたら……」

その言葉に、フォーネリスは首を横に振った。

口元に温かな笑みすら浮かべ、紅玉《ルビー》を連想させる瞳がマリアベルの黒い瞳を覗《のぞ》き込む。

「早くこの神殿から出よう。スライムがグラバルト国内に侵入したと伝えて……他の者たちの救助隊を出さないと」

マリアベルは聖剣を鞘へ納めると、少し、その重さが増したような気がした。

不思議に思いながら左手に持つ剣へ視線を向けると、それに気付いたフォーネリスが納得したような視線を向ける。

「疲れているだろう？　慣れても……聖剣の力を完全に引き出したら、お前の父親も疲れてしばらくは動けなくなっていたからな」

「……はい」

「無理はするな。マリアベル、お前は今から——私たちの希望になるのだから」

メルティアを背負って先を進むフォーネリスの後を、まるで後ろ髪を引かれるような気分になりながら追う。

剣の重さは、まるでまだやり残したことがあると伝えているようだった。

けれど、マリアベルには立ち止まっている時間がない。

姉を安全な場所で休ませ、そしてこれから国を取り戻さなければならないのだ。

「——っ」

急いで歩くと、下腹部が痛んだ。

その痛みが、自分の処女が失われたのだと理解させ、その現実に泣いてしまいそうになる。

けれど、そんな暇はない。マリアベルは前を向いた。

聖剣を手に。勇者の剣を手に。父親の剣を手に。

勇者の娘は、その一歩を踏み出した。

＊

「や、——やぁ」

暗闇の中に、くぐもった声が響いていた。

小さな声だ。

その声の主の身体相応の、小さな声。

新緑のように美しかった緑色の髪は汚れ、纏《まと》っていた衣服はその全部が溶かされて全裸。

人の手の平に載る程度の大きさしかない小柄な身体、しかしその胸と臀部《でんぶ》は豊かな少女は、その両手足を粘液の中に取り込まれたまま露出している下腹部を粘液の触手で貫かれていた。

その背に羽はない。

羽を失った妖精は意思の光が消えた瞳から涙を流して、「やめて」とだけ訴え続ける。

場所は神殿の奥。──マリアベルたちが立ち寄らなかった場所。

ただ、それだけの不運。もし立ち寄っていたら、その悲鳴が耳に届いていたら──また違った結末が待っていただろう。

「や、ら……」

緑髪の妖精がそう告げると、その膣《ちつ》から触手が引き抜かれた。

愛液ではなく粘り気のあるスライムの粘液が膣から零《こぼ》れ、糸を引きながら床に垂れ落ちる。

それと一緒に、ポト、と……軽い音と共に、床に落ちるものがあった。

小さな、小さな──妖精よりも小さな命。ブラックウーズの子だ。

人間よりも小柄な妖精から生まれたソレは、妖精の小指の先にも満たない小ささでしかなく、膣から零れ落ちる粘液の量に埋もれて存在が分かりづらいほど。

しかしその新しい命は懸命に這《は》い、動き——そして、最奥にてマリアベルに消し飛ばされ、しかし僅《わず》かに残った……彼女の体液を集めて作られた触手の残骸《ざんがい》を吸収していく。

スライムを産み落とした妖精の姿が薄れていく。消えていく。

ついに、肉体を維持するだけの魔力すら失い——消滅する。それが、妖精の最期だった。

その間にも、生まれたばかりの新しい命は父親を捕食し、取り込んでいく。

粘液の怪物の死。核を失った魔物の末路。

だがブラックウーズは、最後に新しい命を残した。

大地から生まれ、大地から魔力を吸い上げる——人間やエルフとはまったく違う魔法体系を持つ、妖精の能力。

そして、勇者マリアベルの体液を有した分身を。

OVERRUN DIFFERENT WORLD 3

In the back of the obscene cave

過ぎ去った日々のとある一幕

彼女たちの旅路

「まったく！　どうしてアンタは、ああも真っ直ぐに突っ込むのよっ！」

その日、数日前まではまるで絶望のただなかにあるような静けさに包まれていた村の酒場は、久しぶりの朗報によって祭りのような喧騒《けんそう》に包まれていた。

肩を組んで踊りを披露するドワーフや、それに合わせてリュートや笛を奏でるエルフ、せわしなく駆け回って酒を振る舞う様々な種族の女中たち。

その中で、一際大きな怒声が響くと喧騒が一瞬だけ静まり、それが頭の高い位置で見事な銀髪を二つに分けたハーフエルフの魔導士だと分かると、すぐに踊りを再開した。

銀髪の女エルフ——レティシアが彼に怒りを向けるのは毎度のことだ。

黒髪黒眼、中肉中背《ちゆうにくちゆうぜい》、凡庸《ぼんよう》で気弱そうな顔立ちをした青年。

魔物と、その魔物を生み出す魔王なる存在に女神ファサリナが創造した大地が蹂躙《じゆうりん》されようとする時代。

大地を救うために召喚に応じてくれた彼に人々は最大限の感謝を抱き、こうやって毎夜、退屈しないよう宴《うたげ》を開く。

彼もそれを楽しんでいるようで、その表情は綻《ほころ》び、未成年だと言って酒は断るが、場の雰囲《ふんい》気《き》に酔ったみたいに頬《ほお》を興奮に赤らめていた。

「……またか」

たった数日の滞在だというのに、その光景を見慣れた村人たちは特に気にした様子もなく、むしろ微笑《ほほえ》ましい気持ちで二人に視線を向けている。

そして、四角いテーブルの対面に座った二人も、それは同様だ。

「その辺にしておけ、レティシア。せっかくの温かい料理が冷めてしまうぞ」

「そうよ、レティシア。そんな乱暴な言葉では、勇者様が傷付いてしまいますわ」

一人は灰色の長い髪を首の後ろで一つにまとめ、黒い厚手の服の上から金属の胸当てを纏《まと》っている少女だ。白い肌と灰色の髪の間から美しい紅玉《ルビー》色の瞳が覗《のぞ》き、まだ幼さが残る美貌《びぼう》を好戦的な性格を体現したかのような吊り目が彩る。

僅《わず》かに視線を下げれば、十代の少女とはとても思えない豊かなふくらみが胸当ての下に深い谷間を作り出し、彼女が机の上に肘をつけば嫌でもその深い谷間が強調してしまう。

その頭頂には狼が持つのと同じ大きな耳と、後ろを見れば早熟の豊乳に負けず劣らず豊満なお尻の上から同じく狼が持つのと同じ尻尾《しっぽ》が見える。

彼女は獣人——獣のような身体能力と、人の知性を持つ種族だ。

もう一人は、まるで太陽の光を溶かしたような、同性でも見惚《みほ》れるほど美しい金髪の女性。

白と青を基調とした修道服に身を包んだシスターは、碧《あお》色の瞳を細めながら苦笑いをして銀髪のエルフ、レティシアを嗜《たしな》める。

「貴女《あなた》たちがそうやって甘やかすから、コイツが一人で突撃するのよ!?　もうっ、援護するこっちの身にもなってほしいわっ！」

「だが、勇者殿のおかげで、一人の犠牲《ぎせい》も出さずに魔物を追い返すことができたじゃないか」

レティシアが怒っているのは、彼が自分の能力に任せて無謀《むぼう》な突撃をしたことではない。

その突撃を止められず、魔導士の体力では背を追うこともできなかった……心配だ。

もし援護が間に合わずに黒髪の青年が怪我《けが》をしてしまったら。そう考えると、涙より先に怒声が唇から漏れてしまう。

「それはっ!?　……そうだけど」

「はいはい。まずは食事をいただきましょう、レティシア。お腹が空いていると、怒りっぽくなっちゃいますものね」

「うぅ……二人ともっ、コイツを甘やかす……」

「別に甘やかしているつもりはないさ。ほら、これ。二人の分」

灰色髪の獣人……フォーネリスは女中から受け取った料理を並んで座る二人に渡した。

（無意識だろうけど、並んで座るくらいには気を許し合っているのに、喧嘩《けんか》ばっかり。……変

な二人だな、本当に）

　そんなことを口にするとまたレティシアが怒るから言わないが、それは一緒に旅をしているフォーネリスと、金髪の聖職者ジェナが共通して思っていることだった。

　この獣人の国グラバルト、そして隣国リシュルアを救出に向かった時から、二人は背を預け、肩を並べて戦うほど気を許し合っているのに、戦いが終われば喧嘩ばかり。

　いや、レティシアが一方的に絡んで、黒髪の青年がそれを苦笑と共に受け止める。

　そんな関係だから、二人は仲が悪いかと思えばそうではなく、戦いの場では言葉にせずとも意思の疎通《そつう》は完璧《かんぺき》で、その連携はこの中で最も戦いに慣れているという自負があるフォーネリスでも時折驚いてしまうほど。

（それに、そんな表情を見せられたら、なあ？）

（むむむ）

「そうだ、勇者様。グラバルトの蜂蜜酒《はちみつしゅ》は絶品なのですよ？　一口いかがですか？」

「聖職者が子供に酒を勧めるなよ……」

「まあ、フォーネリス。わたくしはお酒ではなく美食を勧めるのですわ。この蜂蜜酒と、花の蜜で味付けされたお野菜とお肉。この組み合わせを知らないというのは、不幸なことです」

（酒好きのシスター、というのも珍しい）

　けれど旅を続けていると慣れるもので、今では酒豪の女シスターとしか思えない。

「さあさあ、勇者様。一口どうぞ」

ジェナが飲みかけの蜂蜜酒を勇者に勧めると、彼は苦笑しながらそれを丁寧《ていねい》に断った。

元の世界では未成年だという彼は、一口もお酒を飲んだことがない。

同時に、ジェナも断られると分かっているからこそ、気軽に酒を勧めているようだ。

「もうっ、お子様にお酒なんか勧めて……本当にシスターなのかしら、この人」

「それは私も思う」

「うふふ。お酒は良いものよ。気持ちが落ち着くし、明るくなれるし、気分も良くなるし」

頬だけでなく首筋まで紅潮し、瞳は酒精《しゆせい》で潤んでいるが、言葉ほど意識は酩酊《めいてい》していない。

——彼女は、本来は気弱な性格だ。

女神ファサリナを信奉する国に生まれたことで、物心が付いた時には修道院に入れられ、この歳《とし》までほとんど男性と接触したこともなかった。

そんな彼女が見知らぬ男性と旅をするには、酒の力を借りなければいけなかったのだろう。

(……まあ、酔いたくなる気持ちも分かるけど)

同時に、こうまでジェナが酒を飲む理由もフォーネリスは知っていた。

それは黒髪の勇者の隣に座る女エルフ……その表情が物語っている。

(こんなことを言いたかったわけじゃないのに……)

レティシアは、勇者と喧嘩した後はいつも表情を伏せ、今にも泣きだしそうな顔をする。

喧嘩をして、強い言葉を向けてしまった後悔《こうかい》。

こんなはずじゃなかったのにと、本心を口にできない自分が悲しくて、悔《くや》しがる表情。

感謝しているのだ。本当に、心から。

彼が住んでいる世界がどのような場所かは誰も知らないが、見ず知らずの世界、他人のために命を懸けてくれている。

そのことを、本当に、心から感謝している。……けれど同時に、心配するあまり乱暴な言葉を口にしてしまう自分の性格に、内心で泣きそうになっているのだ。

(なんとも複雑だ)

黒髪の勇者を挟んで、金と銀の髪を持つ二人の美少女がモヤモヤとした感情を抱いている。

それを誰よりも近い特等席で眺めながら、ジェナより少量の蜂蜜酒を楽しむフォーネリス。

これが、いつものことだった。

一人は喧嘩腰になって言い過ぎたことを後悔し、もう一人は酒を飲んで酔った姿を晒《さら》してしまう。

そして、黒髪の勇者は厳しくも自分を想っての言葉に笑顔を浮かべ、しばらくすると酔った聖職者を介抱して一日が終わる。そんな毎日。

「お前も大変だな」

フォーネリスがそう言うと、黒髪の勇者は苦笑した。

平凡な表情に浮かぶ苦笑は、どこにでもいる村の少年が浮かべるような無垢《むく》なもの。

（まあ確かに、悪くはない男なんだがな）

ただ、一国の姫、『聖女』とまで呼ばれ慕《した》われる聖職者が懸想《けそう》するような男だろうかと言われたら……そんなものだろう、とフォーネリスは思う。

初恋も知らない獣人の姫は、恋に振り回される二人を眺めながら、そう考えた。

数十年を越える日々を魔王の襲撃に怯《おび》え、それでも必死に抵抗していた時代。

フォーネリスたちは、確かに祝福されていた。

女神が召喚した黒髪の勇者。そしてその仲間たち。

銀髪の魔導士と灰色髪の剣士、金髪の聖職者。

絶望の中に生まれた希望の光はとても小さいけれど、とても明るく周囲を照らす。

今も続く酒場の陽気が希望の強さを物語り、その期待を向けられる彼女たちは、美味《うま》い食事と周囲の陽気に表情を僅《わず》かに綻ばせている。

……ふと、勇者の視線が自分に向いていることに、フォーネリスは気が付いた。

実際には、自分の顔よりも少し低い位置だ。

「どうした？」

そう聞くと、勇者はすぐに視線を外す。耳まで赤くしているのはどうしてだろうか？

「ちょっと!?」

その理由に気が付いたレティシアが、柳眉《りゅうび》を逆立てて勇者を睨《にら》み付けた。

(あれは、本気で怒っているな)

魔物へ無謀《むぼう》な突撃をした時以上の怒りの理由が何なのか……フォーネリスとジェナも遅れて気付く。

テーブルへ肘をついていたことで見えていた、フォーネリスの豊満な胸。深い谷間だ。

どうやら勇者は、仲間の中で最も大きくて深いその場所を盗み見ていたようだ。

「……勇者様？」

天にも昇るような酩酊も一瞬で醒《さ》めてしまいそうな低い声に、隣に座っていたフォーネリスの狼の耳が無意識に伏せ、優しく揺れていた尻尾《しっぽ》がしんと垂れた。

勇者は必死に弁解し、頬《ほお》だけでなく耳まで赤くして怒るレティシアとジェナ。そして――。

「はあ」

それくらいのことは気にしないけど……けれど、僅《わず》かに、どうしてか自分でも分からない理由で頬を赤くして、胸元をそれとなく隠すフォーネリス。

(退屈しないな)

いつの間にか、胸が高鳴っていた。

その理由を知らないまま――フォーネリスは酒場の喧騒《けんそう》に負けないほど怒る二人を尻目に、夕食が冷めないうちに食べることにした……。

あとがき

本作をお手に取っていただき、本当にありがとうございます。

作者のウメ種《たね》です。

今回からはブラックウーズが、女神様が作った大陸全土に広がっていく話となります。

一つ、よくファンタジー系の小説や漫画を読んでいると思うのですが、倒しても倒しても減らない魔物が繁殖《はんしょく》したら、どうなるのか、という疑問があります。

人間の冒険者が毎日討伐《とうばつ》しても全滅しない魔物が子供を産めたら、それはもう数年で人間を遥《はる》かに超える量に増えるのではないのかなあ、と。

この作品ではスライムですが、普通のファンタジーだとゴブリンとかオークとかも増えるでしょうし。

豚型のオークなんて、一回の繁殖で何匹も産んじゃうと思うのですよ。

そうなったらもう、数年で人類は終わりじゃないかな？　と。

いやまあ、同じだけ人間も増えるんですけどね。

動物とかは繁殖期というのがありますが、人間は年中繁殖期らしいですし。(何かの本で読んだような記憶があるようなないような)

とまあ、そんな気持ちででき上がったのが今回の話です。

天敵(魔法使い)の数が減った状態で繁殖し続けたらどこまで増えるのか。

その結末がどうなるのか、その目で読んでいただけると幸いです。

それでは、今回も私の作品をお手に取っていただき、ありがとうございます。

作画を担当していただいたぽに〜先生も、お忙しいところ、素晴らしいイラストを描いていただき本当にありがとうございます。

皆様に、最大の感謝を。

それではまた、次の巻でお会い出来れば、幸せです。

ウメ種

この作品の感想をお寄せください。

あて先　〒101-8050　東京都千代田区一ツ橋2-5-10
集英社　ダッシュエックス文庫編集部　気付
ウメ種先生　ぼに～先生

ダッシュエックス文庫

異世界蹂躙—淫靡な洞窟のその奥で—3

ウメ種

2021年10月30日　第1刷発行

★定価はカバーに表示してあります

発行者　瓶子吉久
発行所　株式会社　集英社
〒101−8050　東京都千代田区一ツ橋2−5−10
03(3230)6229(編集)
03(3230)6393(販売／書店専用)　03(3230)6080(読者係)
印刷所　凸版印刷株式会社
編集協力　KADOKAWA オシリス文庫編集部
法貴仁敬(RCE)

ISBN978-4-08-631436-7 C0193

オシリス文庫
人里離れた洞窟で、
新たな"魔物"が
産み落とされた
"それ"が知性や欲望を手に入れた時、
メスは餌食となる――
淫靡な洞窟のその奥で
小説：ウメ種
イラスト：アフ黒（1～5巻）
月猫（6巻～）
『異世界蹂躙―淫靡な洞窟のその奥で―』の原点となった
オシリス文庫版『淫靡な洞窟のその奥で』好評配信中！
オシリス文庫
検索
https://hnovel.jp